ひとり旅日和　運開き！

秋川滝美

角川文庫
23850

CONTENTS

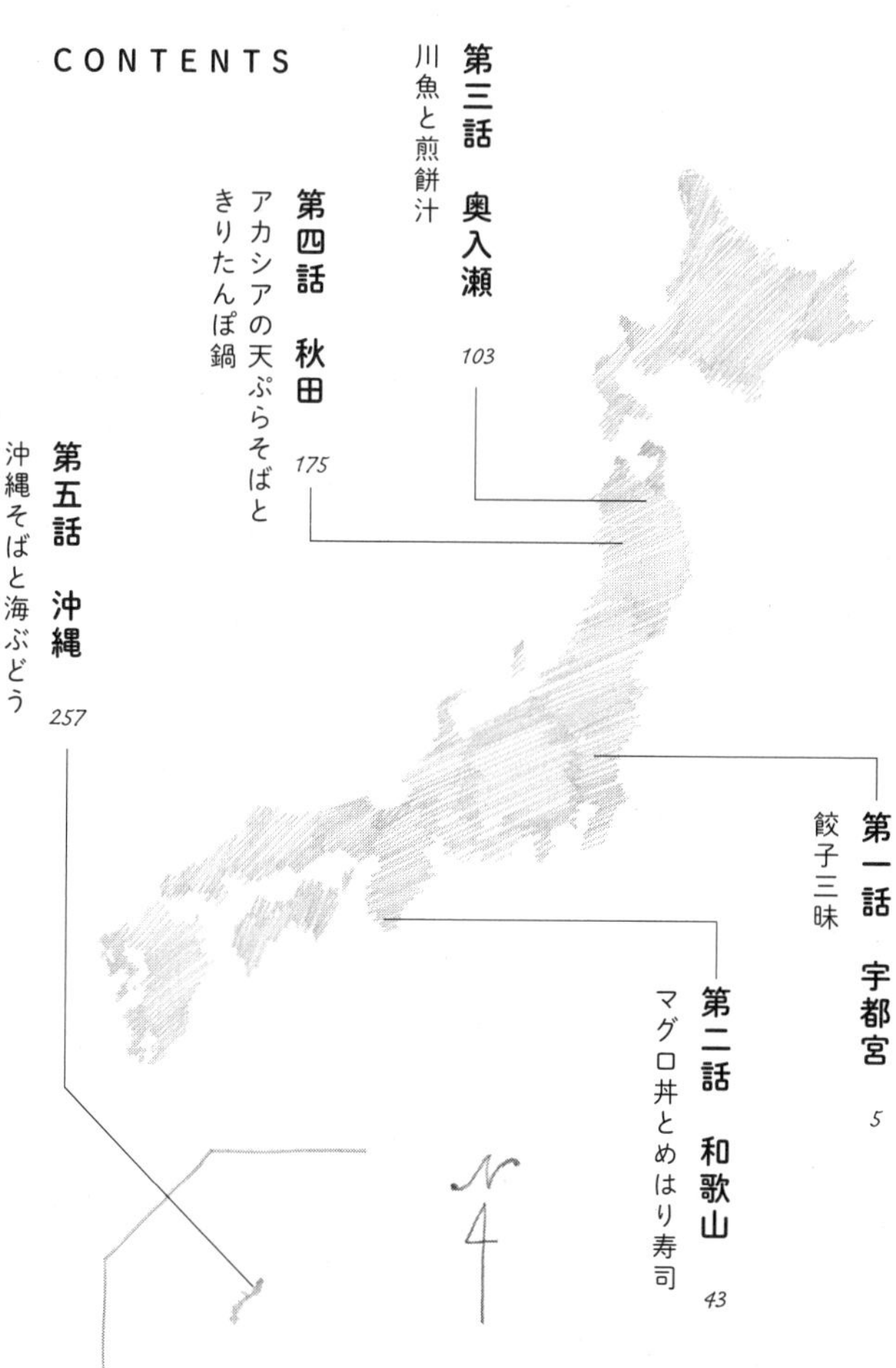

第一話　宇都宮

――餃子三昧

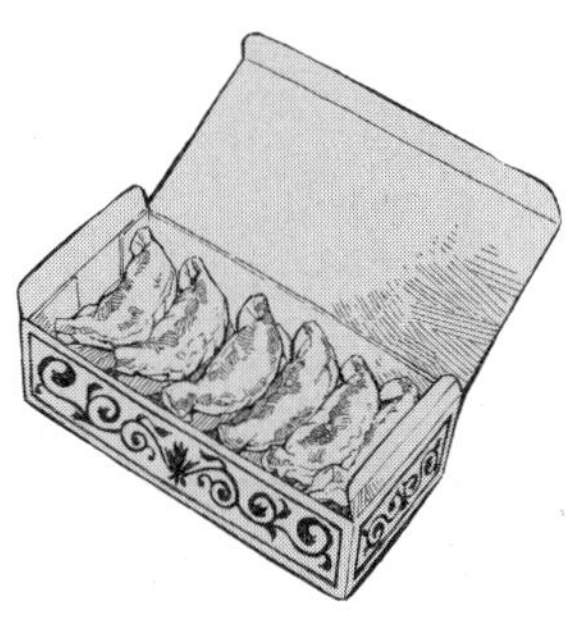

十二月中旬のある夜、梶倉日和は、スマホを前に叫び出しそうになっていた。

画面に表示されているのは動画投稿サイト、お気に入りの配信者が餃子の食べ歩きをしている様子だ。画質もきれいだし、いわゆる『イケボイス』、蘊蓄に富み、思いがけない知識を得られる。

なにより飄々としたコメントがとても面白い。惜しむらくは食レポがイマイチで、『美味しい』という言葉があっても、なにがどんなふうに美味しいのか、あまり伝わってこない。もともと得意分野はほかにあり、旅行動画でも各地の風景や歴史を紹介するのがもっぱらの配信者だから無理もない。それに、以前よりずっと食レポがうまくなったとのコメントもついている。才能豊かな人のようだし、今後は大いに期待できるだろう。

とは言え、今現在はやはり食レポとして不十分としかいいようがない。

見るからに美味しそうな映像がどんどん流れてくるのに、味はちっともわからない。餃子なので見当ぐらい付くけれど、宇都宮にはたくさんの餃子店がある。それぞれが商売として成り立っているのだから、差があるに違いないのに配信者の言葉から伝わってこない。ひととおりはどの店にどんな特徴があるかを語ってはいるのだが、なんだかぴんとこないのだ。

これはもう行くしかない。幸い宇都宮はそう遠くない。東京駅で宇都宮行きと書かれた電車も見たことがあるから、乗り換えも難しくないはずだ。休日の朝、普通に起きて出かければ昼過ぎには着けるし、餃子なら出てくるのにも食べるのにも大して時間はかからない。中にはメニューは餃子のみ、ご飯も飲み物もありません、という店だってあるほどだ。そもそも日和は大食いじゃないし、回れる店の数は限られるから、半日あれば十分だろう。

正直に言えば、もう味の差なんてどうでもよくなっている。『餃子のまち』として名高い宇都宮に出かけて熱々の餃子が食べたい、ただそれだけだった。

日和は事務用品を扱う『小宮山商店株式会社』に勤めて三年目、東京都内在住の二十六歳である。

子どものころから人見知りが強く、自他ともに認める『人見知り女王』、しかも要領も悪いというなかなか大変な性格だった。ところが、社長の小宮山のすすめでひとり旅に出るようになってから少しずつ人に関わることにも慣れ、一年ほどかけて『人見知り姫』に辿り着き、今では自分でも人見知りは卒業しつつあるのでは？　と思えるようになってきた。もっとも、そんなふうに振る舞えるのは旅先に限ってのことで、日常生活ではやはりおっかなびっくり。初めて会う人に親しげに話しかけるなんて無理な芸当だ。

それでも、ひとり旅を通じて生まれた自信は仕事にも生かされ、失敗も徐々に減ってきたし、病気で休んだ先輩のフォローまでできるようになった。

体調を崩した先輩加賀麗佳……もとい、先日華燭の典を挙げた間宮麗佳の高校時代の同級生、吉永蓮斗との出会いもあった。公私ともに充実した日々、これからも旅を通じてどんどん成長していこう、と意気込んでいたのである。

ところがそんな矢先、日本、いや世界中が旅行どころではない事態に陥ってしまった。状況は常に一進一退、光が見えたと思ってもすぐに暗雲が垂れ込め、先が読めない。けれど、折角見つけた趣味である。近いところなら平気かも、ひとりなら許されるかも、でもやっぱり……と逡巡する日々だった。

――ひとり旅なら話し相手はいないし、途中で出会った誰かと話し込むような性格でもない。さっと行って帰ってくるなら大丈夫かな……

お店はお客さんが来なければ潰れてしまう、と考えた日和は宇都宮に行くことを決めた。

旅の途中で出会った蓮斗と話し込んだ挙げ句、すっかり好きになってしまったという事実は棚の最上段に放り上げる。なぜなら、あれは日和にとって異例中の異例、もう二度と起こりそうもない奇跡だと思っているからだ。

思い立ったが吉日ということで、決行日は十二月十九日、ＪＲの在来線に乗っていくことにした。新幹線を使えばおよそ五十分で着くが、昼ご飯を食べに行くのにそこまでお金を使うこともない。

九時過ぎの電車に乗れば宇都宮には十一時前に到着するので、食べ歩きの時間は十分あるし、お土産も買える。持ち帰り用の餃子を買えば、おかずにもおつまみにもできて両親も大喜びだろう。

十二月十九日、最寄り駅を出発した日和は、予定どおり東京駅で九時三分発の上野（うえの）東京ライン普通列車宇都宮行きに乗り換えた。

土曜日の朝のせいか、車内は比較的空（す）いており、車両の隅っこの席を確保することができた。

実は、乗り換え案内アプリで提示され、なにも考えずに東京駅に来たあと、同じ電車に品川（しながわ）駅から乗れたと気づいた。自宅からなら品川駅のほうがずっと近く、家を出る時刻だって数分とは言え遅くすることができる。いったいなにをどう間違ったのか……と軽く落ち込んでいたのである。

だが、隅っこの席が空いていたのは、降りる客が多い東京だったからかもしれない。さらに、日和がその席を確保できたのも、早めに東京に到着し、乗車待ちの列の先頭に並んでいたおかげ……と思えば、落ち込みもどこかにいってしまう。

冬晴れで空は真っ青、十二月にしては寒さも耐えられないほどではない。これ以上ないという良席もゲット。上々の旅の始まりだった。

窓から見える空がどんどん広くなっていく。

改めて、東京という街の空を塞ぐ建物の多さを思い知らされる。夜景を作っているのはこういう数々の建物の灯りだとわかっていても、それは夜だけのこと。やはり昼間はどこまでも広がる空に惹かれる。東京を離れて旅に出たくなるのも、こういう空や山並みを隔てられることなく眺めたいという思いがあるからかもしれない。

宇都宮にある餃子屋さんの評判や道順、他にも見所はないかと調べる合間に、向かいの窓から空や遠くの山を見る。スマホの画面を凝視していた目が喜んでいるような気がする。なにより気持ちがほっとする。

東京から一時間五十一分、目にも心にもいい旅を続けたあと、宇都宮駅に到着。時計の針は十時五十四分を指していた。

改札を抜けた日和がまず向かったのは、昭和三十三年創業、宇都宮餃子といえばここ、と全国に名をとどろかせている人気店だ。もちろん行列は必至、ただしインターネット情報によると駅の中や餃子通りと呼ばれる場所にある店は大行列になっている一方、少し離れたところにある店は比較的空いているとのこと。それなら……ということで、日和は散歩がてらそちらに行ってみることにした。

スマホで道を確認しつつ、予定時刻よりも二分ほど早く到着した。餃子が食べたいあまり、早足になっていたのかもしれない。

ところが、到着した店の前にはやっぱり行列ができている。日和同様、検索して空いていると思ってこちらに来た人が多かったのだろう。あまり大きな店ではない上に今は席数を減らしているようだから、日和が店に入れるまでかなり時間がかかりそうだ。

遠くから来る観光客は減っていても、この町に住んでいる人は普通に訪れる。普段のランチタイムにニンニクが入った餃子はちょっと……と思う人がいるかもしれないが、土曜日なら仕事は休みという人も多い。昼ご飯に餃子を、と考えても不思議はない。当の日和だってそのひとりだ。

そもそも暇に飽かせて調べてみたら、この店はニンニクの匂いをあまり残さないように調理法を工夫しているらしい。昼の客が多いのも頷ける話だ。

とにかく並ばなければ、と諦め気分で列の最後につく。折角来たのに、引き返すなんて考えはなかった。

餃子なら回転は速いはず、という予想と裏腹に、こちらも土曜日のせいか意外に席が空かない。餃子だけではなくビールやご飯も出す店だから時間がかかるのだろう。

正直に言えばおひとり様なら早く入れるかも、という期待はあった。店の前に行列が出来ていたとしても、カウンターに一席だけ空いている、などの場合があり、飛び越して案内されることも多かったからだ。

だが、今日は期待も虚しく、飛び越しでの案内はなかった。きっと日和以外にもひとりの客がたくさんいたのだろう。

初っぱなからこれか……と思いながら待つこと二十分、ようやく店内に案内された。品書きを見ると、水餃子と焼き餃子を一人前ずつにご飯と漬け物がついたセットがあった。都内だったらラーメン一杯すら食べられないかもしれないほどのお値打ち価格である。ご飯と餃子は文句なしの組み合わせだし、ここ一店しか行かないとなったら迷わず注文しただろう。

けれど折角足を延ばしてきたのだから、いろいろな店の餃子を味わいたい。となるとお腹に溜まるご飯はむしろ足かせになる。ならばビールという選択肢もないではないが、さすがに昼にもならないうちからお酒を呑むのはためらわれる。泣く泣く我慢して焼き餃子と水餃子を一人前ずつ注文した。

理想は三種類制覇だし、揚げ餃子も食べてみたいのは山々だが、やっぱりお腹がいっぱいになってしまいそうだ。焼き餃子は絶対に外せないし、焼き餃子を食べれば揚げ餃子の味はなんとなく想像できそうな気がする。それなら……ということで、スープ代わりにできる水餃子を選んだのだ。

焼き餃子と水餃子を一人前ずつという注文を聞いても店員さんは平然としている。おそらく、この町では餃子の食べ歩きをする人が多くて、慣れっこなのだろう。

入店までには二十分かかったけれど、席に着いてから餃子が出てくるまでにはたったの五分だった。さすがは餃子専門店、客の注文は三種類のうちのいずれかときまっているのだから、作る側からどんどん出しているに違いない。

　出てきた餃子は当然熱々、ただし少し焼き目が薄い。インターネットで見た口コミの写真は、もう少し焦げ目が付いていた。おそらく、あまりにもお客さんの数が多くて焦るあまり、ほんの少し焼き時間が短くなってしまったのだろう。気持ちはわからなくもないが、しっかり焼けた餃子が好みの日和としてはちょっと残念だ。

　それでも、食べてみた餃子は嚙んだとたん肉汁が溢れる。肉の味をしっかり感じるが、野菜だって負けていない。酢醬油に甘みを引き出され、餃子の肉の美味しさは野菜があってこそだ、なんて頷きつつ食べ進む。そもそも、宇都宮の餃子は、ニラをたっぷり入れて作る野菜餃子だと聞く。始めに野菜ありきなら、納得の味である。

　水餃子は、酢と醬油を直接かけ回すという宇都宮ならではの食べ方を試してみる。途中でそう言えば……と思い出し、ひとつだけ餃子を崩す。具をばらばらにすることでスープとしての味わいが増す、とどこかのグルメ番組で見た覚えがあったからだ。

　適当に酢と醬油をかけ回し、ラー油を落としただけなのに、餃子を崩して混ぜたとたん料理人が手をかけて作ったスープみたいになった。そのスープを纏った皮の美味しさと言ったら……

　熱々の焼き餃子と優しい味の水餃子スープを交互に口に運び、あっという間に器は空っぽになってしまった。

　――あー美味しかった……っていうか、もっと食べたい！　でもこのお店はここでおしまい！

店の外には依然として長い行列ができている。次の店に向かおうとした日和はスマホの道案内にげんなりした。

表示された所要時間はおよそ三十分。それもそのはず、地図を確かめると次の店がある餃子通りは駅を挟んだ向こう側にあった。どちらも駅から十五分前後で反対方向にあるなら、三十分かかるのは当然だ。もうちょっと考えてルートを組みなさいよ！　と自分を罵りたくなる。

こういうのを後の祭りって言うのよね……とがっかりしながら、それでも頑張って歩く。

ところがようやくお目当ての店に着いた日和が出くわしたのは、またしても行列。しかもさっきよりずっと長い『大行列』と呼ぶべき代物である。

さらに、少し先にも同じぐらいの行列ができていて、それこそがさっき行った店の本店だった。

この大行列に並んで餃子を食べ終わるには一時間以上かかるかもしれない。

実は両親が、明日は用事があるから朝七時過ぎには出かけたいと言っていた。おそらく早めに休みたいだろうけれど、両親、特に母は心配性なので日和が帰宅するまで起きているに決まっている。起きているどころか、なにかあったら対処しなければならないということで晩酌は取りやめ、お風呂さえ済ませずに待っているかもしれない。二十六歳の娘に対してあまりにも過保護だが、それほど日和がしっかりしていないということなのだろう。

　できれば午後八時ぐらいまでには帰宅したい。自宅まで二時間半だから宇都宮を出るのは午後五時ごろということになる。

　残り時間は四時間半、ひとつの店に一時間かかるとしてもまだまだ回れる。けれど、このままいくと滞在時間のほとんどを行列に費やすことになってしまう。

　立ちっぱなしで三十分以上並んで、十五分で食べ終わって店を出る。それを何度も繰り返すと考えるとちょっとへこたれそうになる。同行者がいて話でもしながら、というのならいいが、日和はひとりだ。モバイルバッテリーを持っているから電池切れの心配はないにしても、スマホでの時間潰しにも限界がある。

　——もっと手っ取り早くすませる方法はないのかしら……

　とうとうお得意の『来た、見た、帰る』方式が騒ぎ出した。さすがに一店舗で食べただけで帰ろうとは思わないが、なんとか並ぶ時間を短くしたい。そして次の瞬間、日和は宇都宮に来るきっかけとなった動画を思い出した。確か彼が行ったのは、独立店舗ではなく、いくつかの店の餃子を一度に食べられるフードコートのような場所だったはずだ。急いで調べた結果、そのフードコートへは今いる場所から五分ぐらいで行けるとわかった。

　——なんだ……もっと遠いと思ってたら、案外近くじゃない。あそこに行けば一度にいろいろなお店の餃子が食べられる！

　ここまで行列がすごいと思っていなかった日和は、どうせならフードコートよりもそれぞれのお店で独自の焼き方や雰囲気を味わいたい、と考えていた。でも今は、手っ取り早くいろいろ食べられるなら、そのほうがいいような気がする。

　歩いて五分なら余裕だ。なにより、そこには一皿にいくつもの店の餃子を盛り合わせたメニューがあり、日和のようにおひとり様で食べ比べたい人間には打ってつけなのだ。

　とはいえ日和が二店目に選んだ店は、そのフードコートでは味わえないらしい。それなら、この店だけ食べて、そのあとフードコートに行けばいい。

　覚悟を決めて並んだ日和は、思ったよりもずっと列が進むのが速いことに気づいた。しかも列から離れた人は皆手に袋を提げている。もしや、と思って店のホームページを確かめてみると、現在は店内飲食禁止、持ち帰りのみの営業という説明書きがあった。

　――そうか……持ち帰りだけなのね。ちょっと残念。でも、買ってすぐに食べちゃえば、お店で食べるのとあんまり変わらないかも……

　持ち帰りは焼いてあるものと冷凍が選べるらしい。でもどうせならお店の人が焼いた餃子を食べてみたい、と考えた日和は焼いてある餃子を二人前買うことにした。

　この店の餃子はよそよりも小振りらしいし、お腹にはけっこう余裕があるから、きっと食べられるだろう。そもそも持ち帰りの焼き餃子は二人前からとなっていたので、選択の余地はなかった。

二十分もかからずに赤い箱に入った餃子を受け取り、どこかに食べられる場所はないかと探す。

スマホで地図を確かめた結果、近くに神社があった。行ってみると幸い人気も少ない、というか誰もいなかった。座れそうな場所はなかったが、人目を避けられるだけで十分だ。

ちょっとお邪魔しますね、と入り込み、木陰で箱を開ける。もちろん、まだ熱々。しかもこの店の餃子は味がしっかりつけられていてタレがなくても美味しいとのこと。箸を割ってそのまま口に運んだ。

――あーこれ、なにもつけなくてもいいわ。立ち食いに向いてるかも。でもせっかくだからタレもつけてみたいな……

どこかに置ける場所がないかと探してみたが、見つからない。当然だ。もともとそんな場所があればそこで食べていただろう。やむなく後ろにあった玉垣を使わせてもらうことにして、四苦八苦しながらタレの袋を開ける。大きく破ると大量にかかってしまうので、ちょっとだけ開けてポタポタと餃子に垂らしてみた。

――はい、正解！　やっぱりタレがあったほうがいい。それに皮の感じも好きだなあ……

いかにも宇都宮の餃子らしく、野菜が前面に押し出され、さっぱりと優しい味わいで、次から次へと食べたくなる。箸が止まらない、という言葉がこれほどふさわしい餃子はない。客の回転が速く、焼ける側から箱に詰めて渡していることもあって、熱さも失われていない。箱にこもった熱で蒸されて柔らかくなっているのでは……という心配をよそに、カリカリの食感は健在。おそらく皮の厚さも関係しているのだろう。

そう言えば、先ほどの店はもっちりタイプだった。もちろん、さすが有名店と思える味だったし、餡とのバランスは抜群、なにより水餃子が圧巻だった。

けれど、日和はもともと薄皮の餃子が好きだ。あえて焼き餃子だけを比べるならば、こちらに軍配を上げる。もちろん、異論は全部認めるとして……

来るときに電車の中で検索したところ、最初の店と今食べた店が宇都宮餃子の二大勢力とされているらしい。最初の店は全国的に有名で観光客がたくさん訪れ、こちらは地元の支持が高いという口コミもあった。皮の厚さ、餡の配合、タレや焼き方まで含めて、日々論争が繰り返されているという。

たぶん、決着なんて一生つかないんだろうけど、私はこっちかな……なんて思いつつ、二人前十二個をあっさり完食する。

これは是非とも両親に食べてもらいたい、と思ったが、焼き冷ましの餃子は魅力半減だし、冷凍餃子にしても、家に着くまでに二時間半かかるから、無事に持ち運べないだろう。溶けて皮がくっつき合ってしまっても面倒だ。通販でも買えるようだし、あとで注文することにして、日和は次なる目的地、あの動画配信者も訪れていた『来らっせ』に向かった。

『来らっせ』は宇都宮餃子会が運営しており、ここに行けば様々な店の餃子を食べたり、お土産に買ったりすることが可能、言わば餃子パークと呼ぶべき場所だ。ちなみに『来らっせ』は栃木の方言で『来てください』とか『いらっしゃいませ』を意味することばらしい。おそらく京都で言うところの『おいでやす』と同じなのだろう。

先ほど持ち帰り餃子を食べた小さな神社から歩くこと三分、日和はJR宇都宮駅に続く大通りに出た。スマホの案内によると『来らっせ』はこの大通り沿いの大手ディスカウントショップと同じ建物に入っているようだ。

大通りにでてしばらく歩いて行くと、目的の建物が見えてきた。

念のためにとスマホをもう一度確かめたところで、はっとする。なぜなら、『来らっせ』が入っているディスカウントショップの真向かいに、大きな神社があったからだ。

――そう言えば、あの動画配信者もお参りしてたっけ……。確か二荒山（ふたらさん）……え、二荒山神社!?

端くれとは言え、日和はパワースポットオタクである。当然、二荒山神社の名前は聞いたことがあったが、宇都宮にあるとは思っていなかった。

慌てて調べてみると、二荒山を冠する有名な神社は宇都宮と日光（にっこう）の二カ所あり、宇都宮は「ふたあらやま」、日光は「ふたらさん」と読む。祭神も名前の由来も異なる別の神社だそうで、日和が知っているのは日光にある二荒山神社のほうだった。

同じ栃木県内に同じ漢字で表す別々の神社があるのは紛らわしい。現に、あの博識そうな動画配信者ですら読み間違えていたほどだ。だがそれは日和の勝手な感想で、ふたつの神社にしてみれば、そんなことを言われても……というところだろう。

いずれにしても宇都宮二荒山神社も日光二荒山神社も由緒ある神社だし、宇都宮二荒山神社は宇都宮随一のパワースポットという説明も見つけた。

お参りしないという選択肢はないし、参るとすると餃子より先にしないと罰当たりかな……と考えたところで笑い出しそうになる。すでにふたつの店で四人前の餃子を平らげている。しかもさっき立ち食いしたのも神社の境内だし、お邪魔しましたとお参りはしたが、それだって食べ終わったあとだった。なにを今更……である。

過去は過去、大事なのはこれから、なんて都合よく割り切り、渋い茶色の鳥居に向かう。

——なんか、すごく気持ちがいい場所だわ……

パワースポットにも相性があるらしい。否定する人もいるが、日和自身は、相性はあると思っている。最初のひとり旅で行った熱海（あたみ）の來宮（きのみや）神社は、神社というか空気そのものが歓迎してくれている気がした。それに似た感じが、この神社からも伝わってくるのだ。

いつもどおり鳥居の端っこで一礼し、石畳というかブロック畳を進む。その先にあったのは、長い石段だった。

——はいはい、いつもどおりっと！　まったくもう、石段を上がらずにお参りできる神社ってないのかしら！

お参りは修行のひとつなのだから、石段ぐらい登ってこいと言われれば反論の余地もないが、もうちょっとお年寄りに優しく……と言いたくなる。そして、石段を登り始めた日和は、五十段まで数えたところで、『お年寄り』を『人』という言葉に置き換える。そうしたくなるほど長い石段だった。

——九十一、九十二、九十三、九十四……終わったー！

数え間違いの誤差を含んでもおよそ百段、石段を登り終えた日和は、すでに達成感でいっぱいだった。この石段を登り終えただけでも御利益は山ほどあるに違いない。

立派な神門をくぐり、手水（ちょうず）を使って拝殿に進む。お賽銭（さいせん）を投げ入れて二礼二拍手一礼、静かにお参りを済ませた。

そのあと、横手から本殿を眺め、境内をくるりと一回りする。神楽殿（かぐらでん）や狛犬（こまいぬ）、馬の銅像、もちろん社務所にも行ってみる。いろいろなお守りや破魔矢、絵馬が並べられているのは、よその神社と変わりないが、まん丸な目をした魚のお守りがかわいらしくてつい手が伸びた。

このところ、日和が旅に出るたびに授かって帰るので、家の中がお守りだらけになっている。もしかしたら両親、とりわけ母は片付かないと困っているかもしれない、と訊（たず）ねてみたが、答えは至ってシンプルで、『お守りが片付かないなんて言ったら罰が当たる』というものだった。

きっと、お参りした自分はもちろん、家族にも少しでもいいことがあれば……と授かって帰る日和の気持ちをわかってくれているのだろう。

ということで、無病息災の『黄ぶな守』を授かる。時節柄疫病退散のほうがいいかな、とも思ったが、無病息災のほうがオールマイティーな気がしたのだ。

神社に来たらお守りとおみくじ、ということで、次はおみくじを引きに行く。近頃、おまけというか縁起物が入ったおみくじが増えているが、ここのおみくじには驚かされた。箸でつまんで引く上に縁起物がなんと餃子なのだ。

水餃子、焼き餃子、翡翠(ひすい)餃子、海老(えび)餃子、胡麻(ごま)餃子の五種類。色は順に白、黄色、緑、ピンク、黒の五色で、それぞれに応じて学業成就や金運上昇、厄除(やくよけ)健康、恋愛成就、運気上昇といった御利益があるらしい。

これは引かないわけにはいかない、とやってみた。慎重に箸でつまんで授かり、開いてみると出てきたのは白い餃子だった。

――ピンクがよかったけど、白かあ……ってことは学業成就ね。うーん、勉強とはすっかりご無沙汰(ぶさた)なんだけど、これからなにか学べってこと？

勉強は嫌いではない。とはいえ、成果が伴っているかと訊(き)かれたらすごく疑問、小、中、高校、大学まで努力を怠らなかったおかげで『真面目』と言われることは多かったが、『優秀』と言われたことはない。ただ、学校の勉強と社会人になってからの勉強は違うかもしれない。本当に興味があることなら、ものすごく楽しく学べる可能性だってあるだろう。

始めてみたらひとり旅だってすごく楽しかった。これをきっかけに、ほかにもなにかチャレンジしてみようかな……などと考えながら、日和は長い石段を下りた。


無事お参りを済ませ、いよいよディスカウントショップに向かう。

時刻は十三時を回ったところ。目指す『来らっせ』は建物の地下にあるため、神社詣でに引き続き下りていく。ただし、こちらにはちゃんとエスカレーターがついている。文明って素晴らしい、と褒め称えながら乗り込み、降りたところが『来らっせ』本店、目に鮮やかな黄色の看板がおいでおいでと誘っていた。

では早速、と店に入ろうとして左右に分かれる矢印に気がついた。右向きには『常設店舗』、左向きには『日替わり店舗』と書いてある。常設店舗は宇都宮に来て最初に入った店をはじめ、宇都宮餃子人気ランキングの上位で見る名前ばかりが並んでいる。そのせいで客の数も多いのだろう。テーブルは全て埋まっているし、カウンターも空席はちらほら……。大行列ではないにしても、席が空くのを待つ列もできていた。

日和はひとりだからカウンター席ならすぐに案内されそうだが、よく見ると『常設店舗』のほうは一皿ずつの注文になるようだ。グループで来たならいいが、すでに四皿を胃袋に収めたあと、ひとりで何皿も食べ比べるのは辛い。それよりもいろいろな店の餃子が一皿に盛り合わせられたセットがある『日替わり店舗』のほうがいい。なにより空いている……ということで、日和は『日替わり店舗』に入ることにした。

矢印に従って左のほうに歩いて行くと、赤い暖簾が目に入った。入り口にいた店員さんがすぐに案内してくれる。

——ふーん……ちょっとコンパクトなのね。あっちはまさにフードコート！ってスタイルだったけど、こっちは普通のお店っぽい。私はこっちのほうが落ち着けていいかな……

席に着いてそんなことを考える。ちなみに日和が座ったのはふたり用のテーブル席だ。空席はほかにもあるし、待っている人もいないということで、案内されたのだろう。

ありがたく使わせてもらうことにし、餃子を注文に行く。

最近のフードコートは専用のベルを持たされて、料理ができたら取りに行くという方式が多いが、ここではそれぞれの店に行って注文しテーブル番号を告げさえすれば運んできてくれるらしい。

このやり方は『日替わり店舗』だからこそかと思ったが、どうやら『常設店舗』でも同じらしい。複数の店で注文する人が多いから、取りに行くスタイルだと立ったり座ったりで忙しくなる。それではゆっくり食べていられないだろうから、なんて心遣いのような気がしてちょっと嬉しくなった。

待つこと五分で、注文の品が届いた。

日和が選んだのは『A盛り』と『D盛り』の二皿だ。一皿につき六個、違う店の餃子が一個ずつのせられているため、この二皿で十二店の餃子を味わうことができる。十二のお店を回るなんて一日ではとても無理だし、そもそも食べきれない。少なくとも日和には無理だ。

また、平日は一店につき二個ずつの十二個が一皿で、一店一個ずつの六個盛りは土曜、日曜のみらしい。おそらく食べ歩きをしたい客が増える週末に合わせて個数を変えているのだろうけれど、おひとり様にはこれまたありがたい仕様だった。

それにしても、同じ店の違う味の餃子を盛り合わせるならまだわかるが、別々の店の餃子を一皿に盛り合わせるなんて大胆すぎる。それぞれが自分の店の味に自信を持っている、なおかつ共存共栄という考えがなければ成り立たない。

なんとかお客さんにいろいろな味を知ってほしい。お気に入りを見つけて、何度でも餃子を食べに来てほしい、という気持ちが伝わってくる。おそらく、宇都宮が餃子による町おこしに成功した理由のひとつは、そんなところにあるのだろう。

待っている間に感じた、どれがどの店の餃子かわからなくなりそう……という心配は無用だった。お皿の上に店の名前を書いた短冊が添えられていたおかげで、どれがどの店の餃子なのか一目瞭然（りょうぜん）だったからだ。

とにかく冷めないうちに、と急いで食べてみる。『A盛り』は味噌（みそ）ダレで食べるのが特徴とされる店のものも入っていたが、さすがに味噌ダレの用意はなかった。ちょっと残念……と思いつつ、醬油ダレを使う。ただ、このタレは少しとろみがあり、ラー油の辛さもちょうどいい。酢と醬油を合わせただけのものに比べて少々甘みが強いものの『宇都宮餃子のたれ』という名のとおり、どの餃子も美味しく食べることができた。

それぞれの店に行けば、自分の店の餃子に一番合うタレがあるのかもしれない。けれど、そういう店は焼き方にもこだわっているはずだ。こう言ってはなんだが、六店分まとめて焼いてしまう方法でこだわりは守れない。タレも焼き方もお店の雰囲気まで含めて、真骨頂を味わいたければそれぞれのお店に行くべきだ。盛り合わせ――いや、『来らっせ』そのものが宇都宮餃子の入り口、自分にぴったりの味を探し出すための初心者向けガイドブックの役割を果たしているのだろう。

この餃子はキャベツの甘みがすごい、これは肉が多め、これはニラがたくさん、こっちはニンニクが利いてる――ひとつひとつ味わいながら、日和はスマホでそれぞれの店を検索する。

自分の感想とお店の紹介や口コミを照らし合わせて、似通っていればうんうんと頷き、全然違う内容だと「私って馬鹿舌？」などと軽く落ち込む。そんなこんなでおひとり様を満喫しつつ、二皿の餃子を食べ終えた。

――餃子って本当にいろいろあるのね。こんなに美味しいのがあるなんて思わなかった……

それが、日和が本日の餃子三昧で一番に感じたことだった。

正直に言えば、日和はかなりの餃子好きだが、一番美味しいのは家の餃子、母が作る餃子だと信じている。母の餃子は下味をしっかりつけ、肉たっぷりの餡を詰め込んである。焼き方もカリカリの羽根つき、身贔屓と笑われるのを承知で言えば、お金を取れるのではないかと思うレベルなのだ。

　もちろん、家族の好みに合わせて作る餃子だから、美味しく感じるのは当たり前だ。それでも、いや、だからこそ外で餃子を食べても、これもすごく美味しいけど、やっぱりお母さんの餃子が一番、と思わずにいられなかった。

　ところが、今日食べた餃子はある意味日和に衝撃を与えた。もしかしたらお母さんのと同じぐらいかも……というものから、これは間違いなくお母さんと同じぐらい美味しい！　と断言できるものまであった。本日のナンバーワンは、あの立ち食いで食べた赤い箱の餃子だ。『来らっせ』で食べたものは、それぞれの店の焼き方やタレが再現されていない前提で、その分加点するにしても断然トップだと感じる。

　味覚は主観的なものだから、美味しいと感じるものは人それぞれだ。だが、日和は今日、今まで買って食べた中で一番自分の舌に合う、という餃子を見つけた。

　日和がそれほど美味しいと感じるのだから、おそらく家族の好みにも合うだろう。

　梶倉家は、外に出ている兄も含めて揃って餃子好き、母が作る餃子が一番と主張するところまで同じだ。だが、餃子を作るのは案外大変だ。大変と言うよりも面倒だろう。食べたいと思ってから、実際に食べるまでには、買い物に行ったり、野菜を刻んだり、包んだり、焼いたり……といろいろな作業をこなさなければならない。作るのは面倒だけど美味しい餃子が食べたい！　と思ったとき、市販されているお気に入り商品があればどんなにいいだろう。冷凍庫に常備しておけば、今よりもっと気軽に美味しい餃子が食べられるに違いない。

　はるばる出かけてきて三十六個、合計十四店の餃子を食べた成果は、快挙というべきものだった。

　その半面、餃子はもう十分という気分になる。ただしそれは『今日はもう十分』であって来週、いや明後日(あさって)にはまた食べたくなる。それが日和における餃子の位置づけだ。もしかしたら、あの動画を見ていなくても、餃子の町を訪れる機会はそう遠くなかったのかもしれない。

　もともと餃子が大好物な上に、日和が旅に出る動機の大半は『食』にある。遠距離移動が憚(はばか)られる状況にある今、近場で好物が食べられる街は魅力的としか言いようがなかった。

　上機嫌で『来らっせ』から地上に出た日和は、大通りを見渡す。びっくりするぐらいバスが次々やってくるが、おそらく駅まで歩いても十五分ぐらいだろう。のんびり歩いて行こう、と思ったところで時刻を確かめると、まだ十三時半にもなっていない。

　帰るには少し早い気がする。どこかちょっと見ていけるところはないだろうか、と調べてみると、大谷(おおや)資料館や遊園地、動物園などが出てきた。

大谷資料館は大谷石の地下採掘場あとに作られたものだそうで、ピラミッドやゲームのダンジョンを思わせる幻想的な場所らしい。映画やドラマのロケにもよく使われているとのことで、ちょっと行ってみたい気にはなったが、ホームページに示された『本日の館内気温』欄の数字に二の足を踏む。

いわゆる地下の空洞というのは夏は涼しく冬は暖かいと思っていたが、まったく容赦ない一桁前半の数字……冬晴れをいいことに薄手のコートしか着ていない日和には太刀打ちできそうになかった。おまけに広さは二万平方メートルだそうだ。

口コミでは絶賛され、一生に一度は見るべしとすすめる人もいたが、また日と服装を改めてと諦めることにした。かといって、遊園地や動物園を楽しむ気分ではない。もう一声……なんて値下げを期待する客のようなことを考えつつ、検索を続けた結果、日和が見つけたのは『道の駅うつのみやろまんちっく村』だった。いや、正しくは検索を続けて見つけたのではない。たまたま立っていたところがバス停で、そこの行き先表示に『ろまんちっく村』という言葉があったのだ。

ろまんちっく村という名前そのものがかわいらしい。バスで四十分ほどかかるようだが、日和は案外バスに乗るのが好きだ。鉄道よりもゆっくり走るし、信号で止まることもあって、町の様子をのんびり眺められる。以前福岡に行ったときは、二時間ぐらい乗り続けた。四十分ぐらいなんてことはない。

パンやデザートも美味しいとの評判だし、なによりビール醸造所があって地ビールが買えるらしい。それに、バスで道の駅に行くなんてなかなかできる経験ではない。

空は相変わらず青く、雲は視界の端に小さなものがひとつふたつあるぐらい。すったもんだしてペーパードライバーを脱し、車を運転する機会が増えているが、やはりまだ自分で運転するより乗せてもらうほうが気楽だ。車高があって遠くまで見晴らせるバスなら、さぞや快適なドライブになるだろう。

バスの時刻表を見てみると、次のバスがもうすぐやってくるようだ。これは行くしかない、ということで、日和はバスを待つことにした。

――うわあ、広そう……それにここ、温泉もあるのね！

バスを降りた日和は辺りをぐるりと見回した。

道の駅とはいえ、駐車場からして広すぎる。しかも駐車場はほかに何カ所もあるという。これだけの台数と乗ってきた人を収容できるならば、施設としてはかなり大きいに違いない。

ただでさえ温泉という言葉に抗いがたい魅力を感じる日和としては、日帰り入浴ができるというのは見過ごせない情報だった。

問題は、入浴について一切の備えがないことと時間の有無だった。

タオルはおそらく借りられるだろう。着替えがないのは我慢するにしても、化粧道具がないのは不安すぎる。さすがにここから自宅まですっぴんで帰る度胸はないし、帰りのバスに乗り遅れるのも困る。乗るときに確かめたバス停の時刻表には、一時間に一本ぐらいしか載っていなかった。おそらく帰りも同様、もしくは夕方に向けて便数が減るかもしれない。

とりあえずバッグの中を引っかき回し、化粧品を確かめる。日帰りの旅だし、リップぐらいしか入っていないと半ば諦め気分だった日和は、十数秒後嬉しい悲鳴を上げた。

――試供品が入ってた！　そういえば一昨日、ドラッグストアで買い物をしたときにまとめてもらったんだった！

その日、いつも使っている製品が見当たらずにきょろきょろしていた日和は、美容部員さんに声をかけられた。日和は販売員の中でもとりわけ美容部員さんが苦手だ。豊富な知識をマシンガンのようにぶつけられ、いつの間にか予定になかった商品を買っていたりする。あちらとしては無理に売りつける気持ちはないのかもしれないが、断ることができないのだ。

ただ一昨日の美容部員さんはとても感じのいい人で、日和の様子からそういったやりとりが苦手だと察してくれたらしく、探している商品の名前を聞いて、置いてある場所に案内してくれた。どうやらつい最近、置き場所を変えたらしい。美容部員さんは、わかりにくくてごめんなさい、なんて言いつつ試供品をたくさんくれた。その試供品が帰宅後も取り出されることなくバッグに入ったまま……というのが、今の状況だ。

鞄に入れっぱなしになっていた試供品の類いを見つけるたびに、だらしないなあ……と思っていたけれど、今回ばかりは自分のずぼらさに感謝したくなった。

化粧品はこれでなんとかなる。あとは時間との戦いだった。

インターネットで調べられなくはないだろうが、停留所に見に行ったほうが早い、ということで小走りで帰りのバスの時刻を確かめに行く。現在時刻は午後二時二十分、当初の予定どおり宇都宮を五時頃に出るのであれば、四時前後のバスが適当だが、四時台のバスはなかった。

――うーん……三時五十五分か、五時二十分のどっちかか……。三時五十五分なら宇都宮駅に四時半ぐらいに着くだろうからちょうどいいんだけど、あと一時間半でここをぐるっと見て回ってお風呂も入ってだと忙しすぎるかも。かといって五時二十分のバスだと家に着くのが九時近くになっちゃうし……

日和の一推し、二軒目に行った人気店の餃子は通販で発注するにしても、ほかの店の生餃子をいくつか買って帰るつもりだった。今日食べた餃子はどれもとても美味しかったから、両親にも味わってもらいたい。それも同じ日のうちに、という思いがあったのだ。

だが、明日の早朝から出かけることに加えて、近頃両親は健康のことを気にして夜遅くの飲食は避けている。日和同様、両親も餃子には目がないので、餃子と地ビールをセットで持って帰ったら、すぐに食べたがるに決まっている。もしかしたら夕食も日和と一緒に、と待っている可能性もある。それだけに、夜九時過ぎの帰宅は避けたかった。

仕方がない。大急ぎで温泉と買い物を済ませて三時五十五分のバスに乗ろう。そう決めた日和は真っ直ぐに温泉に向かった。当初の歩き回って疲れた足を癒やしたいという考えはどこへやら、まずは温泉を堪能(たんのう)し、そのあと地ビールを楽しむ、そして買い物という段取りだった。

ただならぬ量の苗木や鉢植えの花のコーナーを過ぎ、ソフトクリームやホットスナックなどの店を通過してどんどん進む。ひとつの道の駅の中をこんなに歩き続けるってどういうこと？　と思いながら歩くこと五分、ビール醸造所に到達した日和は、そこでしっかり道を間違えていることに気づいた。日帰り温泉に行くためには、ホットスナックなどの売店の手前を曲がらなければならなかったのだ。何度旅をしたところで、生来の方向音痴は治りそうもない。どうしてこんなに間違えるんだろう、と嘆きながら引き返し、十分かかってようやく湯処あぐりに到着した。

予定の倍、しかもかなり急いで歩いてきたから大丈夫かしらと心配しながらの検温も難なく終了、名前と連絡先を書いた紙を提出して中に入る。驚いたのは入浴料で、税金がなければワンコイン以下という天然温泉とは思えない値段だった。

安かろう悪かろうはいやだなと心配になったが、設備は清潔だし、いつもなのかたまたまなのかはわからないが、日和が入った時点で大混雑ということもなかった。ただし、リゾートスパのようにたくさんの種類の浴槽があるわけではない。小さめの風呂と二十人ぐらいは入れそうな露天風呂のふたつだけだが、日和にはそれで十分だ。

天気のよい午後、冷たい空気と露天風呂の相性は抜群で、のぼせることなく、いくらでも入っていられる。借りたタオルを頭に載っけて、ふはあ……なんてため息をついている間に、どんどん時が過ぎていった。

そして、心ゆくまで温泉を楽しんだあと、日和は脱衣場に戻ってぎょっとした。

「えっ⁉」

いつもの心中の声ではなく、本当に声が出ていた。時計は三時二十分を示している。身支度と化粧をすませてバス停に戻るだけでも二十分はかかる。それを差し引いて残る時間は十五分、それではビールを堪能どころか、来るときに見たレモン味のソフトクリームもポテトフライも、なぜここにある？　と謎だった肉巻きおにぎりもなにも食べられない。温泉に浸かったせいで餃子はすっかり消化され、お腹はぺこぺこだというのに……

普段はもっぱら烏の行水なのに、どうしてこんな時に限って……と自分を呪いたくなるが、済んだことは仕方がない。それに、烏が時を忘れるほど居座りたくなるほど気持ちのいい温泉だったのだから、それはそれでよしとしよう。

失敗をたくさんすると気持ちの切り替えはうまくなるわね、なんて自賛とも慰めともつかぬことを思いつつ、今後の計画を立て直す。

両親へのお土産のことを考えれば、このまま地ビールだけを買って三時台のバスに乗り、予定どおりの電車で戻るというのが正解だ。けれど、折角ここまで来てお風呂に入ったというのは悲しすぎる。五時台のバスに乗るという方向でなんとかならないか……

思案の結果、日和が選んだのは『大人の解決法』だった。

――在来線だから九時になっちゃうのよ。世の中には新幹線ってものがあるでしょ！

調べてみると、宇都宮から東京までの新幹線料金は指定席料金を含めて三千四十円だった。だが、その金額を払えば東京まで五十一分、自宅にも八時になる前に着けるだろう。父が残業で夕食がそれぐらいになることもあるから、ぎりぎりセーフと思える時刻だった。

かくして、時間をお金で買うという手段で問題を解決した日和は、機嫌良く売店が並ぶ通りに戻る。目指すはもちろん地ビールだった。

しっかり温泉に浸かったあと、まだ日が落ちていないせいか、空気はあまり冷たく感じない。耐えられないほど寒いようならいくつかある食事処に行こうと思っていたが、これなら大丈夫そうだ。屋外のベンチで飲食している人もいるし、日和もそこに加わることにした。

ファストフードのコーナーに行ってみると、ビールの名前がいくつも並んでいる。さすがは同じ敷地内でビールを造っているだけのことはある、と感心しつつ眺めてみると、見覚えのある名前があった。

――あ、『麦太郎(むぎたろう)』がある！　これって、ここで造ってたんだ……

最初に行った餃子の店でポスターを見た。品書きにはビールとしか書かれていなかったが、おそらく頼めば出してくれたはずだ。

深いグリーンのラベルがきれいな小瓶で、餃子と合わせたらさぞや美味しいだろうと思ったけれど、昼にもならないうちからお酒を呑むのはためらわれ、泣く泣く諦めた銘柄だ。

どんな味なんだろう……と思っていると、ちょうど日和の前の人が注文した。プラスティックカップに注がれた色は透明感のある黄金色。おそらく日本でもっとも人気が高いピルスナータイプだろう。最初に行った店では、餃子にぴったりということで出していたに違いないが、癖のないピルスナータイプは風呂上がりで渇いた喉(のど)にするすると落ちていくはずだ。

ほかにも赤みがかったエールタイプや、冬しか呑めない限定ビールもあるようだが、『麦太郎』と揚げ物の相性は抜群に決まっている……ということで、日和は『麦太郎』とメンチカツ、そして『いもフライ』を注文することにした。

――くーっ！　やっぱりお風呂上がりのビールって最高！　でも、これって大丈夫なの？

これほど気持ちのいい温泉がある上に、こんなに美味しいビールを売っていていいものか。道の駅はいわゆるドライブイン、車で来るのが普通の場所だろう。幸い日和はバスで来たからビールを呑んでも大丈夫だけれど、お酒好きの運転手は地団駄踏んでいるのではないか。

おまけに一緒に買ったメンチは熱々カリカリで、嚙んだ瞬間肉汁があふれ出す。『いもフライ』はなんとも素朴な味わいで、ジャガイモの甘みとさらさらのソースの組み合わせがしみじみと美味しい。『いもフライ』は佐野名物だそうだが、ここで食べられたのはラッキーだった。

ほかにもつまみになりそうなものはたくさん売っているし、どれも美味しそうだ。誘惑に駆られて飲酒運転……なんてことになったら大変、と心配になったが、どうやらここを訪れる人の中にはそんな不埒者はいないらしい。日和が座っているベンチの近くにもビールを堪能している夫婦がいたが、耳に入ってくる会話から察するに彼らはここに泊まるようだ。

そういえば、温泉に行く途中に宿泊用らしき部屋が並んでいた。駐車場にはキャンピングカーも停まっていたし、近頃は軽自動車をキャンピングカーのように使う人も増えていると聞く。自販機やトイレがあちこちにあり、お風呂にも入れる。産地直送の食材も豊富に売られている、となれば、車中泊にもってこいの場所かもしれない。一晩中呑んだくれることがない限り、飲酒運転の問題は発生しないだろう。

――最近、ソロキャンプだけじゃなくてオートキャンプも流行ってるそうだけど、こういう設備が整ったところなら安心よね。まあ、私には無理だけど……

すっかり旅好きになったけれど、キャンプを始めようとは思わない。ソロキャンプにしてもオートキャンプにしても、火を熾して料理を作って、寝袋に潜り込んで……という旅は自分にできそうにない。どう考えても、楽しめる気がしないのだ。

おひとり様の究極は、ほとんど人と接することがないソロキャンプなのかもしれない。だが、日和の場合、いくらひとりが気楽とはいっても、なにもかもひとりでできるわけではない。それに日和の旅の大目的は『美味しいものを食べること』にある。料理の腕前はまだまだ発展途上なのに、不自由を楽しむというコンセプトは、まだまだ日和から遠いところにあると言っていい。

——おい、日和。あんたってちょっと中途半端、っていうか覚悟が足りないんじゃない？　おひとり様を貫くなら、テントを担いで山にでも分け入ってみたら？

プラスティックカップに入った黄金色のビールを片手に、軽く自分を叱ってみる。そしてすぐに笑い出す。キャンプを楽しめなくても生きていけるし、ほかにも楽しいことはたくさんある。無理やりテントを担ぐ必要は皆無だった。

午後四時十五分、ビールと揚げ物という最強セットを平らげた日和は売店に向かった。慌てる時刻ではないし、湯上がりで頬に微かな風を感じながらのビールは最高だったが、身体が冷えすぎないうちに屋内に入りたい。思いがけず温泉に入れたのに、湯冷めで風邪を引くなんて論外だ。残りの時間はお土産を探しながら過ごすことにしよう。

ここでお土産を揃えれば、駅でバタバタすることもない。ここから先はバス、新幹線、在来線と乗り継いで帰るだけだ。歩く距離は知れているし、多少重いものを買ったところで問題ないだろう。

その後、小一時間あちこちの店を見て歩き、何種類かの地ビールを含めたお土産を買い込んだ日和は、無事午後五時二十分発のバスに乗り込んだ。疲れとアルコールの影響で軽い眠気を感じていたが、バスの中で少しうとうとできたおかげで、宇都宮駅に着くころには頭もすっきりしていた。

――お父さんやお母さんはビールの小瓶ってなんのためにあるのかわからない！　とか言ってるけど、お土産には最適よね。お土産はビール以外にも買いたいし、中瓶とか大瓶だったら重くて何種類も買って帰れないもん。

エコバッグの中には三種類の地ビールと生餃子の箱、バウムクーヘンに焼き立てパン、そして乳飲料も入っている。ただしこの乳飲料はお土産ではなく、帰りの新幹線の中で飲もうと思って買ったものだ。

小さな黄色いパックにはレモンの絵が描かれている。聞くところによると、この乳飲料には一切レモンは使われていないという。それなのに堂々とイラストを掲げ、名前にもはっきり『レモン』と謳(うた)っているところが面白いと話題になっているそうだ。物産展などで見かけることも多かったが、日和は飲んだことはなかった。

冬なので空気が乾燥している上に、ビールを呑んだあとだ。アルコールの効果で喉は渇くに違いない。この機会に飲んでみようという魂胆だった。とはいえ、バスの中ではちょっと不安だ。化粧室が完備されている新幹線でのお楽しみ、ということで、日和は黄色いパックを鞄の中にしまった。

夕方だから混み合っているのではないか、と心配したものの、乗り込んだバスは意外に空いていた。やはり『道の駅』にバスでやってくる人間はそう多くない、あるいはこの時刻に宇都宮駅に向かう人は少ない、のいずれかだろう。『密』にならなかったことに安心しつつ、スマホを取り出す。

近頃はすっかり公共交通機関利用にも慣れ、スマホを使った新幹線の予約だって朝飯前だ。宇都宮駅までに時間はたっぷりあるのだから、指定席を予約しておこうと思ったのだ。だが、そこで日和ははたと気づいた。

――そういえば、近頃の新幹線って意外に空いてるって聞いたことなかった？　指定席が満席でも自由席はガラガラとか……。今スマホで見る限り、指定席もそんなに埋まってないけど、そのままかどうかは発車するまでわからない。下手に指定席を取って周りを人に囲まれちゃうより、乗った時点で空いているところを選べる自由席のほうがいいかもしれない。東京までは五十分なんだから、たとえ座れなくてもデッキとかに立ってればいいよね？

自由席で座れるかどうかは運次第だ。それでも密を避けられる可能性が高いほうということで、日和は自由席を予約した。

バスから降りた日和は、ドキドキしながら新幹線を待つ。そして入ってきた車両を見て、軽くガッツポーズを決める。指定席にはそれなりに人影が見られるものの自由席はガラガラ、一両に数えるほどしか乗っていない状態だったからだ。

――グッドチョイス！　ますます旅慣れてきたわね、日和！

最大級の自画自賛とともに、車両のまん中あたりに席を占める。同じ車両に乗っている人は十人前後、いつもなのかたまたまなのかはわからないが、鉄道会社の経営が心配になるような数だった。ただ、日和にとってはありがたいことに間違いはない。申し訳ないな、と思いつつ、鞄から黄色いパックを取り出した。黄色いパックにストローを突っ込んでチューチューと吸ってみる。とたんに口の中に甘酸っぱさが広がった。

――あーうん、これ懐かしい味だ。飲んだこともないのに、懐かしいって変だけどね。最近、コンビニやカフェが力を入れている本格的で濃厚、あるいは果汁百パーセントとはまったく違う。ひたすらほっとできる酸味と甘みがある。

その一方で、じっくり味わうと、レモンとは？……と首を傾げたくなる。その上で、まあ、日常ってこういうものだよねえ、と悟りが開けるような飲み物だった。

毎日飲みたいかと聞かれたらそうでもない。ただ、ときどきふと思い出して飲んでみたくなる。栃木の人にとってこれは、いわゆる『ソウルフード』なのだろう。

――私は栃木で生まれ育ったわけではないけど、またどこかで見かけたら買っちゃうかもね。

宇都宮と言えば……と名高い餃子と優しい味の乳飲料だけでなく、栃木にはほかにもたくさんの美味しいものがある。佐野ラーメンも有名だし、焼きそばも美味しいものがあるらしい。イチゴや干瓢（かんぴょう）といった農産物は全国に名をとどろかせている。

なにより今回は行けなかったけれど、栃木には日光東照宮（とうしょうぐう）がある。子どものころに連れて行ってもらったことはあるが、『見ざる言わざる聞かざる』の三猿像を一生懸命探したことぐらいしか覚えていないから是非また訪れたい。

東京に近くて魅力たっぷり――そういう場所は栃木のほかにもたくさんあるだろう。長距離かつ人混みの中の移動が憚られる状況であっても、まったく出かけられないわけじゃない。これからも知恵を絞ってなんとか旅を続けていきたい。

そんなことを思いつつ、窓に目を向ける。日はとっくに落ちて、ほとんどなにも見えない。空が広い町では闇も深いらしい。ふと見ると、テーブルに置いた空（から）のパックが窓ガラスに映っている。まん中に描かれたレモンが、『またね！』と言っているようで、日和は思わず微笑んだ。

第二話　和歌山

——マグロ丼とめはり寿司

——どうしよう……当たっちゃった……

三月半ば過ぎの水曜日、仕事を終えて家に帰った日和は、半ば呆然としながら届いたばかりのメールの文面を見つめていた。

昔からくじ運はあるほうではない。というか、ごく普通だと思っている。つまり、まるっきり外ればかりではないが、大物を当てたこともない。

過去一番の実績は小学校三年生のときの商店街の福引きで、賞品は有名メーカーの缶ビール一箱だった。もちろん、当たった本人はなんの価値も見いだせず、両親だけが大喜びしていた。おそらく無欲の勝利というやつだったのだろう。

それ以降はせいぜいショッピングセンターの福引きでお菓子とか、コンビニのスクラッチくじでソフトドリンクが当たるぐらいのものだった。

自分がすごいくじ運の持ち主だと思っていないから、当然宝くじやそれに類するものは買わない。なんといっても梶倉家のモットーは『買わないくじは外れない』である。

そんな状態だから、イベント参加券や鑑賞券だって当たったことはない、というか応募したこともない。競争率が何十倍どころか何百、何千倍となる人気アーティストのコンサートなんて応募したところで当たるはずがない、と最初から諦めているのだ。

ところが今回、うっかり応募してしまったのは、そのイベントがあまりにも魅力的な上に、どうせ当たらないから行くことにもならない、と思っていたからだ。そうでなければ、東京から六百キロ以上離れているだけではなく、アクセスが悪いとしか言いようのない場所で開かれるイベントに応募するわけがなかった。

――どうしてこんなときだけ……週末の整理券なんて、普通なら当たりっこないでしょ！

送られてきたメールのタイトルは『パンダの親子観覧整理券　抽選結果のお知らせ』だった。

応募したことは覚えていたから、ああ来たのね……と軽い気持ちでＵＲＬをクリックしたところ、目に飛び込んできたのは『以下の日程でご当選しました』という驚愕の文字だった。

それからかれこれ五分、日和は、どうしよう、どうしようと思いつつ、スマホの画面を見つめている。なにせ現状、出かけられる可能性は限りなく低い。物理的な距離以上に、心理的な距離が大きすぎた。

二〇二〇年以降、世界中で悪疫が猛威を振るっている。そんな気持ちが暗くなるような日々が一年近く続いたあと、ついつい微笑んでしまうようなニュースが飛び込んできた。

和歌山にあるアドベンチャーワールドで、ジャイアントパンダの赤ちゃんが生まれたというのだ。

パンダと言えば上野が有名だが、和歌山でもパンダは飼育されている。日和は知らなかったが、上野よりずっとたくさんいるらしい。しかも、ほぼ二年ごとに赤ちゃんが生まれているという。

飼育はもちろん、パンダの繁殖なんてとんでもなく難しそうだ。それなのに二年ごとなんてすごい。ついでに調べてみたら、日本にはパンダを飼育する動物園がもうひとつ、神戸にもあるという。まさに、世の中知らないことばかり、だった。

動物、人間を問わず、赤ちゃんは小さい。それは当たり前のことだが、小さい＝かわいい、というセオリーで保護本能をかき立てて生き残る作戦らしいが、パンダはあれだけ大きな成体でも、思わずだっこしたくなるほどかわいいのだ。

そんなパンダの赤ちゃんとなったらどれほどかわいいことか。せめて画像だけでも見てみたい！　と意気込んで、和歌山にあるアドベンチャーワールドのｗｅｂサイトを調べたところ、『パンダの親子観覧抽選サイト』を見つけてしまった。

全国にパンダの赤ちゃんを見たい人は山ほどいるに違いない。応募したところで絶対当たらないだろうけれど、とにかく参加してみたい、なんでもいいから『アクション』を起こしたい、というのがそのときの日和の気持ちだった。もしかしたら、どこにも出かけられないあまり、やけを起こしていたのかもしれない。

かくして日和はインターネットで抽選に参加し、予想外に当選した挙げ句、どうしようもないジレンマを抱えてしまった。それは『行きたい』と『行くべきではない』のまん中で揺れ続ける気持ちだった。

日本のみならず、世界中で『不要不急の外出はお控えください』状態が続いている。当選したのは来週の土曜日だけれど、それまでに著しく状況が改善するとは思えない。

今回、日和は誰かと一緒に行くわけではない。純然たるひとり旅で、道中で誰かと話すことはほとんどない。むしろ、誰とも話すなというのは日和にとって快適な状況に思えるぐらいだ。

それでも……と日和はため息をつく。

先日行ってきた宇都宮と違い、東京から和歌山はあまりにも遠い。特にアドベンチャーワールドのある南紀白浜（なんきしらはま）に行くためには、新大阪まで新幹線に乗ったあと、特急電車を乗り継がなければならない。朝九時に出発しても、午後二時半過ぎにしか着かないという距離なのだ。

ほかにも問題はある。というか、こっちがメインだろう。和歌山の人たちは、東京からの観光客を喜んで受け入れてくれるだろうか……

――日和の馬鹿！　なんでこんなのに応募しちゃったのよ。世の中に絶対なんてことはないんだから、抽選に当たることはあるでしょ！　ここ二年ぐらいであっちこっちのパワースポットに行きまくって、運気が上がりまくってるかもしれないのに！

行くに行けない場所の抽選に応募して当選する。それは果たして運がいいのかどうか、という問題に目を瞑り、日和はひたすら自分を責める。さらに、もしも自分が応募しなければ他の誰かが当選し、その人がパンダの赤ちゃんを見られたかもしれない。自分のように東京ではなく、アドベンチャーワールドの近くに住む人なら、少しは気軽に足を運べただろうに……

ただ、いくら自分を責めたところで状況が変わるわけではない。パンダの赤ちゃんを見たいという気持ちは、どんどん大きくなっていく。ひたすら行きたいと行くべきではないの戦いだった。

思い余った日和は、部屋を出てリビングに行った。

家族の誰かの意見を聞きたかった……と言うよりも、誰かに『行ってもいいんじゃない？』と言ってほしかったのかもしれない。

リビングは無人だったが、先ほどから微かに水が流れる音が聞こえていたから、誰かがお風呂に入っているのだろう。リビングにいれば戻ってきてくれるに違いない。

ソファに座ってしばらく待っていると、リビングのドアが開いた。バスタオルで髪を拭きつつ入ってきたのは、母だった。

「あら日和、どうしたの？」

母が訊ねた。風呂をすませ、部屋に寝に行ったはずの日和がリビングで座っているのが不思議だったのだろう。

「うん、ちょっと聞きたいことがあってさ」

「なあに？」

「お母さん……今ってやっぱり旅行はだめだよね？」

「もちろんだめよ。仕事でやむを得ずならまだしも、というか、仕事でもやめたほうがいいわ」

「そっか……」

そして日和はまたため息をつく。抽選結果を見てから、十二回目のため息だった。ため息と深呼吸は似ているようで全然違う。息を吐いたあとに大きく吸い込むためには、それなりの気力が必要なんだな……などと考えていると、また母の声がした。

「どうしたの？　どこか行きたいところでもあるの？」

「行きたいところって言うか、行かなきゃならないところ……ううん、行く権利があるところ、かな」

「まさか出張でもあるまいし、どういうこと？」

詳しく話してみなさい、と母は日和の隣に腰を下ろした。冷蔵庫から持ってきた缶チューハイをプシッと開け、一口呑んだあと答えを待つようにじっと見つめる。現状を知れば母の意見も変わるのではないかとうっすら期待をしたけれど、抽選に当たったことを話してみても、母は眉間の皺を深くするだけだった。

「日和はもともとそんなにくじ運は良くないわよね？　それでも当たった。これってどういうことかわかる？」

「どういうって……運気急上昇中？　もしくは、たまたま神様が気まぐれを起こしたとか」

「その可能性はゼロじゃないけど、お母さんはむしろ当選確率が爆上がりしたんだと思うわ」

「爆上がりって？」

「たぶん、一日の観覧者数は決まっているはずよ。応募する人が多ければ当選確率は下がる。少なければ上がる。これは当然のこと。でもって、今回は応募する人が少なかった。まだ気軽に出歩ける時期じゃない、って判断した人が多かったってこと」

特に東京に住んでいる人が和歌山に行くには、電車やバスといった公共交通機関に乗らなければならない。しかも距離と移動手段を考えたら、かなり長時間になる。このご時世で、その選択をする人がどれほどいるだろう、と母は言うのだ。

「旅行好きな人には気の毒だけど、旅行ってやっぱり不要不急の筆頭なんだと思うわ」

「そう……だよね……」

「そもそもどうしてそんなものに応募したの？」

「まさか当たるとは思わなかったんだよ……こういうのって絶対外れるし……」

「絶対ねえ……。あんなに内弁慶だった日和が、ひとりで、電車やバス、飛行機、レンタカーまで使って旅をするようになったのよ？　世の中に、絶対なんてないと思うわ。だから、これからはもうちょっとよく考えて行動しなさい」

最後はお説教まで食らって意気消沈、日和はすごすごと自分の部屋に引き上げた。

――あーあ……やっぱりね……。確かにお母さんの言うとおり。言うとおりなんだけど！

どうにも納得できない。聞き分けのない子どものような自分にさらに落ち込む。

こんなときはSNSでも眺めて気を紛らわすのが常だが、一番のお気に入りのブログはこのところまったく更新がない。長年旅行記事を上げ続け、それなりの読者数を持つ蓮斗といえども、この状況ではお手上げなのだろう。

SNSが駄目なら個人的に連絡を取ればいいのかもしれない。きっと会社の先輩であり、日和にとって縁結びの神でもある麗佳なら、さっさとメッセージでもメールでも送りなさい、と発破をかけてくるだろう。

はじめは会社のメールアドレスしか知らされなかったけれど、姫路でおこなわれた麗佳の結婚式のときに連絡用のIDの交換をした。いつでも連絡を取れる状況にあるというのに、日和はメッセージを送れないでいる。いや、正確には一度だけ、姫路から帰った日にお礼だけは送った。

到着してすぐに明石焼き風たこ焼きを食べたのを皮切りに、夜は居酒屋で地酒と郷土料理を楽しみ、翌日の結婚式の受付でも応対の大半は蓮斗任せ、日和はただ隣で頭を下げては名簿に○をつけるだけだった。

帰りの新幹線は姫路に停まる『のぞみ』が少ないこともあって同じ便となり、駅でのお土産探しにも付き合ってくれた。前日に呑んだ『奥播磨』を買おうとした日和に、これは姫路に来ないと手に入れづらいから、と別の酒をすすめてくれたのも蓮斗だ。

エメラルドグリーンの瓶に龍が描かれたラベルの酒に父は大喜び、夜も遅いというのにグラスを取り出して呑み始めたほどだ。酒に詳しく、いろいろな日本酒を呑んできた父があれほど喜ぶのだから、かなりいいお酒なのだろう。しかも常温が美味しいということで、すぐに呑んでもらえた。喜ぶ顔がすぐ見られるというのも、買ってきた人間にとっては嬉しいことだった。

なにからなにまでお世話になりっぱなしでお礼のメッセージは不可欠、なにより蓮斗に連絡したいという気持ちを抑えきれなかった。

それでも実際に打った文面は、『いろいろありがとうございました。おすすめの日本酒、父がとても喜んでいました』という短い文章だった。ただでさえ、メッセージのやりとりはもっぱら家族同士で、スタンプや絵文字多用しまくりの日和にとって、年上の人にお礼を伝えるのはとても難しかった。しかも片思いの相手と来ては、失礼にならず、自分の印象も下げずにすむようにと必死に考えた結果、そんな短文になってしまったのだ。

スルーされたらどうしよう、とドキドキしながら送ったメッセージは、二分かからずに返事が来た。とはいえ『こちらこそありがとう。楽しかったね。またいつか！』というこれまた短いものだった。

『またいつか』っていいつ⁉　と追及したくなったけれど、さすがに催促するのは恥ずかしい。おとなしく『はい。また』と送り、それでやりとりは終了した。

長いメッセージを送る人ではないとは思っていたが、もしも蓮斗が日和になんらかの感情を抱いていたらもう少し言葉を加えてくれたのでは……と落ち込みもした。それでも麗佳によると、蓮斗は会う気もないのに『また』とは言わないらしい。

『またいつか』を信じて待つしかないか、と思っていたところに、旅行はもちろん家族以外の誰かと食事に行くのも憚られる状況に陥ってしまった。当然『またいつか』はまったく近づいてこず、蓮斗が送ってくれた文字を見つめるだけの日々が続いた。

そんな一月のある日、昼休み終了間近に日和のスマホがチャラリーンと鳴った。どうせまた家族だろうと思っていたら、画面に『吉永蓮斗』と表示されている。慌てて開いてみると、送られてきたのは一枚の写真と『美味しいお酒を見つけたよ』というこれまた短いメッセージだった。

『見つけました』ではなく『見つけたよ』というのが嬉しすぎる。一気に距離が近づいたように思えてにやにやしていたらしく、隣の席の麗佳に気味悪がられてしまった。

縁結びの神に報告しない手はない、と画面を見せたところ、麗佳はむしろ日本酒そのものに興味を示し、通販サイトで検索を始めてしまった。それはそれで助かる……と麗佳に酒探しを任せる一方で、蓮斗にメッセージを返す。

『美味しそうなお酒ですね。麗佳さんが通販サイトを検索し始めました』

『あーそっか、麗佳もいたか（笑）』

『今、見つけてポチってます』

『呑兵衛（のんべえ）だからな、あの夫婦』

『みたいですね。私も注文します』

『ぜひぜひ。お父さんも気に入るといいね』

『はい。ありがとうございます』

『じゃ』

そこでやりとりが終わった。

時刻は十二時五十五分、昼休みが終わるまで五分残したタイミングが見事だった。

それ以後、蓮斗から思い出したように酒紹介が送られてくるようになった。仕事だのご時世だの、で気軽に酒を探しに行けない父は大喜びし、信頼する先輩の同級生ということもあってすっかり蓮斗を気に入ってしまった。どうやら蓮斗が紹介してくれる酒はことごとく好みに合うようで、そのうち一緒に呑みたいと言い出す始末だ。このまま行くと、いつか日和などそっちのけで、直接やりとりし始めるかもしれない。

酒を紹介され、買って呑んでは感想を送る。ただそれだけでも、蓮斗と繋（つな）がっていると思うだけで頰が緩む。なにより、片思いの相手があちらから連絡をくれることが嬉しかった。

それでも、自分からは連絡できない。もどかしくてならないが、いかにも自分らしいと思ったりもする。ここでぐいぐい行けるようなら苦労はない、と小さく笑う日々が続いていた。

けれど今、日和はたまらなく蓮斗に連絡したかった。

どうせ外れると軽い気持ちで応募した抽選に当たってしまった。見に行く権利があると思ったら、前よりもっともっと見たい気持ちが高まった。それでも、母は絶対に駄目という姿勢だし、おそらく父も同意見だろう。自分だけならまだしも、家族や同僚にまで影響を与えるかもしれないのだから、親としては止めて当然だ。

――蓮斗さんならどう言うだろう……やっぱり駄目って言うのかな……

スマホのメッセージ画面を開いて、いくつか並ぶ酒瓶の画像と紹介、日和が返した感想を読む。

もっぱら父の長くていかにも『酒を知る者』といった感想に、日和の短い感想を足すような形ではあるが、蓮斗は欠かさず日和の感想にも触れてくれる。

それを見るにつけ、改めて律儀な人だと思う。こんな性格の人に相談なんかしたら、延々悩ませてしまいかねない。それに、これはいわゆる相談を口実に接近を試みる『相談女』というやつではないのか、と後ろめたい気持ちになる。

一方で、旅に出たいという気持ちを一番わかってくれるのは蓮斗だろうという思いがある。

もう一年以上大っぴらに旅に出られない状況が続いている。SNSの更新がないところを見ると、蓮斗も旅に出ていないのだろう。だとすれば、さぞやストレスがたまっているに違いない。

——あーもう！　こんなにうじうじしてるぐらいなら連絡しちゃおう。『相談女』って、本当は相談する必要もないことを口実に連絡する人のことだよね。私は今、真剣に悩んでるんだから除外よ！

この思い切りのよさはひとり旅が育ててくれたものだ。うじうじと悩むのは同じだけれど、最後の最後で折り返して踏ん張ることができるようになってきた。旅の成果をここで発揮しないでどうする。

そんな思いで文字を入力する。

『ご意見を伺いたいことがあるのですが、今、お手隙ですか？』

仕事のメールかよ！　と自分で突っ込みたくなるような文面だったが、打ち直しているとなけなしの勇気が失せそうで、そのままえいやっと送信する。

はあ……とため息をつく間もなく、スマホがチャラリーン！　とメッセージの着信を知らせた。

「早すぎっ！」

思わず声が出たが、心臓をドキドキさせながら待つよりは即レスのほうがいいに決まっている。

サクサク操作して表示したメッセージは、『どした？』という至って気楽な調子だった。続いて、『今なら大丈夫だよ』とも……

おかげで肩の力が抜け、スムーズにことのあらましを伝えることができた。

パンダの親子観覧整理券が当たったものの、出かけるのを母に反対されている、という内容のメッセージに返されてきたのは、『電話して大丈夫？』という質問だった。

すぐに『ＯＫ』と送る。送信マークから手を離すか離さないかのうちに着信音が鳴った。

「ごめんなさいっ！　お休みのところ……」

開口一番で謝った日和に聞こえてきたのは、もうずいぶん聞いていない「くくっ」という蓮斗の笑い声だった。

「全然大丈夫だよ。あまりの暇さに動画サイトを漁ってたけど、それにも飽きてどうしてくれようと思ってたところだから」

「ならよかったです」

「うん。メッセージってそもそも入力が面倒な上に魔変換されて意味不明になりがちだから、いっそ電話しちゃおうと思って」

「あ、確かに……。タッチミスで変な候補を選んで打ち直しになって、がっかりしたりしますよね」

「それそれ、苛々する……じゃなくて、パンダの話だったね」

「そうなんです。母に、なんでそんなものに応募したんだって叱られちゃいました……」

「そんなこと言われたって、見たいと思ったら応募するよね。前に上野動物園で赤ちゃんパンダが公開されたときのことを考えたら、当たるなんて思わないし」

「そうなんですよ！」

上野動物園のパンダは大人気だ。

二〇一七年に赤ちゃんが生まれた際、観覧は今回のアドベンチャーワールド同様、事前抽選による観覧整理券配布方式だった。

実はそのときも日和は応募した。一組五名までとのことだったのでふたり分を申し込み、当たれば父か母を誘おうと思っていたのだ。ところが、何度応募しても当たらず、パンダの赤ちゃんはどんどん育っていく。その後、事前抽選から当日の整理券配布、続いて行列順と観覧方式は変化していったけれど、ホームページには一時間から一時間半待ちとされていた。

当時日和は大学生で暇も体力もあったものの、日頃から忙しい両親に休日に長い行列を強いるのは申し訳なさ過ぎて、泣く泣く諦めたという過去がある。

上野動物園でパンダが生まれたときの話はニュースでもずいぶん取り上げられていたから、蓮斗も記憶にあるのだろう。

「あれはすごかったよなあ……俺も応募したけど当たらなかった」

「蓮斗さんも応募されたんですか？」

「した、した。週末ごとに応募したけど全没。やっぱり倍率が高かったんだろうね」

「私も似たり寄ったりです」

「で、アドベンチャーワールドでパンダ誕生と聞いて、ついつい応募しちゃった、と」

「はい……」

「俺はものすごくよくわかる。でもってすごく悔しい」

「悔しい？」

「俺が応募しなかったとでも？」

「え……」

目が点になるとはこのことだが、よく考えれば無理もない。上野動物園のパンダが生まれたとき、週末ごとに応募するほど見たかったのであればリベンジしたくなるのは当然だった。

「ただ、いいなあ当たって、とばかりは言えないよなあ」

この状況じゃね……と蓮斗が言う。声に籠もる切なさが伝わってきて、辛くなるほどだった。

「俺もパンダの赤ちゃんを見たい。だから応募したんだ。でも、実際に当たってたら、やっぱり君みたいになると思う。行くべきか、行かざるべきかそれが問題だ、ってさ」

「ごめんなさい……。まさか蓮斗さんも応募してたなんて思いませんでした。知ってたらこんな相談は……」

「そんなの気にしなくていいよ。当たり外れは時の運っていうじゃないか。当たって困るって気持ちはすごくわかる。相談相手……いや、愚痴の相手には俺が最適だよ。グッドチョイス」

「愚痴……」

そうだ、これは相談なんかじゃない。まさに愚痴だ、と気づき、日和は笑ってしまった。

「ごめんなさい。愚痴に付き合わせて」

「いいっていいって。俺もちょうど愚痴を言いたい気分だったんだ」

「蓮斗さんも？」

「うん。このところプライベートでは全然出かけられないのに、仕事の出張はあるんだ。有名観光地なんかじゃないけど、それでも日本中どこに行ってもまったく見所がない場所なんてないし、旨(うま)いものはどこにでもある。あー寄りてえ！　って思いながら指をくわえて帰ってくる日々」

「そうだったんですか……」

それはさぞやストレスがたまるだろう。

日和のようにずっと事務所に張り付いて、出張なんて無縁な生活であればまだマシだ。ついそこに見たいものや食べたいものがあるというのに、そのまま帰らねばならない無念さといったらない。ましてや、蓮斗の旅好きは昨日今日の話ではない。日和よりずっと前から自由にいろいろなところに出かけていたはずなのに……

同情という言葉では片付かない思いが湧き、かける言葉が見つからない。無言になってしまった日和に、蓮斗はふっと笑って言った。

「どうしてこんなことになっちゃったんだろうって叫びたくなるけど、叫んだところでどうなるわけじゃない。今は耐えるしかないよね」

「……やっぱりパンダの赤ちゃんは諦めたほうがいいですよね」

「でもそれってすごく判断が難しい問題だよ。俺が君の親なら止める。でも俺が君ならえいやって行ってしまうかもしれない」

「行くって選択肢、ありですか？」

「だって、赤ん坊は育つじゃないか。抽選で観覧整理券が出るのは、そう長い間じゃない。観覧者数を制限してストレスをかけないようにってことだろ？　少し大きくなれば当日配布の整理券、もっと大きくなったら行列で順番にってことじゃないのかな」

数を限って静かに観覧させなければならないのは、本当に小さいときだけではないか、と蓮斗は言う。考えてみればそのとおりだった。

「パンダの赤ちゃんが、次にいつ生まれるかなんて誰にもわからない。生まれたとしてもどうせまた抽選になるだろうから、当たるとは限らない。もしかしたら生まれたばかりのパンダの赤ちゃんを見られる機会はこれきりかもしれない、って思ったら、やっぱり行きたくなると思う」

「そう、そうなんですよ！」

思わず大きくなった声に、また蓮斗が笑った。

「変な言い方かも知れないけど、絶景もほっぺたが落ちそうな食い物も待ってくれる。旬の食い物にしても同じ季節がくれば味わえる。そりゃあ台風や地震で崩れてしまう建物や風景はあるかもしれないけど、そこまで言い出したら切りがない。でも……パンダなんて希少動物の赤ちゃんはねえ……。あとは、君の気持ち次第だよ」

「私の気持ちですか……」

「ご両親を説き伏せなきゃいけないし、もしかしたら周りから白い目で見られるかもしれない。もちろん危険もある。それでも行きたいかってところだよ」

「安全に行く方法ってないんでしょうか……」

「絶対に安全なんて方法はないだろうね。あとは、なにを諦めるかだ」

パンダの赤ちゃんを見たいという気持ちを諦める。それができれば問題はない。けれど今の日和はこの目で見たいという気持ちを持てあましている。

アドベンチャーワールドはパンダの赤ちゃんの様子をライブ配信していて、日和は始まった当初は熱心にそれを見ていた。だが、繰り返し見れば見るほど実物が見たくなって、最近では見なくなった。それほどこの目で見たい気持ちが大きくなってしまったのだ。

だだっ子みたいに思われませんように、と祈りながら、言葉を選ぶ。いくら希少動物といえどもたかがパンダだ。自分の子どもでもあるまいし、と呆れられる可能性はある。それでも四年ぶりに手にした機会を失いたくはなかった。

「わかった。そんなに見たいなら行くべきだと思う。ただし、目的はパンダの赤ちゃんを見ることだけ。それ以外は全部諦めるって方向で大丈夫？」

「だ、大丈夫です。パンダの赤ちゃんさえ見られれば！　なんなら観覧時間に合わせて行って、とんぼ返りでも！」

「おー熱いね！　それだけ見たいものがあるのはいいことだ。ま、そこまでストイックにならなくてもパンダ以外も見られる方法はあるよ。金がかかるし、リスクも皆無じゃないけど」

そう前置きして蓮斗が説明してくれたのは、確かに一番低リスクかもしれないと思える方法だった。

翌日、朝食の席で「やっぱり行ってくる」と告げたとき、母は日和を見つめたあと、無言で目を逸らした。おそらく返事なんてしたくないし、行かないという選択ができなかった娘に落胆、あるいは腹を立てたに違いない。だが父は、移動手段や滞在予定について詳しく聞いたあと、頷いて言った。

「蓮斗君のアドバイスか……。まあ、飛行機とレンタカーなら、リスクとしては最小だな。その分、金がかかるが……」

「お金はなんとかなるから……」

「おまえももう大人だ。そこまでしても行くというなら、お父さんたちに止める権利はない。でも、本当に気をつけてくれよ」

「わかってる」

「ああ、そうだ。空港まではお父さんが送ってやろう」

家族の車での送迎なら公共交通機関を使わずにすむし、空港での待ち時間も最少にできる。さらにリスクを減らせるだろう、という父の言葉に、母も頷いてくれた。日和の計画に少しは安心してくれたようだ。

「いつもみたいにお土産をたくさん買ってこなくていいわよ。見たいものだけ見て、さっさと帰っていらっしゃい。あーもう、こんなことなら、前に大阪に行ったとき、電車を乗り間違えて和歌山まで行っちゃったらよかったのに……」

母がそんな嘆きを漏らした。

母は以前大阪駅のホームで、なにも考えずにやって来た電車に乗ったら和歌山行きだったことがあったと聞いた。昨年日和が大阪に行くと行ったとき、くれぐれも在来線には気をつけるようにと言われたけれど、あのときに和歌山まで行っていたら、こんなに行きたがることはなかったと思っているのかもしれない。だがそれは大間違いというものだ。日和はただ和歌山に行きたいのではない。パンダの赤ちゃんを見に行きたいのだ。

父も同じことを思ったらしく、笑いながら言う。

「そんなことをするのはお母さんぐらいだ。それに、乗り間違えたとしてもせいぜい行くのは和歌山までで南紀白浜はまだまだ先。なにより、そのときにはパンダの赤ちゃんはいなかった」

「わかってる、わかってるわよ！　でも……」

「ごめんなさい、お母さん……。十分気をつけるから」

たかが旅行、しかも日帰り旅行に出るというだけで、今生の別れみたいなことになる。いったいどうしてこんなことに……と改めて悔しくなる日和だった。

「ありがとう、お父さん。お休みなのに朝早くからごめんね」

「いや、近頃、年のせいか休みだからって遅くまで寝ていられなくなってな。朝早くは渋滞もないし、走ってて気持ちがいい。じゃ、また夜に迎えに来るよ」

「本当にごめんね」

「いいってことよ」

父は羽田空港第一ターミナルビルの玄関前で日和を降ろすと、颯爽と走り去っていった。夜は車を駐車場に止めて到着ゲート前で待ってくれているだろう。早めに来て『空弁』を買い込む父の姿が目に浮かんだ。

空港を発着する飛行機はたくさんあるが、乗客数が減るに従って保安検査場から搭乗口までの距離が長くなる気がする。以前函館に行ったときも、空港の中を延々と歩いた記憶がある。今回、指定された搭乗口も相当離れていたが、大きめのトートバッグを抱えただけだったため、気軽に歩いて行けた。飛行機に乗ってまで日帰りか……とがっかりする気持ちはあったが、悪いことばかりではないと思えたのは幸いだった。

保安検査を終えて入ってみると、通路には今まで日和が見てきたよりも人影が少なかった。無理もない。ただでさえ移動する人が減っているだろうに、午前六時半という時刻なのだから……

だが、搭乗口前に行った日和は思わず目を疑った。搭乗口前のベンチはかなりの割合で埋まり、歓声を上げてふざけ合う四人組までいたのだ。年齢層は似たり寄ったり、どう見ても家族ではなく友だち同士だろう。

それでも……と日和はため息を漏らす。

——私に、あの人たちを責める資格なんてない。あの人たちだって熱狂的にパンダの赤ちゃんを見たいだけかもしれない。ただ私が『ぼっち』で、あの人たちには友だちがいるってだけのことだもの……

だが、日和の周りにいる人たちがそのグループに向ける眼差しは微妙に冷たい。ベンチに座ってパソコンを開いていたスーツ姿の男性は、一際険しい目で四人組を見ていた。こっちは仕事でやむを得ず移動しているというのに……という感じだろうか。日和も同罪、ただただあんな目を向けられないだけマシだと思うしかなかった。

妊婦、幼児連れ、介助の必要な人などの優先搭乗が済んだあと、後方座席の乗客が案内された。

日和の席は、非常口がある列の通路側、窓すらない席で、ぎりぎり前方席になるので、搭乗順としては最後となる。だがこれは、ほかに空いていなかったわけではなく、あえて選んだ席だった。

父は出張慣れしているから、飛行機の席の選び方についてなにか秘訣(ひけつ)があるかもしれないと思って訊ねたところ、教えられたのが前方席、できれば非常口がある列の通路側というものだった。

「その席なら搭乗案内が一番遅くて、降りるのは優先シートの次。つまり機内で過ごす時間が一番短いんだよ。非常口があるってことは窓がない。窓際なのにあえて外が見えない席を選ぶ人も珍しいから、満席でもない限り隣は空席になる確率は高いよ」

その言葉で航空会社の座席指定用のページを見てみると、窓際はほとんど埋まっているのに、非常口がある列だけがぽっかり空いており、無事その席を指定できたというわけだ。

日和が席に着いたあとも奥の席には誰も来ず、通路を挟んだ向こうは窓際にひとり座っているのみ。三席、通路、三席という六人並びで座っているのはふたりだけの状態で飛行機のドアが閉められた。

そっと振り返ってみると、六人のうちふたりしか座っていない上に、前後、斜めに至るまで空席というのは日和が選んだ席だけだ。お父さんの言うとおりだった……と感心しているうちに飛行機は離陸、一時間後、無事に南紀白浜空港に到着した。

——わあ……かわいい空港！

南紀白浜空港は一九六八年開業、当時は千二百メートルの滑走路しかなかったが、一九九六年三月に千八百メートルの滑走路が設置され、現在の長さは二千メートル。ジェット機の乗り入れが可能となり、二〇二〇年には全便休止ということもあったが、現在では一日二便で羽田空港との間で運航が続けられている。

関西と言えば関西国際空港が有名であるが、南紀白浜温泉や世界遺産に登録されて人気が一気に高まった熊野古道を訪れたい客にとって、関西国際空港よりも南紀白浜空港のほうが断然使い勝手がいいのだろう。

乗客数減で存続が危ぶまれる空港がある中、減便されつつも運用され続けているのはそのせいだろう。

そして、南紀白浜空港の運用を支える一端にアドベンチャーワールドの存在がある。飛行機に一時間乗ればパンダに会える。それどころかゾウやライオン、トラにチーター、ホッキョクグマにイルカにペンギンと水陸両方の動物をふんだんに見られ、遊園地まである。しかも空港から見えるほど近い距離にあるのだ。日和のように、とにかくパンダさえ見られれば、と日帰りを試みる客もいるに違いない——と日和は信じていた。

空港のあちこちにパンダをモチーフとした装飾が施されている。やっぱりここは日本におけるパンダ王国だ、とにやにやしつつ、レンタカーカウンターに向かう。出雲に行ったときにも使ったので勝手はわかっていた。

経験って大事よねえ……と思いつつ、カウンターで名前を告げ、保険の説明を受けて料金を支払う。そのあと係員さんと一緒に車両の傷の有無を確認し、キーを受け取ったら手続き完了だった。

係員の人に操作を教えてもらいながら、ナビの行き先をアドベンチャーワールドに設定する。

大きな観覧車が見えているし、すぐそこだとわかってはいても、初めての土地だし、そもそも日和は方向音痴である。一方通行だの分かれ道がたくさんある交差点だのに阻まれて、辿り着けない可能性だってあるのだ。

「ありがとうございました」

「いってらっしゃいませ。お気をつけて」

そんな会話を経て走り出したところで、日和は車についている時計に目をやった。

――ちょっと待って、まだこんな時間なんだ……

表示されている時刻は八時五十五分。アドベンチャーワールドの開園は十時だから、まだ一時間以上ある。

そういえば南紀白浜空港への到着時刻が、定刻より早かったような気もする。分刻みで飛行機が発着する大規模空港と違い、滑走路は空き放題で予定時刻より多少早くても悠々着陸できたのでは……などと思ったりしたが、本当のところはわからない。

いずれにしてもあらゆることがスムーズだったおかげで、時間を持て余すことになってしまった。アドベンチャーワールドの駐車場がもう開いているなら車を止めて待ってもいいが、時間がもったいない気がする。

少し走った先に停車できそうなスペースがあったため、とりあえず車を止めてスマホを取り出す。近くに観られるものがないか、と調べてみると、なんだかきれいな風景写真がいくつも見つかった。

日和の場合、どれほど風光明媚な場所であっても何十分も眺め続けることはない。出雲に出かけたとき、宍道湖に夕日を見に行ったが、あのときですら日が沈みきる前にその場を離れてしまったほどだ。一期一会、しかも時間的にも一期が大変短いというのが、日和の旅らしい。だから、車で十分ぐらいの場所に行って観て帰ってくるのに小一時間もあれば十分だった。

一番空港に近いのは『三段壁』、その先に『千畳敷』、『白良浜』と海沿いに名所が続く。さらに走れば南紀白浜のシンボルとされる『円月島』があるらしい。そこまで行けるかどうかは疑問だが、『白良浜』あたりまでなら大丈夫そうだ。

最初の目的地をアドベンチャーワールドから『三段壁』に変更し、続けて『千畳敷』『白良浜』そして最後にアドベンチャーワールドと入力する。家の車についているカーナビとはメーカーが違うから少々手間取ったものの、なんとか設定することができた。

——じゃ、ナビ君よろしくね。

心の中で挨拶し、ウインカーを左から右に点け替える。出雲の車は『執事くん』と名付けたほど口うるさいタイプだったが、今回も同じだろうか……と思いつつアクセルを踏み込んだ。

調子よく走り制限速度を十キロ超過しても、ナビはなにも言わない。『執事くん』なら今ごろ大騒ぎを始めていただろう。だが、おや、意外に無口なタイプなのね……と油断したところに聞こえてきたのは、ピピピ、ピピピ……という警告音だった。

——え、なになに？　スピードメーターは六十キロ……さっきも同じくらいだったけどなにも言われなかったよね？　急ハンドルだって切ってないじゃない！

一瞬、ナビの上のほうに文字が映った気がしたが、道は緩やかなカーブを描いていて注視している場合じゃない。そうこうしているうちに文字も警告音も消えてしまった。

なんだったんだろう、と不安になりつつも、スピードメーターの数字をちらちら見ながら運転を続ける。しばらくまた静かな走行を続けたあと、またピピピ……

ともすれば自分も人も傷つけかねない機械の中で、わけもわからず警告音を聞かされるほど不安なことはない。いくらなんでも恐すぎる、とカーブが終わったのを幸いにカーナビの画面に目を走らせる。その結果、わかったのは一定以上のスピードで走っているときに進路変更をするところの警告音が鳴る、つまり車線からはみ出したときに『危ないよー』と知らせてくれているということだった。おそらく、日和自身は慎重に運転しているつもりだったが、急ハンドルにならないまでも、少しだけ車線をはみ出していたのだろう。もしかしたら、居眠り運転の防止を目的にしているかもしれないが、アナウンスではなく警告音というのが『叱られ感』満載だった。

——なるほどね。じゃあ、あなたの名前は『生活指導』……やっぱり『委員長』で決まり！

『生活指導』は学校の先生、『委員長』は学級委員長、どちらも決まりにはうるさいイメージがある。だが、警告はするものの、ピピピ……という小さくてかわいらしい音を使い、ドライバーを必要以上にびっくりさせないあたり、先生と言うよりもしっかりものの女子生徒のような気がする。

勝手過ぎる思い込みで命名を終え、今度こそ安心して発進、その後は車線をはみ出すことなく最初の目的地『三段壁』に到着した。

『三段壁』ははっきり言ってスマホで見た写真どおりの場所だった。

いわゆる断崖絶壁、見下ろしてみると打ち付ける波がザッパンザッパンと賑やかな上に、白く細かい泡がそこら中に浮いている。これだけ泡が立つということは、かなり凹凸の激しい岩肌なんだな……という感想を抱きつつ、後ずさりする。間違っても落ちることはないとは思うものの、落ちたら大変なことになるという恐怖が広がる。

晴れていれば違った感想もあったのだろうが、あいにく空は灰色。しかも、今にも雨が降り出しそうな曇天なのだ。不気味さは増すばかり、日和はそそくさと駐車場に戻ろうとした。

　ところが、日和の隣で同じように海を覗き込んでいた夫婦が少し戻ったところにある建物に入っていく。お土産でも売っているのかしら、と目をやると、そこにはなんだかありがたそうな鳥居があり、『三段壁洞窟』という文字が見える。近づいて説明書きを読んでみると、どうやらここは平安時代に熊野水軍が船を隠した場所で、それにちなんだ展示物があり、牟婁大辯財天も祀られているとわかった。

　日和は方向音痴なだけでなく、閉所恐怖症気味でもあるので、暗くて狭いところは苦手だ。鍾乳洞にしても、屈んだり身体を捻ったりしなければ通れない場所があるところには、そもそも入らない。

『三段壁洞窟』は地下三十六メートルの場所にあり、エレベーターで往復できるにしても暗くて狭い洞窟であることに間違いはないし、なにより無料じゃない。お金を払ってまで苦手な場所に行くことはない、と車に戻ろうとした日和は、建物の入り口脇にあったパンフレットを手に取った。どうやら無料配布しているようで、折角来たのだからもらっていこうと思ったのだ。そして、三つ折りのパンフレットを開いてみたとたん、踵を返して入場券売り場に行った。

　なぜならそこに『パワースポット！』という文字を見つけたからだ。

　日和は自他ともに認めるパワースポット好きだ。前々からその傾向は大きかったが、ひとり旅を始めてからパワースポットや神社仏閣巡りに拍車がかかった。そのおかげか、このところ日和の人生は極めて順調だ。仕事にも意欲的に取り組めるようになってきたし、片思いとはいえ恋だってしている。しかもその恋も『わりといい感じ』なのである。

今回の目的はパンダの赤ちゃんを見ることだけだったにしても、そこにパワースポットがあるなら見過ごすわけにはいかなかった。

──三十六メートルを自分の足で下りていけと言われたらいやだけど、エレベーターならあっという間に着いちゃう。しかもパンフレットに、熊野水軍は源平合戦で源氏を大勝利に導いたって書いてある。これってめっちゃ強いってことだよね？　それは是非ともあやからないと！

パワースポットの前では閉所恐怖症もどこへやら、行け行け日和、とばかりに料金を払い、エレベーターで三十六メートルを一気に降下した。

──一、二、三、四……

心の中で数を数える。

エレベーターに乗っていた時間は、二十八秒だった。だが、日和がこんなふうに時計に頼らずに時間を計る場合、大抵は実際よりもカウントが早くなってしまうので、降下にかかった時間はおそらく二十三から二十四秒ぐらいだろう。

エレベーターから降りたところにいた案内係の男性に、足元にお気をつけください、と注意を促され、順路を示す矢印の方に進む。各所に照明があり、思ったより暗くないし、通路もしっかり確保されていて一安心だった。

オレンジ色の照明があちこちに使われている。今の照明は電球や蛍光灯ではなくLEDが主流のはずだが、やはり雰囲気を考えたらこういったオレンジ色の灯りが望ましい。遠い昔、洞窟の中の照明はおそらく松明や篝火が使われていたのだろう。そのころの雰囲気を少しでも伝えようという気配りが感じられた。

順路に沿って歩いて行く。長い年月をかけて削られて作られたという岩肌は緩やかな波模様で、美しいと言うよりも少し怖い。暗がりで見るからかもしれないし、本来大自然というのは畏怖の対象だからかもしれない。いずれにしても、日和にとってじっと見つめていたい光景ではなく、さっさと通過する。

洞窟内まで寄せてきては盛大に岩にぶつかって砕け散る波、ここから船で行き来したのだろうと思われる出入り口などもさっと見たあと、お目当ての祠、牟妻大辯財天に到着。灯籠や絵馬が所狭しと掛けられている様子に、おお……なんて小さい声を漏らしつつ参拝する。洞窟内かつオレンジ色の光に照らされていることもあって、厳かさはこれまでお参りした中でも相当上位、おそらく五本の指に入るだろう。

それから鉱山跡、熊野水軍の番所小屋と巡り、いろりの前に鎮座している鎧を見て、この配置はシュールすぎやしないか……なんて思ったあと、潮吹き岩に到着。

『打ち寄せる波の圧力でクジラのように数メートルまで潮を噴き上げる岩盤』との説明があり、しばらく待ってみたが噴き上がる潮は見られなかった。きっと界隈のクジラはお出かけ中、あるいは天候不良で本日は休業、とかの事情があったのだろう。

はいはい休み休み、なんてまったりしているクジラを想像して笑いながら、エレベーター前に戻る。洞窟見学にかかった時間は十分弱、途中で何人も追い越したから、前後して入った人の中で最速だったに違いない。洞窟見学にかかる時間は二十分と入り口に書いてあったが、日和はその半分で回ったことになる。相変わらずだなーと苦笑しつつ、『三段壁洞窟』の見学を終了した。

最速で回ったおかげでエレベーターはひとりきり。息を止める必要もなく、楽々地上に戻れたのは幸いだった。


時計を確かめると、時刻は午前九時二十二分。『委員長』によると、次の目的地である『千畳敷』までは四分だそうだ。そこには神社はないだろうから、さっと眺めるだけに留(とど)めれば『白良浜』まで行く時間はあるはずだ。

ではでは……とエンジンをかけ、人影ならぬ車影のない道をすいすい走る。まだ十時にもならない時刻だからなのか、そもそもあまり車が走らない道なのかわからないが、渋滞よりは空(す)いているほうがいいに決まっている。おかげで、予定到着時刻より早く『千畳敷』に着くことができた。

「見た！　すごい！　広い！」

滞在時間三分、いや二分……大苦笑で車に戻る。

これはなにも『千畳敷』が魅力のない景勝地だからではない。天気がよければ何層も重なる岩のところまで下りていけるのに、本日は曇り。しかも強い風が吹いている。うっかり下りていって足を滑らせて転んだり、波を被ったりするのはごめんだった。

はい次、とまた車に乗り込み『白良浜』へ。

ここでも、晴れてさえいれば！　との思いを強くするだけで終わり、恨めしげに空を見上げた。

どこまでも広がる砂浜と曇り空。海の青は冴えず、空との境目もあいまい、砂浜そのものもうっすら灰色に見える。文字どおりの白浜が見られなかったのは、両親が心配していることがわかっていながら無理やり出かけてきた報いだろうか。

うちの両親にそんな力はないし、娘の旅行を台無しにする気なんてもっとない。これはただの偶然だ、と自分に言い聞かせ、スマホで写真を撮る。すぐに画像を確かめてみると、思ったよりも明るく写っている。暗く見えるのは気持ちのせいか……とさらに虚しくなってしまった。

——き、気を取り直すのよ日和！　思いがけず白浜の名所巡りが出来たし、パワースポットにも行けた。今回の目的はパンダの赤ちゃん、あとは全部余録、おまけ上等よ！

立ち直りの早さは、自分でもほれぼれするほどだ。これもひとり旅を始めてから身につけたもののひとつ、それ以前の日和だったら、ただ天気が悪いというだけで日頃の行いを振り返って、延々と反省し続けただろう。

旅を楽しむ気持ちは天気なんかに左右されない。あの縁起の良さそうな龍の形に見える雲だって、強い風で雲が流れたおかげだろう。楽しみで出かけた旅、しかもひとり旅で取り返しのつかない失敗なんてそうそう起こるものじゃない。

気を取り直した勢いで、そのまま『円月島』を目指す。『円月島』までは六分、そこからアドベンチャーワールドまでは十五分で戻れる。

せっかくレンタカーを借りたのだから、回れるところは回ろう。気持ちが前を向いたせいか、さっきまで吹いていた風が少し弱まった。しかも、うっすら日まで差し始めた。

やったーと大喜びしながら海沿いの道を走り『円月島』に到着。こんな大きな岩のまん中にぽっかり穴を開けてしまう波の力を再確認し、遠くに見える島をしばらく眺める。『千畳敷』や『白良浜』よりも滞在時間が長かったのは、南紀白浜のシンボルとされる風景を目に焼き付けておきたいという思いからだった。

最後にまた写真を撮って引き返す。時計の表示は九時四十五分、まさに『ちょうどいい』時刻だ。これなら開園とほぼ同時に入場できるだろう。

よしよし、とほくそ笑みながら車を走らせる。ところが、思わぬところで伏兵が現れた。それは天候でも渋滞でもなく、『熊野三所神社』と書かれた案内板だった。

『熊野三所神社』なら知っている。この旅行に出る前に『南紀白浜』について調べたときに見た覚えがある。どうせ行けないから、と読み飛ばしたけれど、確かこの神社に参れば熊野三山に参ったのと同じぐらい御利益があると書かれていたはずだ。

熊野三山は『熊野本宮大社』『熊野速玉大社』『熊野那智大社』の総称で、世界遺産に登録されているし、人気急上昇中の熊野古道も含め、近畿一のパワースポットとして名高い。

ただし、熊野三山は険しい山の中にあり、昔はもちろん、今でもそう簡単にお参りできない。特に都内在住の日和にとっては、よほどの決心がない限り行けない場所なのだ。

一度参れば、あの熊野三山と同じ御利益を得られる神社が目の前にある。これを素通りするなんて『パワースポットオタク』の名が廃る、とばかりに日和は車をそちらに向けた。

信号待ちの間に、駐車場を確かめ、なんとか車を止める。ひどくわかりづらく、本当にここに止めていいのか？　と思うような場所だったけれど、『熊野三所神社』と表示があるし、せいぜい十分か十五分のこと、心の広い神様なら許してくれるはずだ。なにより、口コミ情報によると、この神社は祭礼がない限り社務所に誰もいないそうで、叱られることもないだろう、と思ってのことだった。

駐車場から参道に入り、鳥居の端っこで一礼する。手水舎が封鎖されているのは、ご時世なのか、社務所が無人だからかはわからないが、とにかく手を清められないのは残念、と思いつつ境内に入る。

思ったより境内はずっと広く、途中には古墳もある。神社の中に古墳があるなんてすごい。どんな名のある人が葬られているのだろう、と思ったけれど、そこまではわからなかった。

お参りを終え、大満足で車に戻ったが、叱られるどころか、誰にも会わなかった。ついつい、こんなに『お得』な神社なんだから、もっとお参りすればいいのに……などと、大きなお世話だ、と言われそうなことを考えながら時計に目をやると、時刻は既に十時を過ぎていた。

――わ、もうアドベンチャーワールドが開いちゃってるじゃない！　でもまあ、いいか……

一瞬慌てかけた気持ちが、すっと収まる。

今回の目的であるパンダ親子観覧は時刻が決められている。日和は十一時からだから、それまでに到着すればいい。大きな動物園や水族館というのは開園時刻に合わせて訪れる人が多く、入場待ちの列が出来がちだ。そんなものに並ぶよりは、みんなが入ったあと、のんびり入場すればいい。なにせ日和はすでにオンラインショップで入場券を購入してあるし、パンダの親子観覧整理券までゲットしているのだ。

白浜の名勝巡りも御利益抜群の神社参りもすませた。あとは帰りの飛行機の時間までアドベンチャーワールドで過ごせるのだから、時間が足りないということもないだろう。

――さあ、いよいよ本命だ！　待っててね、パンダの赤ちゃん！　あ、お父さんパンダ、お母さんパンダ、お姉ちゃんパンダも待っててくれて全然かまわないよ！

高まる思いを胸に、日和は今度こそアドベンチャーワールドに向かった。

駐車場の入り口で料金を払い、数カ所まとめて空いている場所を見つけて車を止める。『委員長』にはバックモニターがついているので、比較的真っ直ぐ止めることができた。

入場ゲートに向かいつつ、朝から晩まで止めると決まったわけでもないのに、問答無用で一日分の料金を取られてしまうことに微かな疑問を感じる。日和は帰りの飛行機まででたっぷり時間はあるけれど、中には大急ぎかつとにかくパンダの赤ちゃんさえ見られれば！　という客もいるのではないか。そんな客のために時間ごとの料金を設定してあってもよさそうなものだ。

わざわざ駐車区画を分けたり、精算用の機械を導入したりするのは面倒、あるいは予算がないのだろう。ただ、いったん入ったら一時間や二時間では帰りたくなくなる――そんな自信の表れだとしたら、それは大変楽しみだ。

さて正解やいかに、と思いながら、日和は駅の改札機みたいなゲートにプリントアウトしてきた入場券のQRコードをかざす。ピッという軽い音とともにゲートは全開、無事入場することができた。世の中本当に便利になったものだ。

入ってすぐの所にアーケードがあり、両側にお土産物を売る店が並んでいる。雰囲気を含めてどこかで見たことがあると思ったら、千葉県にあるのに東京だと言い張る巨大遊園地の造りと似ている。まあ、うろうろするのに屋根があるのはありがたいし、お土産は荷物になるから退場直前に買えたほうがいいというのは、誰もが考えることなのだろう。

お心遣いありがとう、と土産は後回しにし、奥へと向かう。パンダの親子を見られるまでにはまだ四十分ぐらいあるが、園内は広そうなので時刻までに目的の場所に辿り着けなかったら大変だ。とりあえず場所の確認ということで、パンダの親子がいる『ブリーディングセンター』を探す。入り口でゲットしたパークマップによると、『ブリーディングセンター』は遊園地エリアと野生動物が見られるサファリワールドの接点あたりに位置していた。

思ったよりは狭いものの、それなりに距離がある。せっせと歩き辿り着いた先にはすでに行列ができている。え、もう並んでるの？　とびっくりして確かめると、並んでいるのは十時四十分からの整理券を持っている人たちらしい。そういえば割り当てられた時刻の五分前に集合と書いてあった。日和は十一時からだから、十時五十五分にはここに来なければならない。

やはり下見は大切ね、なんて頷きながら、それまでの時間をどうするか考える。すぐ隣にケニア号という列車にもバスにも見える乗り物の発着場があったので行ってみると、次の発車は十時四十分らしい。これは他のお客さんが確認してくれたおかげでわかったのだが、一周するのに二十五分かかり、ここに戻ってくるのは十一時五分ごろだという。

無料で乗れるらしいから是非乗ってみたいと思ったが、それでは集合時刻に間に合わない。ケニア号は後回しと決め、入り口近くの『ペンギン王国』まで戻る。

パンダに限らず、アドベンチャーワールドは他の動物園や水族館よりも一種類あたりの飼育頭数が多いらしいので、ペンギンもさぞやたくさんいるに違いない。以前は入ってすぐのところにある噴水でもペンギンが見られたらしいが、今は鳥インフルエンザの影響でいないらしい。噴水で遊ぶペンギンを見られないのは残念だが、やむを得ないことなのだろう。

それでも、日和はペンギンが大好きだし、ちょこまかと動き回る様はいつどこで見ても楽しい。時間つぶしにはもってこい、ということで『ペンギン王国』に向かう。ところが入ったとたん、時間つぶしという概念自体が大間違いだと悟った。

——時間つぶしどころじゃないよ、これ……。ちゃんと気をつけないといくらでも見ていられちゃう！

アドベンチャーワールドには現在八種類、およそ四百五十頭のペンギンが飼育されているという。ペンギン王国で見られるのはそのうちの四種類だと書いてあったが、日和にはキングペンギンぐらいしか見分けられない。大型で胸元が黄色いのはキングペンギンだろう、と思うぐらいである。

これではペンギン好きを名乗る資格はないな、と苦笑いしつつ、昨年生まれたというキングペンギンの赤ちゃんにも見入る。全身灰色一色、かなり大きいし、目つきも険しい。赤ちゃんのくせにこんなにふてぶてしくて大丈夫か、と心配になるが、人間にだってこういう赤ん坊はいる。

なにより一日中たくさんの人にじろじろ見られたら、愛想が悪くなっても仕方がない。

食と住が確保され外敵の心配もないのはいいけれど、これはこれで大変な生活だ。自分だったら、どっちを選ぶか悩んでしまう。こんなに多くの人に注目されるぐらいなら、外敵に怯えつつも食料を探す生活を選ぶかもしれない。

いずれにしても厳しい自然の中で生き抜ける気がしない。人間かつ日本、そして衣食住を保障してくれる両親の下に生まれてよかったとつくづく思う日和だった。


そのまま餌をもらったり岩の間をちょんちょんと跳ねたりするペンギンを眺め、十時五十分になっていることに気づいて慌てて移動する。やはりペンギンは魔物……なんて失礼なことを考えつつ『ブリーディングセンター』に行くと、すでに十一時からの整理券を持つ人の行列ができていた。

行列を羨ましそうに見ながら通過する人がたくさんいる。中には、「え、だめなの⁉」なんて声を上げる人も……

おそらく抽選に外れたか、そもそも整理券がなければパンダの赤ちゃんは見られないと知らなかった人だろう。

――あーよかった。あんまり小さくて心配してたけど、この子、どんどん大きくなってる……

よしよし、と謎の上から目線で頷く。

生まれたばかりのころ、この赤ちゃんは盛んにニュースで取り上げられていた。その後、しばらくニュースで見ることはなかったが、先日また名前が決まったと報道されていた。最初のニュースのときは、産毛の下にうっすらと白黒模様が見えるぐらいで、大きさもきっと手のひらにのるぐらいだったのだろう。模様がなければパンダかどうかもわからない。カンガルーだと言われても信じてしまいそうだった。

そして今、目の前にいるのは押しも押されもせぬパンダ！　白黒の毛がしっかり生え揃い、身体も丸みを帯びて、実にパンダらしかった。もうだっこして頬ずりしまくりたい！　ついでになんとか連れて帰りたい！　と思わずにいられない。惜しむらくは、日和が見ている間はただひたすら眠り続け、微動だにしなかったことだが、赤ちゃんというのは泣くのと眠るのが仕事。それも人間の赤ちゃんと変わらぬ点だ。いっぱい寝て、いっぱい食べて、どんどん大きくなってほしかった。

「間もなく観覧終了となりまーす！」

案内係のお姉さんの声がした。観覧時間は五分、いや四分ほどだったかもしれない。あっという間だったけれど、とにかくこの目で見られてよかった、と出口へ。どんどん歩いて向かった先は『ビッグオーシャン』、行列に並んでいる間に調べたところ、ホームページに十一時十五分から『Smiles』と呼ばれるライブパフォーマンスが始まると書いてあったからだ。

到着してみると、『ビッグオーシャン』の前方席はほぼ埋まり、かなり上のほうしか空いていなかった。だが、『Smiles』はイルカのショーだし、ジャンプする水生動物を間近で見ると撥ねた水を被りかねない。それぐらいなら全景を見渡せて濡れる心配もない後方、いや上方の席のほうがいい。

ポジティブ上等、と階段を上がり、ステージ正面の席を確保する。かなり上まで上がったおかげで空席が多く、ここでもソーシャルディスタンスは完璧だった。

——あ、なんかすごくたくさんいる……

イルカのショーというのは、ひとりかふたりのトレーナーとせいぜい三頭、多くて五頭ぐらいのイルカで構成されるものだと思っていた。ところが、パフォーマンスの準備をしているトレーナーは目に入るだけでも五、六人、泳ぎ回っているイルカも五頭どころではない数だった。

日和はパワースポットと同じぐらい水族館オタクでもある。いろいろなところでイルカのショーを見てきたが、そんな日和でも、これはすごいかもしれないという期待が高まる。

会場の後ろのほうに何台もカメラが設置されている。どうやら、正面にある大きなスクリーンに遠くからでは見づらいイルカたちの動きを映すためらしい。だがスクリーンの中では今、観客たちが嬉しそうに手を振っている。カメラのテストを兼ねて、場内を映しているのだろう。

スクリーンに映った姿を確認し、観客は大喜びしている。キャーキャーという声のウエーブが徐々に近づいてきた。まるでアメリカの野球場みたいだな……と思いながら、カメラがこっちを向かないことを祈る。あんなに大きなスクリーンに映る自分の姿など見たくないし、周りの注目を浴びるのはもっといやだ。それなのに、カメラは徐々にこちらを向きつつある。あと三秒ぐらいで映ってしまう、勘弁して～と心の中で悲鳴を上げたところで、盛大なBGMが流れ、ライブパフォーマンスが始まる。気分は、八百万の神様、ありがとう！　だった。

プールの中をイルカがすいすいと泳いでいる。時折、盛大にジャンプするのはトレーナーの合図によるものだろう。同様のパフォーマンスは全国でおこなわれているが、頭数が多ければ多いほど見応えがある半面、統制するのが難しくなる。こんなにたくさんのイルカを自由自在に動かすためにはどれほどトレーニングが必要なのだろう。

トレーナーはもちろん、イルカも大変だな……と同情してしまうが、そんな素振りは一切見せず、イルカは楽しそうに跳ね回る。圧巻だったのは、トレーナーとイルカで描いた星形。アーティスティックスイミングさながらに描かれた星形は、美しく保たれていた。見応え十分。イルカとトレーナーがすごいのはもちろん、全景を見渡せたのは後方の高い位置にある席を選んだからこそだ。とにかくよくやった！　となにもかもを褒めたくなるほどだった。

大感動のライブパフォーマンスのあと、さっき諦めたケニア号の発着場に向かう。

案内係のお姉さんが『まもなく発車しまーす。お乗りになる方はお急ぎくださーいい！』と叫んでいる。これまたラッキーと足を速め、乗り込んだところで十一時四十分、発車時刻となった。

結局のところ、ケニア号は連結式のバスだった。一見列車のように思えるけれどレールはなく、場内をのんびりと進んでいく。

それでも座席は列ごとにビニールシートで隔てられ、それぞれの列には同じグループしか同席させない。当然、乗れる人数は減るけれど、安全対策優先ということだろう。まん中に通路はなく、昇降は左側の入り口からに限られる。そしてその列に乗っているのは日和だけ……つまり右へ左へと自由に移動できる。見たいものがあってもそちら側に人が座っていて首を伸ばしてチラ見、という事態は起こりえないのだ。

これはラッキー！　と、列のまん中にどっかと座る。気分は、右からでも左からでも存分に登場してくださいな！　だった。

ケニア号がゆっくりと走り出した。最初に目に入ってきたのは数頭のゾウ。しかもアドベンチャーワールドのゾウエリアは、場内に木が植えられ、水場もあり、なんと言っても広い。どれぐらい広いかというと、他の動物園ならサル山を作って数百頭単位で飼育していそうなぐらい広いのだ。

『エレファントヒル』と名付けられた広いエリアを悠々と歩くゾウ。これだけで、この先への期待が増す。

でも、もしかしたらここは第一印象死守型動物園で、いわゆる『出落ち』というやつかもしれない……なんて意地悪な感想を抱く間にも、ケニア号は進み続ける。

ゾウの次はアメリカバイソン、シマウマ、キリン、バク……とどんどん登場してくる。正確に言えば、普通に暮らしているところにこちらからお邪魔しに行っている状態なのだが、席に座っているだけなのでどうしても『登場』と表現したくなってしまうのだ。

広い動物園や水族館に行ったとき、見ている間はいいが、あとでびっくりするほどの疲れに襲われることがある。知らず知らずのうちにとんでもない距離を歩いているからだろう。

その点、このケニア号は素晴らしい。まったく疲れることなく、しかも丁寧なガイド付きで動物を見て回れる。パンダ最高！　パンダの赤ちゃんさえ見られればいいのよ！と思って訪れたけれど、もしかしたら爆睡でまったく動かないパンダの赤ちゃんよりケニア号のほうが見応えがあるかもしれない。

パンダの赤ちゃんのライブ映像はインターネットでも配信されているし、訪問記を動画サイトに上げている人も多い。けれど、日和が知る限り『ケニア号搭乗記』なるものはなかった。

パンダの飼育で有名かつ日本一の飼育数を誇ることはわかっているけれど、もうちょっとケニア号も宣伝してもいいのではないか。

パンダの赤ちゃんがいる『ブリーディングセンター』はもちろん、成長したパンダたちが暮らすパンダラブにも長い行列ができていた。それに引き替え『ケニア号』はガラガラで、席はたっぷり、発車間際の飛び乗りも大歓迎といった様子。こんなに素晴らしいアトラクションなのに……と、もどかしくなる。自分もパンダ狙いで来たくせになにを言ってるのよ日和さん、という突っ込みを無理やり呑み込み、さらに動物たちの日常を垣間見る。

草食動物エリアから肉食動物たちが暮らすエリアへ。ゲートを一カ所くぐったところで停車して、次のゲートが開くのを待つ。説明によると、この二枚のゲートは絶対に同時に開くことはないという。動物たちの脱走防止、そして間違っても肉食動物と草食動物がまじることがないように、とのことらしいが、さもありなんとしか言いようがない。

ここでは、種類によっては週に何度かあえて餌をやらない日を設けているそうだ。できるだけ本来の生息環境に近づけるという狙いがあるらしい。だとすれば、ここの動物たちは、よその動物園よりずっと本能が維持されているはずだ。雌ライオンがシマウマやヤギを目にしたら、飛びかからないわけがない。

それを裏付けるように、窓の外を雄ライオンが悠然と通り過ぎる。

――雄ライオンって動くんだ……てっきりなにからなにまで雌まかせで自分では一切なにもしないのかと思ってた……

今まで何度か動物園にいる雄ライオンを見たことがあるが、本来は夜行性のためか、地に伏せ、前足に顎を乗っけた姿勢でくつろぎまくっていた。

ファンサービスの概念など皆無、それが雄ライオンというものだと日和は思っていた。

だが、ここでは雄ライオンですら歩いている。もしかしたら狩りもするかもしれない。恐るべしアドベンチャーワールドだった。

——なるほど『混ぜるな危険』の代表例ってわけね……って、え？

そこで日和は思わず噴き出した……というよりも完全に脱力した。なぜなら、自然の厳しさを感じつつ進んでいった先にヒグマが現れたからだ。

ヒグマのどこが悪い。ヒグマと言えば日本最強の哺乳類、獰猛の代名詞じゃないか、と言われそうだが、目の前のヒグマにそんな緊張感は微塵もない。飼育員さんが乗っている車の横にドテンと座り、両手を広げて餌をもらっている。子グマならまだしも、大きさから判断しておそらく成体だろうに……

そういえば、全国にはいくつかクマ牧場というものがある。北海道の登別が有名で、以前ニュースで見たことがあるが、あそこのクマも同じような姿勢で餌をもらっていた。

——いやいやあんたって獰猛の代名詞、ところによっては神様扱いなんでしょ？　クマ牧場からスカウトされてきたわけじゃないよね？　まさか、この姿勢もクマの本能？　そんなわけはないと信じたいが、まったく交流のない各地のクマたちが、軒並み同じ姿勢を取るなら本能かもしれない。

真実やいかに……と首を傾げているうちに、ケニア号はクマを通り過ぎ、チーターやトラのゾーンへ。もうほとんど動物園にしか残っていないというアムールトラに、長生きしてねーと祈り、数頭頭を寄せ合って会議中らしきサイにお疲れさんと声をかける。

出発前の予想どおり、右へ左へと自由に席を移動しつつ動物たちを観賞し、また二枚のゲートを抜けてケニア号は発着場に戻った。

あいにく小雨が降り始めていたけれど、悪天候はかえってケニア号の良さを引き立てる。雨にも濡れず、風にも吹かれず、足の疲れも感じずに動物たちを眺めた二十五分――それは、パンダの赤ちゃんさえ見られれば、という旅に思わぬ彩りをくれた。

日帰り、しかも弾丸ツアーとしか言い様がないけれど、とにかく来てよかった。そんな思いとともに日和はケニア号の発着場をあとにした。

もうお昼……さすがにお腹が空いたな……

七時半の飛行機に乗るために、朝食を取ったのは五時半過ぎ。それからかれこれ六時間半、車、飛行機、レンタカーにケニア号、と乗り継ぎ、自分の足で移動したのはごくわずかなのに、お腹がちゃんと空くのが不思議だ。

いずれにしてもお昼ご飯……と遊園地ゾーンに向かう。確かあのあたりにはテーブルがたくさん出ていたからフードコートだろう。屋内にいくつか席はあるが、蓮斗のアドバイスどおり外の席を選ぶことにする。幸い小雨は降っていても、震え上がるほどの寒さではない。各席にパラソルはついているし、テーブルとテーブルの間も広く取ってあるから安心でもある。

フードコートの場合、食べ物を買ったはいいが座る席がない、なんてことが発生しがちだけれど、幸いあちこちに空席が見られる。お店としては昼の書き入れ時にこの状況では厳しいに違いないが、おひとり様で席取りができない日和にはありがたい話だった。

入り口に麵類、カレー、丼物……と料理の写真がたくさん掲げられている。建物の中には食べ物の種類ごとにいくつかのブースが作られているようだ。

これぞアドベンチャーワールドというメニューはないものか、とメニューを見ていると、ハンバーガーを持った人が通っていった。そういえば、反対側にパン屋さんがあったから、そこで売られているのだろう。

ハンバーガーと網目になったポテトにサラダ、ドリンクもついたセットらしい。ボリュームたっぷりのようだし、なによりパンダを模したハンバーガーがかわいらしい。『パンダの赤ちゃん超絶かわいい！』と叫んだあとでこれを丸かじりするのはいかがなものか、と思わないでもないが、羊牧場でジンギスカンを食べる人だってたくさんいる。あるあるよね、と勝手に頷き、日和は本日のランチはハンバーガープレート、と決めかけた。

ところが、そこでいきなり『ちょっと待って』という声がした。ただし、ほかの誰かではない、日和の心の声だ。

——もしかしたら和歌山での食事は一度きりになるかもしれない。というか、たぶんそうなるよね？　だとしたらハンバーガーでいいの？

パンダの形のパンはかわいい。きっと間に挟まっているパティだって美味しいだろう。

でもハンバーガーが和歌山の特産品かと言われると首を傾げる。和歌山で有名な食べ物と言えば梅干しとみかん、もしくはマグロとかサンマといった海産物というのが日和の印象だった。

梅干しととろろが入ったうどんがあり、わあ温かそう……と心引かれる。しかもうどんにはパンダ形の海苔が入っている。これなら特産品とパンダ要素の両方が味わえるが、この空腹具合にさっぱりあっさりの梅干しうどんは頼りなさすぎる。たとえパンダ要素は皆無でもマグロを使った丼物が食べたかった。

お腹が空いてるときはやっぱりお米よね、とついさっきハンバーガーを食べようとしていたことなど棚に上げ、海鮮丼の店に向かう。次なる課題は、マグロ丼か海鮮彩り丼か、だった。

マグロが有名なんだからマグロ丼にすべき、という思いと、シラスやホタテ、イクラと盛りだくさんな海鮮彩り丼のほうがいろいろ味わえてお得、という思いがバトルする。ただこのバトルは、比較的簡単に結論が出た。勝因は色、てっぺんにのせられた大葉の緑のおかげで、より引き立てられた真っ赤なマグロだった。

日和だって、メニューに添えられた写真を鵜呑みにしてはいけないことぐらいわかっている。

写真と出てきたものが全然違うというのはよく聞く話だ。だが日和がマグロ丼を選ぶにあたって目にしたのは、写真ではなく実物、日和が店に向かう途中ですれ違った人のトレイにのっていたマグロ丼そのものだった。

――わあ、ルビーみたい……それにけっこうたくさんのってる！　メニューの写真って『一番盛れてる』のを使ってるはずよね。それなのに実物のほうが美味しそうに見えて量も多いってどういうこと？　あ、もしかしてお客さんが少ないから大サービス中なのかしら……いずれにしても実物こそが正解だ、ということで、日和はマグロ丼を注文した。

しばらく待って料理を受け取り、トレイを掲げて外に出る。端っこのほうに空いているテーブルを見つけ、腰を下ろす。遊具がよく見える席だったが、昼ご飯時のせいか遊んでいる子どもは少ない。もっともせっかくアドベンチャーワールドに来たのだから、遊具よりも動物を見てほしい、見るべきだと親が引っ張っていったのかもしれない。

まあそれも教育のひとつよね、なんて親になったこともないくせに偉そうなことを考えつつ箸を取る。重なるマグロを一枚口に入れ、そっと嚙んでみた日和は、思わず目を見張った。

――ねっとりーーーー！

嚙んだだけでわかる。これこそが美味しいマグロの食感だ。

獲れたばかりの魚とは異なり、歯を跳ね返すような固さはない。ほどよく熟成されたからこそ生まれるねっとりとした食感は、すぐにマグロ特有の甘みと磯の香りを連れて来てくれるだろう。

大トロや中トロにはない赤身の旨さ。マグロの真骨頂と言うべき味にフードコートで出会えるとは思わなかった。写真もそれを上回るほどの実物を見てもなお、まあフードコートだし……と心のどこかで思っていたのだ。まさに、恐るべしアドベンチャーワールドだった。

ゆっくり味わいたいのに、箸がどんどん動いてあっという間に食べ終わる。これまで何度となく経験してきた『空腹に旨いもの』の法則どおり、食事にかかった時間は十分足らず……添えられた味噌(みそ)汁や漬け物もきれいに平らげてこの時間なんて、食べ盛りの高校生みたいだ。

——もしかしたら本当に美味しいものは、究極の空腹で食べてはいけないのかもしれない。少なくとも私の場合は……

そんなちょっと悲しい結論とともに、絶品マグロ丼ランチタイムは終了した。

食後、食器を返した日和は、パンダラブに向かった。

アドベンチャーワールドのパンダは、先ほど行った『ブリーディングセンター』とパンダラブで飼育されている。『ブリーディングセンター』には現在生まれたばかりの赤ちゃん『楓浜(ふうひん)』と二〇一六年に生まれた『結浜(ゆいひん)』、両親である『永明(えいめい)』と『良浜(らうひん)』が、パンダラブには二〇一四年生まれの双子『桃浜(とうひん)』と『桜浜(おうひん)』、そして二〇一八年生まれの『彩浜(さいひん)』が暮らしているそうだ。

すやすや眠る赤ちゃんパンダはかわいらしいし、時期が限られるから見逃せない。だからこそ無理やりのように出かけてきたが、見応えという意味では、お姉さんパンダがいて、天気がよければ外で遊ぶ姿も見られるパンダラブのほうが上かもしれない。

にもかかわらず、さらに入り口に近い場所にあるというのに後回しにしたのはわけがある。入ったときはすでに大行列で、『十二時から一時ごろは比較的空いています』との案内を聞いたからだ。

アドベンチャーワールドに来るのにパンダをスルーする人は珍しい。まずはお姉さんパンダたちを見てから奥の方へ……となる人が大半なのだろう。しかも十二時から一時と言えば昼ご飯時、パンダの食事風景を見るより自分のごはん、となっても不思議はない。

時計は十二時半を回ったところ、フードコートは日和が来たときよりも人が増え始めていた。

家族連れはすごく楽しそうだし、寂しさや羨ましさを覚えないわけではないが、その間にパンダを見に行けると思えば、おひとり様上等と言えた。

空いているとはいってもやはり『比較的』にすぎず、十数人が並んでいた。それでも、朝よりはずっと短い行列なので、二度三度並んでも苦にならないだろう。

少しずつ進む行列に並んで数分、予想よりずっと早く建物の中に入る。パンダラブは天井の高い建物で、よじ登れる遊具や台も設けられている。この台に上ってくれれば観客からもよく見えていいのだが、なかなか思うとおりにはいかない。現に日和が見ている間は、奥のほうでひたすら笹を食べていた。それでも眠りっぱなしではなく動いているパンダには感動したし、笹はとにかく消化が悪く、一日中食べていないと必要な栄養が取れないと聞いたことがある。

天敵の心配もなく、雨風をしのげる立派な家もある。餌もふんだんにもらえる。それでもなお、パンダはパンダなりの苦労があるのね、と改めて同情する日和だった。

お姉さんパンダたちのお食事風景を眺めたあと、運動場も見る。天気がよければここで遊ぶ姿も見られたはずなのに、と少々恨めしい気持ちになるが、上野には三頭しかいないパンダを一度にこんなにたくさん見られたのだ。それに、こんな天気だからこそ人出も少なく、のんびり園内を回ることが出来た。文句を言っては罰が当たるだろう。

それから海獣館に行き、ホッキョクグマが泳ぎ回る様子をしばらく眺めた。

――このホッキョクグマのアクティブさはなんなの？　ケニア号から見たヒグマとは色も動きも大違いじゃない。いや、色は関係ないわね。寒いところで暮らす動物は、じっとしていると凍えちゃうから？　いや待って、ヒグマだって結構寒いところで暮らしているんじゃなかった？　そういえばパンダもクマ、しかもあの子たちも熱帯動物ってわけじゃないのに丸々している。これは、動いていないと凍える説は破綻ねえ……。どっちにしても、やっぱりダイエットの秘訣は運動ってこと⁉

暇に飽かせて長考に入った挙げ句、運動が苦手な身としてはひどく悲しい結論に辿り着いてしまった。

そのあと、この機会に、とホッキョクグマについて検索してみた日和は、このホッキョクグマのお母さんが二月に亡くなったばかりだと知った。

――そっか……お母さん、いなくなっちゃったんだ……。寂しいね……。でも、君のことが大好きで、君を見ると笑顔になるって人は、きっとたくさんいるからね！　いっぱい食べて、いっぱい遊んで、元気に暮らしてね！

心の底からの励ましを送ったあと、ペンギンたちに会いに行く。それにしても、エンペラーペンギンには圧倒される。実際にはホッキョクグマのほうがずっと大きいはずなのに、と不思議に思うが、たぶん頭の中にある『ペンギンのサイズ感』を大きく上回るからだろう。

さすがはエンペラーペンギン、皇帝という名にふさわしい、と褒め称え、海獣館見学も終了した。


外に出てみると、雨が本格的に降り始めていた。時刻は午後二時、確か一時過ぎに入ったはずなので、一時間近くここにいたことになる。『来た、見た、帰る』がモットーの日和にしては驚異の滞在時間である。いつの間にそんなに時間が経ったの？　と驚いたものの、こんなに雨が降っているなら外を歩き回るよりも屋内のほうがいい。

とりあえずセンタードームに戻って、今後のスケジュールを立てる。

帰りの飛行機は午後四時半発なので、保安検査は四時十分までに終えなければならない。レンタカーを返すことも考えて、三時半には空港に着いておきたい。出雲旅行のときはあっけないほど簡単に返却手続きは終わったけれど、万が一手間取って飛行機に乗り遅れたら大変だ。それなら空港で待つぐらいのほうがいい。

——空港までは車で七分だから、ここを三時二十分に出発するとして、残りは一時間二十分。お土産を買う時間を残しても、もう一回行けるわね……

ここで向かうべきはパンダラブではないのか。パンダ見たさにはるばる出かけてきたくせに、と囁く心の声を盛大に無視して日和が向かったのは、ケニア号の発着場だった。

ひとり一回しか乗ってはいけないなんて決まりはどこにも書いていない。長蛇の列ならまだしも、停車場で待っているケニア号は、先ほど乗ったときよりも空いている。それなら二度目の人が乗っても許されるに違いない。

意気揚々と乗り込み、昼前に撮ったスマホの写真を確かめる。さっきはいつなにが出てくるかわからなかったから、ぶれていたり、端っこにしか写っていなかったりするものが多い。だが、今度は大丈夫。予習しておくことで、撮りたい動物の姿を捉えやすくなるだろう。

——ゾウはわりときれいに撮れてたからよし。バクは白いところと木が重なってカバにしか見えないから撮り直し。サイはOK、ライオンの雄も大丈夫、雌は……ま、いっか。ヒグマは……今度はちょっとは動いててね。おお、このトラはすごい！　芸術作品だ！

スマホを片手に写真の品評会をやっているうちに出発時刻となり、ケニア号が動き出した。予習の成果は著しく、親子らしきキリン、モノクロトーンのマレーバク、ばっちりこっちを向いている水牛なども無事撮影、ヒグマは相変わらずアクティブとは言いがたかったけれど、餌ちょうだいのバンザイよりはマシな写真が撮れた。

両親は来たことがないといっていたけれど、これを見せればきっとアドベンチャーワールドの素晴らしさが伝わる。パンダはもちろん素晴らしいし、飼育もものすごく大変だろう。でも、それはパンダだけとは限らない。ゾウだってライオンだって、あのヒグマだって飼育するのは大変に決まっている。それでも、少しでも本来の生息地の環境に近づけるよう、少しでも健康に、快適に過ごさせようと努力している。そのために選ばれたのが、この和歌山、南紀白浜という場所なのだろう。

交通の便がいいとはけっして言えない。だからこそ守られる自然と動物たち。ここはもしかしたらあらゆる動物園の中で一番恵まれた環境にあるのかもしれない。

最後にお土産として、白浜では有名だという固そうに見えてふわふわの生地にバタークリームを挟んだお菓子と、梅干しの一番小さいパック、和歌山ラーメンなどを購入。大きくて肉まんそっくりのパンダのぬいぐるみに心引かれつつも、チェーンボールがついた小さなマスコットで我慢し、日和はアドベンチャーワールドをあとにした。

　空港に着いてみたら、レンタカーの返却手続きは出雲のとき以上にあっさり終わった。おかげで時間が余り、カフェで『めはり寿司』を味わうこともできた。『めはり寿司』は和歌山の新宮市から三重の熊野市あたりの名物で、おにぎりを高菜の漬け物で包んで作る。食べるときに目を見張るほど大きいことから『めはり寿司』と名付けられたという。

　日和が食べたものはそこまで大きくはなかったけれど、ほどよい塩気と高菜のぱりぱりした歯触りが抜群。弾丸ツアーの最後に、思わぬ彩りを添えてくれた。ついでに地ビールとみかんジュースも購入、両親の喜ぶ顔が目に浮かぶ。

　お金はかかるのに日帰り。それでもパンダの赤ちゃんさえ見られれば……と割り切って出かけてきたけれど、朝一番で名勝も巡れた。エレベーターでパワースポットに行くという珍しい体験もできたし、熊野三山を参ったのと同じぐらい御利益のある神社に詣でられた。名物もそれなりに味わえた。まさに期待以上の旅だった。

——和歌山最高！　本当に思いきって来てよかった。でも、できたら次は温泉にも入りたいし、本物の熊野三山にだって行ってみたいなあ……

　満ち足りた思いで搭乗案内を待ちつつも、日和は、またいつか来られますように、と願わずにいられなかった。

第三話　奥入瀬

――川魚と煎餅汁

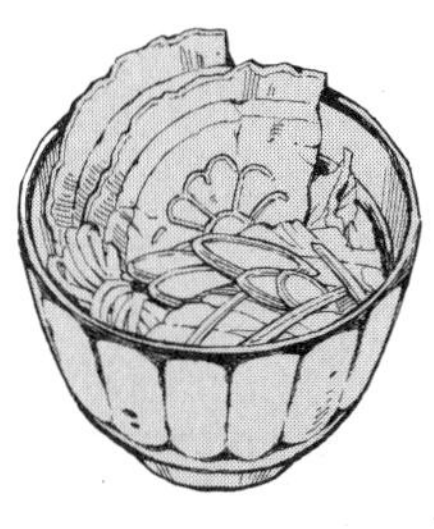

日和の家の玄関には、ある風景のジグソーパズルがかけられている。

このジグソーパズルは母が独身時代に作ったもので、千ピースあるという。ほかにも何枚かあったらしいが、今ではこの一枚が残るのみだ。千ピースと聞くと日和は頭がくらくらしそうになるが、本人は、千ピースなんて序の口、二千ピースだって作ったことがある、と自慢する。

しかもその二千ピースのパズルはニューヨークの夜景だったらしく、同じような色調のピースをあれでもないこれでもないと組み合わせるのは大変な上に、照明の下では濃淡がわかりづらく、日のあるうちしか作業が進まなかったせいで完成まで相当な時間がかかったそうだ。

だが、そんなに苦労して作り上げた二千ピースではなく、この緑溢(あふ)れる千ピースを残してあるところを見ると、母もこの風景に魅入られ、手放しがたく思っているのだろう。目に染みるような木々の緑と舞い踊るような水の流れは青森県にある奥入瀬(おいらせ)渓流だという。

普段は何の気なしに通り過ぎるが、ふとジグソーパズルに目を留めると、一度行ってみたい、本当にこの風景が実在するのか確かめてみたい、という気持ちになる。もちろん、奥入瀬渓流は東北屈指の観光地で、新緑や紅葉の季節には人が詰めかけるし、マスコミでも頻繁に紹介されている。実在することに間違いはないのだが、つい疑いたくなるほど美しく幻想的な風景なのだ。

日和だけではない。時折母も渓流の風景を眺めながら『行ってみたかったなー』なんて呟いている。実は二、三日前も玄関にいる母に声をかけたばかりだ。

「行ってみたかった、じゃなくて今からでも行けばいいじゃない」

母はとんでもないと言わんばかりに首を左右に振った。

「無理よ。遠すぎるもん」

「遠いって言っても国内でしょ？　しかも同じ本州じゃない」

今や新幹線は東北地方を縦走して函館まで行っている時代だ。以前函館に行ったときに調べてみたが、東京から函館までは最速で四時間を切っていた記憶がある。青森は函館よりも手前だから乗車時間はもっと短い。おそらく三時間半程度ではないだろうか。往復すれば七時間も新幹線に乗ることになるが、時間的な問題だけなら飛行機を使うという手もある。無理と言い切るような場所ではないだろう。

けれどそんなことを言う日和に、母はことさら深いため息を漏らしつつ答えた。

「青森までなら簡単よ。でもね、問題はその先」

「その先？」

「そう。奥入瀬渓流は駅からかなり離れているの。バスはあるみたいだけど、たぶん二時間近くかかるし、便数だって少ないと思う。そもそも向こうに着いてからでも流れに沿って歩くと片道でも一時間半、往復すればその倍かかるわ」

「えーっと……それ、全部歩かなきゃ駄目なの？　見所だけちょいちょいっとつまむとか……」

「それがねえ……」

そこで母はまたため息をついた。曰く、長い渓流のどこを取っても美しい、木にも水の流れにもそれぞれ別の表情がある、はるばる出かけていったのだから全部を見なければ気が済まない、無理やり踏破して足も腰もぼろぼろになる未来しか見えない、だそうだ。

確かに、母にはそういうところがある。へんなところで貧乏性というか、どうせやるならコンプリート！　が信条の人なのだ。長年焦がれた風景が目の前にあるとなったら、意地でも端から端まで歩き通すことだろう。そこが、親子といえども本当に見たいものだけをつまみ食いできる日和とは異なる点だった。

「来世に期待。生まれ変わったら、出かけることにする。ジグソーパズルなんてやってないでね。ま、覚えていられたら、の話だけど」

そう言うと母は盛大に笑った。そして、ひとしきり笑ったあと、ふと真顔に戻って日和を見る。

「あんたはまだ間に合うわ。お母さんの若いころに比べたら、体力がなさ過ぎて心配だけど、それでもまだまだ大丈夫。近頃はずいぶん旅慣れたし、車だって使えるようになった。もしも奥入瀬に行きたいなら、さっさと行ったほうがいいわよ」

「そんなに急がなきゃだめなの？」

「別にだめってことはないけど、今日元気だから明日も元気とは限らないし、もしかしたら子どもができるかもしれない。お金だってかかるし、赤ん坊を抱えて行くにはちょっとためらう場所じゃない？　っていうか、楽しくないでしょ、子どもには」

結婚にまったく触れることなく、いきなり『子どもができるかも』と言うあたりが、いかにも母らしい。いくら全国屈指の名勝といえども、本人の記憶に残らない年齢で連れていっても意味がないというのは、日頃から両親がよく言っていることだった。

結婚とか子どもという言葉を聞くと、自動的に頭に浮かぶ顔がある。そんなにうまくいくはずない、と思う半面、もしかしたら……という期待を抱かずにいられない。日和の未来の中に、あの人にいてほしいという気持ちは高まる一方で、もしかしたら母は近頃の日和の様子から、そんな気配を読み取っているのかもしれない。嬉々として旅の話や酒談義をする相手がいる、あちらも律儀に応じてくれているとなれば、期待するなと言うほうが無理だろう。

いずれにしても、そこを突っ込むとあれこれ面倒な話になりそう、と判断し、日和はただ頷く。

「そうだね。今のうちに行っておいたほうがいい場所かもね」

「そうよ。お母さんみたいに来世まで持ち越さずに済むようにね！」

宿題は早めに、なんて久しぶりに聞いた言葉で会話を終わらせ、母はリビングに入っていった。

それをきっかけに、奥入瀬渓流は日和にとって『いつか行ってみたい場所』から『次に行く場所』に格上げされた。ちょうど季節が冬から春に変わるころで、二者択一なら紅葉よりも新緑と答える日和にはもってこいの時期だった。それでも、気軽に旅に出られない状況は延々と続き、家に籠もっている間にゴールデンウィークも過ぎていった。ふと気づけば、あと数日で五月が終わろうとしている。おそらく、今年の新緑には間に合わないだろう。

――秋なら行けるかな……ううん、やっぱりこのパズルと同じ風景が見たいなら春、となると来年かあ……

そんなことを考えつつジグソーパズルを眺めていると、玄関が開いて父が入ってきた。父は運動不足解消のために、小一時間ほどまえに散歩に出かけた。エコバッグを持っているから、コンビニかスーパーに寄ってきたのだろう。

「おかえりなさい」

「ただいま。なんだ、またそれを眺めていたのか？　おまえもお母さんも、本当に奥入瀬が好きなんだな」

「好きって言うよりも、もう憧(あこが)れの地に近いよ」

「お母さんもずっとそう言ってたな。行けばいいのにって言っても、もう無理って……。もっと早いうちに連れて行ってやればよかった」

ずっと行きたがっていたのに、仕事や家事、育児に紛れて連れて行ってやれなかった、と父はすまなそうに言う。だが日和に言わせれば、それも母の選択だった。

「お母さんなら、本当に行きたければ行ってたと思う。私が想像してるだけかもしれないけど、お母さんにとって奥入瀬に行くより大事なことがたくさんあったんじゃない？」

「そうだといいけど……」

たとえ本州最北端にある青森であろうと、心底行きたければなんとしてでも行っていたし、今ですらあとで足や腰がどうのこうのと言うぐらいだから、来世の宿題と諦(あきら)められる程度なのだろう。

「お母さんって、案外ロマンティックなところがあるから、憧れの地を憧れのまま置いておくのもいい、とか思ってるかもな。ロマンティックってか、乙女チック？」

「うん。案外とか言うと怒り出しそうだけど」

「確かに。あ、これ頼むわ」

クスクスと笑いながら日和にエコバッグを渡し、父は洗面所に向かう。

覗（のぞ）いてみると、中にはアイスクリームが入っていた。しかも新発売で人気のあまり入手困難と大騒ぎになっているものだ。

　これは大変、と日和は大慌てでリビングに戻る。母の来世送りの憧れは、大人気アイスクリーム溶解の危機に、あっさり忘れ去られた。

　六月に入ってすぐの火曜日、夕食を取ったあと、のんびりテレビを眺めていたとき、スマホに目をやった母が呟くように言った。

「あら、加世からメッセージが来てる。気づかなかったわ」

　食事の支度から片付けまでの間、母のスマホはテレビの前のガラステーブルに置きっ放しになっていた。

「叔母さんから？　珍しいね」

　加世というのは母の妹、日和にとっては叔母にあたる人だ。実家暮らしだったが、十年前に父親が亡くなり、その三年後に母親が亡くなったあと、秋田県に引っ越した。母はずいぶん驚いていたものの、叔母は独身だし、両親を見送ってようやく自分がやりたいことができるようになったのだろう、と言っていた。

　姉妹にしてはちょっと素っ気ないように見えるが、不仲というわけではない。お互いを尊重し、必要以上に介入しないものの、困ったときには惜しみなく手を差し伸べる。それが母と叔母の関係だった。ずっと両親のそばにいて、介護も引き受けてくれていた妹が、これからの人生を楽しんでくれさえすればいい、と母は思っていたのだろう。

「なにかあったのかしら……」

心配そうにメッセージを一読した母は、うーん……と唸った。それを見て、父が話しかける。

「加世さん、どうしたって？」

「どうしたってこともないのよ。あえて言うなら近況伺い？」

「柄じゃないな……」

「そうよね……そんなことをする子じゃないのに……」

「電話してみたら？」

「うん……」

そこで母はスマホを持って二階に上がっていった。テレビがついているリビングよりも、寝室のほうがゆっくり、そして気兼ねなく話せると思ったに違いない。

ずいぶん長い電話で、母が下りてきたのは、それから三十分ほどしてからだった。早速父が訊ねた。

「どうだった？」

「どうってこともなかった。ほとんどが世間話。でもちょっと気になるのよね」

「というと？」

「しきりに『私ももう年だし』って言うのよ。それに、みぞおちが痛いときってどこが悪いのかなーって……」

「みぞおち？　加世さんの話？」

「職場の人だって言ってたけど、怪しいものよね。たぶん、あれは加世自身のことだと思う」

「病院で診てもらったりは？」

「してないみたい。あの子はもともと病院が大嫌い……っていうより白衣恐怖症？　うっかり病院で血圧でも測ろうものなら数値爆上がり、みたいな……」

「あーいるよね、そういう人」

「でしょ？　だから多少具合が悪くても病院なんて行きっこない。寝てれば治る、って言い張るタイプ。その加世がこんな電話をしてきたってことは……」

「かなり心配だね」

父と母が顔を見合わせて深いため息をついた。日和もいても立ってもいられない気分だ。なぜなら叔母は、日和にとってふたり目の母と言うべき存在だからだ。

どうしても出かけなければならない用事があって子どもの面倒が見られないとき、母は兄と日和を祖父母の家に預けた。

兄はもともと饒舌（じょうぜつ）で好奇心も旺盛（おうせい）、あれやこれやと話しかけることもあって祖父母にとっては相手がしやすい子どもだった。一方日和は大の人見知り、話しかけたところでろくすっぽ返事もできず、どうかすると涙ぐむ始末……。対処に困った祖父母は、食事やおやつの世話以外はとにかくそっとしておくべし、となったのだろう。

そんな日和に、唯一かまってくれたのは叔母だった。所在なげにしている日和のところに本を持ってきてくれたのだ。絵本、漫画、少し長い物語と取り混ぜて、十冊ほどあっただろうか。それでいて、自分はさっさと部屋に引きあげた。今思えば、日和が本の世界に入り込めるように、との配慮だったのだろう。

それまで日和にとって、本は読み聞かせてもらうものだった。だが叔母は、読んでくれる気はないらしい。人にかまわれたくはないが、退屈は退屈……ということで、日和は絵本を手に取った。一番薄い黄色い表紙がついた絵本で、開いてみると書かれているのは平仮名ばかり、これならなんとかなる、ということで読み始めた。

子ザルが悪戯(いたずら)をしたり失敗をしたりと、とにかく楽しい。夢中になって読んでいると、叔母が戻ってきた。面白いかと訊ねられて黙って頷くと、同じような黄色い表紙の絵本を四冊も持ってきてくれた。どうやらシリーズ物だったらしい。

合計五冊を読み終わった日和は、ほかの本も開いてみた。子ザルシリーズほどではなかったけれど、どれも面白い。少なくとも退屈ではなくなった。かくして日和は人見知りにとって最高と言える『読書』という楽しみを知った。

その後、祖母から、叔母の部屋には山ほど本があると聞き、おそるおそる行ってみた。日和が預けられているとき、叔母は大抵部屋のドアを開けっ放しにしてくれていたし、日和が行くと無言でどうぞ……とばかりに片手を上げて招き入れてくれた。

叔母の本棚は、冊数が膨大だったこともあってかなり野放図だった。シリーズ物でもまとまっておいてあるとは限らず、続きが読みたくても見つからないこともあった。やむなく叔母に訊ねるとちゃんと捜してくれる。その間に、その本のどこが好き？　なんて会話もちらほら……ただし、だからといって長々と会話を続けることもなく、ふーん……なんて気のない返事で次の巻を渡してくれる。叔母の日和との距離の取り方は、両親と兄を除いたどの親戚よりも心地よいものだった。

そのうち叔母の『本屋に行くけど……』なんて、ひとり言とも誘いともわからないような言葉を聞くたびに、ついていくようにもなった。叔母とふたりだけで出かけ、本を買ってもらって大喜びで帰ってくる日和を見て、祖父母ばかりか両親も驚いていた。

思う存分、本の世界に浸れる。新しい本も買ってもらえる。日和にとって、それまで苦行でしかなかった祖父母の家でのお留守番が、楽しいものに変わった。また、加世と日和は相性がいいらしいということで、食事やおやつ、泊まりがけのときは入浴といった世話も叔母がしてくれるようになった。

お父さんやお母さんがいなくても、叔母さんがいてくれれば大丈夫。当時の日和はそんなことを思っていたのである。

その叔母が不調を抱えているかもしれない、と聞いて、平静でいられるわけがなかった。父も心配そうに言う。

「大丈夫かな……加世さん」

「私に連絡を取ってくるぐらいだから、不安なんだとは思う。本当に調子が悪いのなら、とにかく病院に行かせないと」

「とは言ってもなあ……」

困り顔で会話を続ける両親を見て、日和はスマホを手に取った。

「私、叔母さんに聞いてみるよ」

「え……日和、加世の連絡先なんて知ってるの？」

「当たり前じゃない。叔母さんと私、仲良しだもん」

「そりゃ子どものころはよく面倒を見てくれたけど、今でも連絡を取ってる？」

「たまに。東京を離れてから新刊が見つけにくくなって困ってるって言うから、叔母さんが好きなシリーズの新刊が出たときは連絡してるんだよ」

ずいぶん減ったとは言え、東京にはまだまだたくさん書店がある。ふらっと立ち寄れば、新刊が出たことにも気づけるが、秋田、とりわけ叔母の住む町では難しいらしい。好きで移住したとは言っても、書店の少なさや規模には苦労しているようだ。そんな叔母のために、日和はずいぶん前からアンテナ役を務めていた。

「そうだったの……」

「そうだったんだよ。だから、それとなく様子を窺（うかが）ってみる。私なら連絡しても不自然に思われないはずだし、うっかり本音を漏らすかも……」

「うーん……じゃあ、お願いしようかな。あ、でも無理強いは……」

「わかってる。叔母さんも私もカタツムリタイプだから、下手にかまうと殻に籠もって出てこなくなっちゃうしね」

「本当に似てるなあ……」

最後は父に呟かれ、日和は苦笑いしながら二階に上がる。よく考えれば、ついさっき母との電話を終えたばかりでそれとなく様子を窺うなんて不可能だ。だが、そんなことを気にしていられないほど、叔母が心配だった。

スマホに入っているアプリの連絡先一覧から叔母の名前を探し出し、メッセージを送る。日和と叔母の場合、会話より文字のほうがコミュニケーションは捗(はかど)るに違いない。

「地震だわ……」

叔母とメッセージをやりとりした翌日、隣の席で間宮麗佳が呟いた。

一瞬後、日和にもはっきりわかる揺れが伝わってきた。目を上げると窓にかけられているブラインドカーテンの巻き上げヒモがゆらゆらと揺れている。窓は開いていないから風の影響を受けているわけではない。明らかに地震による揺れだった。

もっと大きくなったらどうしよう、机の下とかに潜ったほうがいいかしら……と思っている間に揺れは徐々に小さくなり、やがて止まった。

「震源はかなり離れてる。最大震度は五プラス、津波の心配はなし。東京は震度一から二……とりあえず大丈夫みたいね」

インターネットで地震速報を確認した麗佳がほっとしたように言う。

震度五プラスをあっさり大丈夫と言ってしまっていいのかどうか迷うところだが、昨年震度五の地震が起きた際も大きな被害に繋がらなかった。現在の日本でそれ以下の震度、かつ状況を見極め冷静沈着な行動が取れるのであれば、震度五というのは『よくあること』で片付けられることなのかもしれない。

地震が頻繁ではなく、対策が不十分な国では震度四でも建物が倒壊し、人々はパニック状態に陥るらしい。その点日本はもともと地震大国だし、いくつかの大きな震災のあと、さらに対策が強化された。過信は本当によくないけれど、これぐらいの震度なら大丈夫、という基準が他国よりも圧倒的に高いことは確かだろう。

それにしても……と日和は麗佳の様子を窺って感心してしまう。

麗佳の地震に対する敏感さはすごい。いつもオフィス内で一番に地震に気づくのは麗佳で、まだどこも揺れていないのに、ぱっと顔を上げて周りを見回す。その一秒、いや○・五秒後ぐらいに揺れ始め、他の人間が騒ぎ始めるといった具合である。どうしてそんなに敏感なのだろうと思って訊ねてみたら、子どものころに大きな地震を経験したという。大地がうねるような揺れと、ニュースで見た町が火に呑み込まれる様子は本当に恐ろしかった、あの火がうちまで来たらどうしよう、と心底怯えた。そのせいで、地震にはかなり敏感、しかも恐怖症に近い状態になってしまった、と麗佳は苦笑した。

そういえば麗佳の父の実家は京都だと聞いた。年齢と当時住んでいた場所から考えて、おそらく阪神・淡路大震災のときのことだろう。京都は大阪や兵庫に比べると被害は少なかったそうだが、それでも心にこんなに大きな爪痕を残す。やはり地震は恐ろしいとしか言いようがなかった。

「もしかしたら、地震センサーみたいなものが備わって、他の人よりほんのちょっとだけ早く地震を感知できるようになったのかもしれない。コンマ数秒じゃ、なんの役にも立たないけど、まあないよりマシかな。まず落ち着け！　って自分に言い聞かせられるし」

そんな言葉とともに、麗佳はかつての地震経験を語った。それほど恐ろしい体験ですら、こんなふうに前向きに捉えられる麗佳はやはり見習うべき先輩だった。

ディスプレイに映っている各地の震度を表した地図を眺めつつ、麗佳がため息をついた。

「知らない場所だからいいってわけじゃないけど、やっぱり行ったことがある場所で災害が起こるといたたまれない。東北って、このところ地震も水害も多いわよね……」

「本当に心配ですね。私も叔母が東北にいますし、去年仙台にも行ったので、あのあたりで地震と聞くとどきっとします」

「あー仙台ね。あのときはお世話になりました」

麗佳に深々と頭を下げられて思い出した。そういえば日和が仙台を旅行先に選んだのは、麗佳に蒸留所でしか手に入らないウイスキーを買ってきてくれないか、と頼まれたからだった。ひとり旅を始めたころは、行き先すら人任せだったなあ……と懐かしくなる。当時に比べると、ずいぶん自発的になった。たとえ『たこ焼きが食べたい』などという理由であっても、それは日和自身の欲求である。好きなところへ行って好きなことをするというひとり旅本来の姿を貫けている気がして、嬉しくなる日和だった。

「あのウイスキー、父はすごく喜んでくれたわ。この間まで大事にしまい込んでたんだけど、このところ家呑みが増えたでしょ？　とうとう手をつけて、あっという間に呑んじゃった」

それほど美味しかったようだ、本当にありがとう、と麗佳は改めて礼を言ってくれた。

「ところで叔母さんが東北にいらっしゃるって言ってたけど……あ……」

そこで麗佳は壁に掛かっている時計を見上げた。地震のあと、手を動かしながら会話しているうちに時計の針は十二時、昼休みが始まる時刻になっていた。

「梶倉さん、お昼は？」

「今日はお弁当です」

「私もなの。じゃあ、今日はご一緒しましょうか」

「ぜひぜひ！」

麗佳が結婚してから大きく変わったのが、ランチタイムの過ごし方だ。正確には結婚だけではなく、極めて外食がしづらいという現状もある。ただでさえ昼食時は混み合っていたというのに、客同士の距離を取らなければならない関係で席数が減り、さらに席を確保するのが大変になった。

行列で時間を潰すのはもったいない、と買ってきたものを会社で食べるようになったが、それにもだんだん飽きてくる。なにより麗佳の夫の浩介も同じ状況らしく、それならいっそお弁当を作ろうということになったそうだ。幸い浩介は料理が趣味とのことで、交代で作れるというのも『お弁当採用』の一因だったようだ。

もちろん、毎日ではない。週に五日の出勤日のうち、四日はお弁当、一日は外で食べられるようなら食べるし無理なら買ってくる。もちろん仕事の忙しさや、体調によっての変化はあり、といった具合だった。

最初はお弁当なんて大変だろうな……と思っていたが、本人曰く、昼休みの自由時間が増えていい、とのこと。確かに、持ってきたお弁当を食べるだけなら、食事にかける時間は今までよりずっと短く済む。残りの時間で本も読めれば、ゲームもできる。インターネットのお気に入りサイトも巡回し放題……言われてみればそのとおりだった。

そして、これまでと違った形で昼休みを堪能している麗佳を見て、日和もお弁当を持ってくるようになった。しかも学生時代のように母任せではなく、自分で作っているのだ。

とはいえ、最初に日和がお弁当を作って持っていくと言い出したときの母の反応にはちょっと落ち込んだ。普段あまり料理をしない日和がお弁当を作るなんて心配すぎる、時間がかかるのはわかりきっているし、そのために早起きしたら仕事に差し障るから作ってあげる、と言われてしまったのだ。

日頃のおこないの結果とはいえ、あまりにも情けない。それでも、ここで諦めるわけにはいかない。想像するのもいやだが、両親だって永遠にそばにいてくれるわけではない。それ以前に、どこかで面倒を見る側から見られる側に変わるのだ。そのためにも家事のノウハウは絶対に必要だし、自分のお弁当というのは第一段階として最適ではないか、と日和は考えたのである。

思えば、就職とともに家を出た兄と異なり、日和は大学卒業にあたって独立なんて一切考えなかった。

卒業時点でひどい人見知りだったことは言うに及ばず、料理も洗濯もろくにできなかった。ひとりで外食したことだって数えるほどだし、それすらハンバーガーや食券方式の店ばかりだった。

それを知っている両親は、万が一仕事がとんでもなく忙しかった場合、料理すらまともにできない、外食もできないとなったら身体を壊しかねない、と心配した。家から通えない距離ではないのだから、あえて外に出る必要はない、と言ってくれたのだ。

その上、日和自身も卒業したら兄のように独立しなければと思いながらも、不安でたまらなかった。両親に『外に出る必要はない』と言われたときは、雲間から日が差してきたような気分になったものだ。

そして、就職してからも親に甘えっぱなし、積極的に家事に関わらないまま今に至る。

急にお弁当を作ると言い出しても、止められるのは当然だ。それでも、いつまでもこのままではいられない。どこかで変わらなければいけないことぐらいわかっていた。

――全部を朝から作るって言うから心配されるのよ。そういえば、麗佳さんもおかずは夜のうちに作っておくって言ってた。朝は温め直して詰めるだけだし、ごはんも炊飯器のタイマーを使えば楽勝。それぐらいならできるよね。まずは月曜日から始めてみよう。前日が日曜日なら時間にゆとりがあるし、買い物にだって行けるもの。

旅に出られず持てあましがちな休日を料理で埋めるのは一石二鳥だ。ナイスアイデア、と自画自賛しつつ、日和のお弁当作りが始まった。

それからおよそ半年、インターネットでレシピを調べたり、母に教えてもらったりしながら少しずつお弁当の頻度を上げ、今は週に三日のペースに落ち着いている。

美味しいお店でランチを取れないのは寂しいけれど、少なくとも料理の腕は上がった。なにより、以前はよほどのことがない限り別々に過ごしていた麗佳と昼休みに話す機会が増えた。こんなご時世だけど、悪いことばかりじゃない、と日和は思っていた。

そうこうしている間に、会議室の利用予約を確かめた麗佳が嬉しそうに言った。

「ラッキー！　今日はずっと小会議室が空いてるわ」

空いている会議室の昼休み利用は認められているが、午後一番で予定が入っているときは少々ためらう。早めに来る人がいるかもしれないし、それを気にしてそそくさと席を立つのもいやだ。

しかも大会議室はスペースにゆとりがあるため、他にも昼食を取る人がいるだろうし、それはそれで落ち着かない。午後の予定が入っていない小会議室というのは、あらゆる意味で望ましい昼食場所だった。

まず窓を開けて換気、除菌シートで机や椅子を軽く拭き、長机の両端に腰掛けた。

「それで叔母様は東北のどのあたりにいらっしゃるの？」

「秋田です」

「秋田っていっても広いわ。秋田市かしら？」

「秋田市じゃありません。確か小坂町……どうしてもその町に住みたいって七年ぐらい前に引っ越したんです」

「小坂といったら鉱山の町ね」

「え、小坂に鉱山があるんですか？　すみません、知りませんでした……」

「鉱山があるっていっても昔の話よ。今はほとんど採掘はしてないんじゃなかったかしら。もっともそういうのも含めて、秋田とか青森出身じゃなくて歴史に興味がなければ、知らない人のほうが多いはず」

そう言いながら、麗佳はお弁当箱から箸で玉子焼きを挟み出した。卵に刻んだ大葉を混ぜ、まん中に明太子を巻き込んだ玉子焼きは、見るからに美味しそうだ。大葉と明太子の相性の良さなど語るまでもない。この黄色、緑、赤の美しい玉子焼きは、ちょくちょく麗佳のお弁当に登場する。最初に見たときは、てっきり麗佳の得意料理だと思ったのだが、実は浩介作らしい。お弁当は一緒に、あるいは交代で作るというのが頷ける腕前で、より一層自分も頑張らなければという気にさせられる。

日和が自分のちょっと巻きの甘い玉子焼きを呑み込んでいると、また麗佳が訊ねてきた。

「あえて小坂に引っ越したってことは、叔母様は鉱山に興味をお持ちなのかしら？」

「どうでしょう？　読書と演劇が好きなのは知ってますけど、歴史とか鉱山に興味はなかった気がします」

「演劇！」

「はい。それもものすごい大劇場のロングランとかじゃなくて、小劇団ばっかり観に行ってました」

「それで小坂なのね……なーるほど……」

麗佳はひとりで納得しているが、日和にはさっぱりわからない。やむなく、日和は単刀直入に訊ねた。

「すみません、話が見えないので、まとめて教えてください。小坂にはなにがあって、叔母はなにに惹きつけられて引っ越したとお考えなんですか？」

「ごめんなさい。脱線しちゃったわね。実は小坂には古い演芸場があるのよ」

「演芸場……？」

「そう。明治時代に鉱山で働く人に楽しんでもらおうってことで作られたらしいわ。もっぱら大衆演劇だそうだけど……」

「大衆演劇って、温泉地の大きなホテルとかスパとかでやってる？」

「それそれ。歌謡ショーと短いお芝居を組み合わせた感じのもの。最近は観られるところがどんどん減ってるけど」

「なるほど……」

納得としか言いようがない。そういえば叔母は、もともと演劇全般ではなく大衆演劇のファンだった。祖父母の家に住んでいたころも、時折旅に出ていたが、目的は大衆演劇を観ることにあったようだ。お気に入りの劇団が近くに来ると知って駆けつけたこともある。

母はアイドルのおっかけならまだしも、大衆演劇目当てというのは珍しすぎると呆れていたが、日和はいかにも叔母らしいと思った記憶がある。都内で演劇を観に行ったこともあったが、あえて小劇場ばかり選んでいたのは、どこか大衆演劇に似た雰囲気があったからかもしれない。

「確かに叔母は大衆演劇のコアなファンでした。とはいえ、それで引っ越しちゃうっていうのは思い切りがよすぎる気もしますけど」

「そうねえ……でも今って大衆演劇に打ち込む人は珍しいし、演じる人も演じられる場所もどんどん減ってる。前まではちょっと大きなリゾート施設に行けば簡単に観られたけど、今じゃインターネットで検索しまくった挙げ句、ようやく公演を見つけられる感じ？　でも小坂は違う。年がら年中、大衆演劇が観られるし、一日二回公演することもあるんだって」

小坂町に住めば、いつでも大衆演劇が観られる。まったく悩まなかったわけではないだろうが、大衆演劇だけを目当てに旅をするぐらい好きなら、引っ越すという選択はある。もちろんそれは、生活費の心配がなければ……の話だが、と麗佳は言う。

「立ち入ったことを聞くけど、叔母様、お仕事は？」

「けっこう探して、なんとかリサイクル関係の仕事を見つけたって……古紙回収とかでしょうか」

「小坂町でリサイクルと言ったら金属資源リサイクルでしょ。レアアースの再生とかに力を入れていたはずよ」

「あーレアアース……なんか、そんな感じだったかも……」

「素敵ねえ」

大衆演劇を愛好しつつ、レアアースの再生という最先端の仕事をするなんてすごい、と手放しで褒められ、日和は我がことのように嬉しかった。

「叔母が聞いたら喜びます。でも……」

「あら、なにか気になることでも？」

そこで日和は昨夜（ゆうべ）の叔母とのやりとりを思いだし、眉根（まゆね）を寄せた。

「叔母、ちょっと調子が悪いみたいなんです。最初は他人の話みたいに持ち出したんですけど、確かめてみたらやっぱり叔母自身のことでした。最初はお腹に違和感があるだけだったのに、そのうち痛みに変わった。しかも二ヶ月に一度だったのが月に一度、半月に一度って頻度も上がってきたって……」

「それは心配ね……」

「ひとり暮らしなので健康にはかなり注意して、運動もそれなりに続けてきてて、風邪だって滅多に引かない人が、姪っ子に弱音を吐くほど痛いのかって思ったら……」

叔母は、姉には言うなと口止めしたが、そんなわけにはいかない。母親に報告した結果、やはり母親も病院に行くべきだという。だが、実際に日和も叔母とのやりとりの間に、散々早く病院に行くようにすすめたのに、叔母は頑として聞き入れなかった。しかも、我慢できない痛みじゃない、横になっていればそのうち治まる、ただでさえ病院は大忙しなのに、自分が面倒をかけるわけにはいかない……とまで言われてしまったのである。

「叔母は『不要不急』だって言うんです。具合が悪くて病院に行くのに『不要不急』なんてことがありますか？」

「問題はそこよね。今って、いつもなら受ける健康診断を受けなかったり、具合が悪くても病院に行くのをためらったりした結果、治療が難しくなっちゃった人がいるって聞いたわ。それどころか……」

それ以上続けなかったのは、麗佳の気配りだろう。重大な病気かもしれない叔母がいる日和に、手遅れなんて言葉は使えないに決まっている。だがそれは、言われるまでもなく日和が一番恐れる結果だった。

「なんとか叔母を病院に行かせる方法はないものでしょうか……」

「ご本人が行かないとおっしゃるのなら難しいでしょうね。もしかしたら恐がっていらっしゃるのかもしれないし……」

そこで日和ははたと気づいた。

叔母は単に病院が嫌いというよりも、病院を恐がっていた。だからこそ健康管理を怠らず、病院に行かずに済むよう努めている。東京にいる間は両親や姉に言われて泣く泣く健診は受けに行っていたが、とにかく病院っぽくないところということで、健診センターを選んでいたほどだ。そんな叔母がひとりで病院に行くとは思えない。ましてや明確に痛みがあり、病気を告げられる可能性が高いとなれば、ますます恐怖心は大きくなっているだろう。

これはもう小坂町に行って叔母に会うしかない。叔母の様子をこの目で見て、あまり酷(ひど)いようなら病院に行くように説得しよう。姪がわざわざ会いに来て、病院に行くことをすすめるような状態だとわかってもらうだけでも意味があるはずだ。

「麗佳さん、私、叔母のところに行ってきます！」

「行くの？」

「やっぱり心配なんです。それで、麗佳さんには申し訳ないんですけど、一日お休みをいただきたいと……」

　叔母とはゆっくり話をしたい。できれば叔母の家に泊めてもらうか、同じ町に宿を取るのが望ましい。週末の前か後に休みを入れて二泊三日にするほうがいい。だが、そうなると同僚、特に麗佳に迷惑をかけてしまう。

　申し訳ないが、なんとか許してほしい、という気持ちを込めて頭を下げる。そんな日和を見て、麗佳はあっさり答えた。

「仕事のことは大丈夫。今ってそんなに忙しくないし、休んだときのカバーはお互い様。有給はあるのよね？」

「余りまくってます」

「じゃあ、いってらっしゃい。で、今週……では急すぎるか。もう水曜だものね。さすがに準備が間に合わないわ」

「はい。できれば来週末に。金曜日にお休みいただいて二泊三日で」

「了解。あ、でも月曜日をお休みにしたほうがいいんじゃない？」

「どうしてですか？」

「説得がうまくいったとして、月曜日もあちらにいられれば、一緒に病院に行けるじゃない」

　週末は休診する病院が多いから、『また今度』になる可能性は高い。もともと病院嫌いな上に、日和が帰ってしまえば、そのままずるずると『そのうち』『またいつか』『やっぱりやめとこう』と先延ばしにしかねない。週末ゆっくり話をして、月曜日に一緒に病院に行けるような計画を立てたほうがいいのではないか、と麗佳は言う。もっともな意見だった。

「そうですね……じゃあ、再来週の月曜日をお休みさせていただきます」

「それがいいわ。なんなら火曜日も休んだら？」

「火曜日まで？　大丈夫でしょうか……」

「平気よ。なにより、まとめて休んでくれる人がいると周りも連休が取りやすくなるし」

そこで麗佳はにやりと笑い、握った拳（こぶし）の親指だけを立てた。

季節は春から夏に変わるところ、きっと行きたいところリストにはたくさんの地名が並んでいるのだろう。先陣を切ってね、と言わんばかりの様子に、つい笑みがこぼれた。

「昼休みが終わったら、さっそく有給願いを出すといいわ。どうせ係長がぶつぶつ言うだろうけど、聞き流せばいいし」

日和の直属上司は総務課係長の仙川（せんかわ）だ。仙川にとって有給はあってないようなもので、自分が使わないのはもちろん、取得しようとする部下にまで露骨にいやな顔をする。以前日和が有給を取った際も散々嫌みを言われ、もう二度と休むものか、とまで思った記憶がある。

それでも今回はそんなものに負けるわけにはいかない。なにがなんでも叔母のもとに行かねば、という強い決意で、日和は有給願いの記入欄を埋めていった。

「有給？　しかも二日も？」

日和が提出した用紙を見た仙川は、案の定、不快そうな表情になった。

わざとらしくため息をつくと、業務予定が書き込まれているカレンダーに目をやる。

もちろん、日和が用紙に書き込んだ日付のところに、特別な予定はひとつも入っていない。麗佳とふたりで確認した上で予定を決めたのだから当然だった。

だが、仙川はなおも厳しい表情を崩さない。なんとかして休ませないという魂胆が透けて見えた。

「特に予定がないといっても、週末になにか問題が起こってたら対処しなければならない。ひとりでも欠けると業務が滞る。そもそも『一身上の理由』ってなんだよ。四日も休んでなにをするつもり？　まさか旅行しようとでも考えてるんじゃないだろうな」

「係長、君にそこまで踏み込む権利はないよ」

いきなり後ろから声が聞こえた。ドアを開けて入ってきたのは、総務課長の斎木（さいき）だ。

斎木は昨年中途採用で入社したが、長年ＩＴ企業に勤めていたおかげでソフト、ハードを問わず情報機器についての知識が豊富で、常識もしっかり備わっている。なにより有能すぎるほど有能なのに、驕（おご）らず高ぶらずという人柄で、誰からも慕われる素晴らしい上司だった。

視界の隅で麗佳がガッツポーズを決めている。おそらく『ヒーロー登場！』とでも思っているのだろう。あるいは『遅ーい！』なんて考えている可能性もある。なにせ仙川は、有能な上に理不尽なことをなあなあで済ませずはっきり咎める斎木が苦手だし、周りもそれを十分わかっている。日和ですら、もしも斎木が昼休み終了とともに席に戻ってくれていれば、仙川の嫌みを聞かずにすんだかも……なんて、思った。

斎木は、ぎょっとしている仙川の手から何食わぬ顔で有給願いを取り上げる。

「これ、いつから使ってるのかは知らないけど『有給願い』ってのはいただけないなあ……」

「え、どこがですか？」

「今時『願い』はないよ。少なくとも『申請』にすべきだし、理由欄なんていらない。そんなの『一身上の理由』に決まってるんだから、わざわざ書く必要なんてない。下手に理由欄なんてあるからねちねち突っ込むやつが出てくる。まったくもって大きなお世話、会社にそんなプライベート情報を晒す必要なんてないんだよ」

「で、でも……おっしゃるとおり、有給は『申請』すべきものですし、許可するかどうかは会社次第……」

「ああ『申請』の意味は知ってるんだね。でもちょっと知識が中途半端だ。有給の場合、許可するかどうかは会社次第なんじゃなくて、その時期に取得していいか決められるだけ。まあ、ものすごく忙しい時期に休まれると困るってことだろう」

「ですから私は、週明けは困ると……」

「週末に起きた問題に対処しなければならないから？　そもそも営業ならともかく、総務課で週末にどんな問題が起きるっていうんだ。百歩譲って、問題が起きるとしても週末とは限らない。問題はいつだって起こる」

「だからこそ、休まれると困るんです」

「そんなことを言っていたら、有給なんて誰も取得できない。ひとりでやってるわけじゃあるまいし、ほかにも従業員はいる。いずれにしても、会社ができるのは時期をずらすことだけ、理由は関係ないし、訊くべきでもない。そして、私が考えるに、梶倉君が申請している日はまったく問題ない」

そう断言したあと、斎木はふたつ並んだ承認欄に自分の判子を押した。小宮山商店株式会社の場合、有給願いは係長が捺印後、課長に回すことになっている。だが、係長が出張などで不在の場合、上長である課長の判子のみでもいいとされている。斎木が捺印すれば手続きは完了、日和の有休は確定だった。

「このところ、気が滅入るような日が続いていたからね。ゆっくり休んで、また元気に頑張ってくれよ」

「はい、ありがとうございます！」

勢いよく頭を下げ、自分の席に戻る。やはり斎木課長はヒーローだ。よくぞこの会社に入ってくれました、と感謝したところで午後の業務が始まった。

その夜、夕食の席で日和は、両親に秋田に行くことを告げた。『行きたい』ではなく『行く』と宣言した娘に、母は大慌てだった。

「そこまですることはないわ。それにどうしてもって言うなら、お母さんが……」

「お母さん、叔母さんがどこにいるかわかってる？」

「どこって……秋田でしょ？」

「秋田県小坂町。お母さんが行くとしたら盛岡まで新幹線、そこから叔母さんの家までバスで二時間弱。しかもバスは途中で乗り換えなきゃならない。たぶん家から五時間ぐらいかかるよ」

「でも、日和は行くつもりなんでしょ？　だったらお母さんにも行けるわよ」

「お母さんが行くとしたら、って言ったでしょ？　私が行くなら飛行機だよ」

「なんだ……飛行機ならずっと早いわよね。それならますます……」

「空港から先は？」

「え？」

東北地方の場合、空港はそれなりの数があるにしても、仙台を除いて鉄道でアクセスできず、バスも飛行機の時間に合わせて数本しかないというのがほとんどなのだ。

日和が調べたところ、飛行機を使って小坂町に行く場合、大館能代空港経由のルートが出てきた。飛行機に乗っているのは一時間十分と短いけれど、大館能代空港から小坂町へはバスを乗り継いで二時間以上、飛行機には搭乗手続きや保安検査もあるので早めに空港に入らなければならない。それでも合計すると新幹線ルートより一時間ぐらいは短くなるが、逆に言えば飛行機を使っても一時間しか短くならないのだ。

しかもバスの本数が限られるため、飛行機が遅延した場合、大館駅までは直行バスがあるにしても、そのあとの乗り継ぎが極めて困難になる。叔母が住んでいるのは、そういう町なのだ。

そんな説明をする日和に、母は珍しくいらだった様子で答えた。

「だーかーらー！　それはお母さんでも日和でも一緒だって言ってるの！」

「そうかな……」

そこで口を開いたのは父だった。

父は母と日和の会話を聞きながら、スマホでなにかを調べていた。地図検索アプリを開いているから、おそらく日和が言いたいことをわかってくれたのだろう。

「日和ならレンタカーを使える。それならバスの時間に縛られないし、なにより真っ直ぐに小坂町を目指せる。たぶん一時間かからずに……ああ、四十分ぐらいだな」

「レンタカー……」

母の声が急に弱々しくなった。なぜなら、母はレンタカーが苦手だからだ。レンタカーと言うよりも、家の車以外は運転できない。車種によって車幅感覚はもちろん、サイドブレーキやワイパーなどの操作もひとつひとつ異なる。おそらく、ナビだって使い慣れていない機種は無理だろう。家の車ですら、最近はあまり運転したくないと言うほどなので、レンタカーなんてもってのほかに違いない。

その点、日和はかなり融通が利く。自惚れるのは危険なのを承知で言えば、過去にレンタカーを借りた際も少し走れば慣れたし、ナビも機種が違ってもそれなりに扱えた。五十代後半の母とは対応力が違う。昨今、除菌された状態で貸し出され、他人と接触することなく移動できるレンタカーは、日和にとってかなり優先度の高い移動手段となっていた。

「須美子にレンタカーは無理……というか、勘弁してほしい。加世さんは心配だけど、旅先で須美子になにかあったらと思うと気が休まらない。俺が行ければいいんだが、今はちょっと大きな案件を抱えていて休みを取るのは難しいし、須美子だって休める時期じゃないだろ?」

「確かに……」

あっさり母が頷いた。母は結婚式場に勤めているため、ただでさえ季候のいい春から夏にかけては書き入れ時だ。さらに昨年から今年にかけて結婚式を延期せざるを得なかったカップルが、ようやくということで動き始めているため、このところとても忙しいのだ。

さすがは父である。とはいえ、日和が最初からそれを持ち出せば、母の弱点を指摘せずに済んだのに……と後悔することしきりだった。

さらに父は加える。

「それに日和は旅行が趣味だから、旅のついでに会いに来たって言える。日和は、ひとり旅を始めたことも加世さんには伝えてるんだろ？」

「うん。でも……さすがにそれは苦しくない？」

「苦しいかもしれないけど、『病院に連行しに来た』って言うよりマシ。叔母さんと話したら会いたくなった。で、次の旅行先をこっち方面にしました、とかなんとかさ」

「……まあ、なくはないかな……」

「だろ？　ってことで、日和のほうがいい。本当に行くなら、だけど」

「行くよ。叔母さんに会ってみて、これは本当に駄目そうだって思ったら、無理やりにでも病院に連れていく。そのためにもレンタカーは便利」

「そうだな。そこまで言うなら日和に頼もう。それでいいな？」

確かめるように父に見られ、母はこくりと頷いた。

「申し訳ないけど、よろしく。その代わり、費用は全部お母さんが出すわ」

「うわ、ラッキー！　ビジネスクラスとか乗っちゃおうかな？」

無理に明るい声を出す。母は、『エコノミーにしてー！』とわざとらしく悲鳴を上げるし、父は父で『そもそもビジネスクラスなんてないだろう』と大笑いする。おそらく三人が三人とも、叔母への心配と旅そのものへの不安を振り払いたい一心だろう。

——それにしても……もうちょっとなんとか……

スケジュールを立てるために時刻表を調べた日和の心境は、またか！　の一語だった。飛行機を使ってどこかに出かけようとするたびに、便数の少なさにため息が出る。出雲に行ったときも、和歌山に行ったときも、一日に二便とか三便という少ない選択肢の中で、どうすれば効率的に移動できるかに頭を悩ませた。もちろん公共交通機関というのは移動する人間の数に正比例して発達しているのだろうし、運航に費用がかかる飛行機は路線や便数を増やすことに慎重になる。おまけに観光客数が激減している状態では、普段よりもさらに減便せざるを得ないだろう。

——いやーまいった。さすがに、一日に一便っていうのはあんまりじゃない？

ぶつぶつ言いながら、それでもスマホをサクサク操作し、航空券を予約する。出発予定は六月第二週の土曜日、飛行機の予約としては時期が遅いほうなので満席かもしれないと思ったが、席はちゃんと確保できた。むしろまだまだ余裕がある状態で、一日一便でも運航されていることに感謝すべきかもしれない、と思うほどだった。

選択の余地がないというのは案外楽だ、なんて開き直りつつ、宿をどうするか考える。叔母の家に泊めてもらうというのが一番望ましいが、日和の性格上、こちらからは言い出しにくい。そもそも、どう連絡するのか、から悩んでしまう。父の言うとおり『病院に連行しに来た』は論外、やはり旅の途中に会いに行くというのが妥当だろう。

——土曜日はどこかで一泊して、日曜日に小坂町に行く。叔母さんの予定次第だけど、この前連絡したとき、週末は休みだって言ってたし、予定があるならご飯だけでもと誘ってみよう。旅行の計画を立ててる途中で宿はこれから取る、と言えば、もしかしたら泊まっていけと言ってくれるかもしれない。泊めてもらえなければ、近くのホテルでも取ればいいし……

まずは連絡だ、と日和はスマホでメッセージを送る。内容は、旅行で近くまで行くのでご飯でもご一緒しませんか、である。しばらく経って返ってきたのは、予想以上に大歓迎してくれるメッセージだった。

『小坂に寄ってくれるなんてとっても嬉しいよ。ご飯だけなんて言わずに、泊まって行って！』

読んだとたん、にやりと笑ってしまう。あまりにも目論見通りの返信に、申し訳なくなるほどだった。すぐにまたメッセージを送る。

『ほんとに泊めてもらっていい？　迷惑じゃない？』

『ぜんぜん！　よそに泊まるとか、逆に怒るよ』

『怒らないで～。じゃあお世話になります。あ、でも月曜日ってお仕事だよね？』

『と、思うでしょ？　実は休みなんだ。有給が余りまくっててね。上司に叱られて、無理やり消化させられるの。なんと土曜日から火曜日まで四連休！』

『うわーグッドタイミング！』

『でしょ。そんなに長いお休みをもらってもすることもないし、どうしようかと思ってたのよ。だから安心して、ゆっくりしていって』

『了解。ありがとうございまーす！』

そんなやりとりで、叔母の家に泊めてもらうことが決まった。

説得が功を奏した場合、通院のために月曜日に休みを取ってもらわなければならないと思っていたが、もともと休みだったとは……

『目論見どおり』どころか、それ以上の成り行きに、日和は大満足で宿を探し始める。途中、嬉しい発見もあり、満室で困ることもなく、無事手配を終わらせた。

出発前夜、日和は自分の部屋の学習机を前に固唾を呑んでいた。

検査キットにちらちら目をやりながら待つこと十分、浮き出した線は一本のみ。この検査は五分で診断可能というから、ここまで待てば大丈夫だろう。今現在、日和は陰性ということになる。

ほとんど誰ともしゃべらず、飲食にしても最短時間で終わらせるいつもの旅と異なり、今回は叔母に会うという目的がある。当然食事は共にするし、説得云々以外でも話に花が咲くだろう。

叔母は体調万全とは言いがたい状態にある。心配で会いに行くのに、万が一のことがあってはならない、ということで、ＰＣＲ検査キットを手に入れた。

もしも陽性だったら……と気が気ではなかったし、確実性は疑わしい。それでもやらないよりマシ。自分や両親、そして叔母が少しでも安心できるなら無意味ではないと信じるしかなかった。

――こんなの気休めでしかない。でも、とにかく陰性でよかった。

自分の行動があらゆる意味でエゴの固まりでしかないという辛い自覚の下、日和はベッドに入って目を閉じる。心のどこかで、それでも旅は旅、とウキウキしている自分が悲しかった。

大館能代空港に着陸したのは定刻どおりの午前十時三十分だった。

もはやお馴染みというべきレンタカー貸し出しの手続きを終え、車に乗り込んだのは十時五十分、発着数が少ない空港というのは滑走路も少なく、建物の面積そのものも小さいため、移動に時間がかからず快適である。

そもそも乗客数が少ない路線は使われる飛行機も小さいためか、搭乗ゲートが端のほうに設定されやすいようだ。おかげで羽田空港では、保安検査場から搭乗ゲートまで延々と歩かねばならなかった。日和はお世話になったことはないが、レンタカーにしても手続きこそ空港内で済ませられるだろうが、そこに車が置いてあるわけではなく、駐車場までバスで移動しなければならない。それに比べれば、飛行機を降りてすぐに手続きができ、駐車場まで歩いて行ける大館能代空港は天国だった。

今回借りたのは家の車と同じメーカーのコンパクトカーである。レンタカーの場合、車の大きさは選べるが車種を指定できることは少ない。出雲に行ったときは、初めてということで心配しまくった父があれこれ手を尽くして家と同じ車種を指定してくれたのだが、割増料金がかかった。

それ以来、出雲旅行で自信をつけたこともあって、車種は指定していない。どんな車が割り当てられるかもレンタカーの楽しみのひとつ、なんて達観しているものの、やはり乗り慣れたメーカーの車には言いしれぬ安心があった。

ではでは……と走り出す。東京で空の大半を覆っていた雲も、ここでは見られない。どうやら飛行機の速度に追いつけなかったらしい。ワイパーに視界を遮られないドライブは快適だ、と喜びつつ日和は最初の目的地に向かって走り出した。


大館能代空港を出発してからおよそ三時間後、日和は右に左にと忙しく目を動かしながら、川の流れに沿った道を歩いていた。午後一時過ぎに到着し、駐車場に車を止めたあとかれこれ一時間散歩している。

歩けども歩けども目に入るのは緑の木々、耳に入るのは絶え間なく流れる水の音だった。少し歩いては立ち止まり、説明が書かれた看板を読んでは水と岩がぶつかる様を眺める。そのたびに出てくるのは感嘆の声だ。

今、日和がいるのは青森県、いつか行ってみたいと願っていた『奥入瀬渓流』である。目の前にあるのは『阿修羅(あしゅら)の流れ』、まさに母が作ったジグソーパズルそのままの風景だった。

じっくり眺め、写真を何枚も撮ったあと、スマホの撮影モードを切り替え、動画も撮る。写真ではわからない流れの速さと、迫力満点の水音を母に伝えたかった。

――まさか、奥入瀬渓流に来られるなんて……

スマホを鞄にしまい、流れに沿った道をまた歩き出す。歩きながら日和は、ここに来ることになった経緯を思い出す。一番に顔が浮かんだのは旅の大先輩、かつ片想い中の相手、蓮斗だった。

旅に出ると決めたあと、日和はすぐに蓮斗にメッセージを送った。いつだって連絡はしたいけれど、あまりに頻繁だと嫌われるかもしれない。そんな恐れから、彼に連絡するのは旅についての相談だけとルールを決めていた。

秋田に行くことになりました、と伝えたとき、蓮斗はまず交通手段を訊いてきた。飛行機とレンタカーだと答えると、すぐに『今、大丈夫？』というメッセージが届き、そこから先は電話のやりとりとなった。

そこで秋田に行く目的を軽く説明する。叔母には説得に来たと悟られないように、あくまでも旅の途中で会いに来たという体を装いたいと言う日和に、蓮斗は、なるほどね、と頷いてくれた。

「じゃあ、ガチの旅程を作らないとね。それで、どっちの空港に入るの？　秋田、それとも大館？」

「大館です」

「大館か……日程は？　二泊ぐらいできるの？」

「実は三泊四日なんです。叔母とは日曜日の午後に会う予定なんですけど……」

「三泊四日！　それは贅沢（ぜいたく）だね。じゃあ、秋田だけじゃなくて青森にも足を延ばしたら？」

「青森……？」

「そう。十和田（とわだ）湖とか……あ、十和田湖の先には奥入瀬もある。もう六月だから新緑っていうには遅いかもしれないけど、それでもきれいだと思うよ」

「奥入瀬⁉」

思わず声が大きくなった。まさかここで、母に『さっさと行ったほうがいい』と言われた地名が出てくるとは思わなかった。しかも今回の目的地は秋田、奥入瀬は青森県にある。確かに隣同士ではあるが、東北はひとつひとつの県が大きいからそう簡単に行ける距離ではないと思っていたのだ。

だが、驚いている日和に蓮斗はあっさり告げた。

「大館能代空港から十和田湖までは車で一時間半ぐらい。そこから奥入瀬渓流までは三十分ってところかな。ちょっと山道が入るけど……」

蓮斗はいったんそこで言葉を切った。おそらく日和の反応を待っているのだろう。

「山道……それって出雲の日御碕（ひのみさき）ぐらいですか？　私、日没後あの道を下りるのが恐くて、夕日を諦めたことがあるんです」

「ああ、そうか。日御碕に行ったことがあるんだったね。大丈夫、あそこまで山々しくはない」

「なんですか、山々しいって？」

「なんだろ……？」

蓮斗は電話の向こうで笑い転げている。自分で言っておきながら……と呆れてしまうが、あまりにも楽しそうな笑い声に、まあいいか……と思ってしまうのはいつものことだ。

しばらくして笑い止んだ蓮斗は、また話を続けた。

「出雲のときより運転には慣れたんじゃない？」

「ええまあ……家の車でもけっこう練習してますし、家族も乗ってくれるようになりました」

「じゃあ問題ない。時間に余裕があるならゆっくり走れるだろうし、十和田湖経由で奥入瀬はおすすめだよ。なにより十和田湖と奥入瀬は東北では指折りの観光地、叔母さんに疑われる心配は皆無だ」

「確かに！　そういえば奥入瀬は車じゃないと行きづらいって聞いたことがあります」

「だろ？　どうせレンタカーを借りるなら、ばーっと走って来なよ。渋滞ばっかりの東京と違って断然気持ちいいよ」

「ですよね……東北なら三車線とか四車線の道もないでしょうし」

「ないない。あったとしても大館から十和田、奥入瀬にかけてはないし、その先にもない。いいなあ……秋田青森ドライブ旅。あー俺も行きてえーーー！」

ぎょっとするような雄叫びが聞こえた。

蓮斗のブログはもう何ヶ月も更新がない。まったくどこにも行っていないというわけではなく、出張には行っているらしい。これまでは出張のついでにどこかに寄って、それをブログの記事に上げるということもあったようだが、今はそんな立ち寄り旅すらしていない。もしくは、立ち寄り旅をしていても、大っぴらにブログに記事を上げるのが憚られるのかもしれない。

そこまで考え、日和は血の気が引きそうになった。

日和以上に旅好きな蓮斗にとって、叫び出したくなる状況であることは間違いない。そんな蓮斗に旅の相談を持ちかけるなんて、無神経すぎた。

「ご、ごめんなさい！」

思わず謝った日和に、蓮斗は怪訝な声を出す。

「え、どうしたの？」

「だって、この前和歌山に行ったときも、今回も……。蓮斗さんは旅に出られないのに、見せびらかすみたいに……」

「そんなこと思わないよ。むしろ、嬉しい。たとえ自分が行けなくても、旅の計画を立てるのはそれだけで楽しいんだ。だから、気にせずに相談して。ただし、俺の言うことを全部聞く必要はないからね」

「どうしてですか？」

「俺の旅、相当クレイジーだから。たとえば今回なら、絶対に奥入瀬までじゃ気が済まない。そのまま八甲田山を越えて青森市まで行っちゃう。港の近くで海鮮丼でも掻き込んで、三内丸山遺跡も見て、ぐるーっと回って弘前突入とかさ」

「はあ……」

距離感がよくわからず、生返事になった日和に、蓮斗はくすくす笑いながら言った。

「まあ、あとで地図を確かめてみて。けっこうすごいから」

そんなこんなで電話が終わり、日和は奥入瀬渓流に行くことを決めた。

電話を切ってすぐに調べてみたところ、大館能代空港から奥入瀬渓流はまだしも、その先の八甲田山、青森市、さらに弘前まで回るとしたら、とんでもない距離を走ることになる。しかも、八甲田山を越えていくのだから、相当な山道だろう。常々日和は、旅行は修行じゃないのだから、いやなことや無理なことをする必要はない、と思っているが、日和にしてみれば蓮斗の旅はどれも修行レベルだ。

とはいえ、そもそも自分の好きなように行動したいからこそひとり旅を選ぶのだ。どんな旅をしようと彼の自由だ、と納得し、地図アプリを閉じた。

そして今、目に染みるような緑を前に日和は、大館能代空港から奥入瀬渓流に向かってはどうか、というアドバイスをくれた蓮斗に改めて感謝していた。

——お母さんじゃないけど、確かにこれはやめられない……

見所満載で、全部を見なければ気が済まない、と言った母の気持ちがとてもよくわかる。案内図には滝や瀬がずらりと並び、そのどれもが『きれい』の一語では言い表せない。

この先を見ないなんて論外だ。もっと、もっと……と歩いてとうとう『子ノ口』に辿り着いた。

『子ノ口』は奥入瀬渓流の始点、十和田湖から奥入瀬川に水が流れ込む場所であり、奥入瀬渓流の美しさを保つために水量を調整するための水門が設置されている。ここからの眺めは『一万一千百五両』と言われているらしいが、確かに頑張って歩いてきてよかったと痛感させられた。

だが機嫌良く歩いていたのはそこまで、気づけば足は棒のようになっている。しかも今日和がいる子ノ口から車を止めた石ケ戸の休憩所までは、また同じだけ歩いて戻らなければならない。

もう歩けない、とにかく少し休んでから……と思ったとき、救いの神が現れた。

「バスだ！」

思わず声を上げた。奥入瀬渓流にぴったりとしか言いようのないエメラルドグリーンと白の車体がのんびりと走ってくる。しかも、運のいいことに日和が立っていたのは、

『子ノ口駅』から数メートルという場所だった。ちなみに『子ノ口駅』といっても鉄道の駅ではない。それどころか道の駅ですらなく、一般車両は進入禁止というバス専用の駅、つまりバス停だった。

本当はその先にある食堂で一休みしようと思っていた。実は朝ご飯を食べたきり、日和は今までなにも食べていない。車を借りて走り出したときは、昼ご飯には少し早い時刻だったため、奥入瀬渓流に着いてからなにか食べればいいと思った。順調にいけば午後一時過ぎに到着する予定だから、ちょうどいいだろうと……

ところが、いざ到着してみたら休憩所はかなりの混雑だし、風景はあまりにも美しい。とりあえず食事は後回し、ということで散策を始めてしまった。

現在時刻は午後三時三十分、空腹は限界だ。けれど、これを逃せばいつ次のバスが来るかわからない。なにせ渓流を歩いている間にバスを見た覚えがない。歩いて戻るのも、次のバスを延々と待つのもいやなら、乗り込むしかない。

一瞬、全席予約だったらどうしよう、と不安になったが、それなら乗るときに止められるだろう。そのときはそのときだ、と開き直ってバスのステップを上がる。幸い運転手さんはなにも言わず、というかものすごく人懐こい笑顔で迎えてくれたし、空席もたくさんあった。

意外に座り心地のいい椅子の上で足をさすりながら、石ヶ戸休憩所に戻る。徒歩で一時間半だった道のりを二十分で走破、さすがは文明の利器だった。

――とにかくなにか食べたい！

石ヶ戸でバスを降りた日和は、近くの売店に直行した。車を止めたときは混雑していたが、今は誰もいなかった。これなら安心、と中に入ってみると、麺類やおにぎり、茹で卵といった軽食メニューが貼られている。

醤油ラーメンは大好物だし、山菜そばも食べてみたい。天ぷらうどんにもそそられる。そのあとソフトクリームなんて堪えられない……と考えながら時計を見た日和は、うーんと唸ってしまった。

時刻は間もなく午後四時だ。麺類とは言え、今ここで食べてしまうと夕食に差し支える。いつもなら夕食の時間をずらせばいいのだが、今日に限っては難しい。なぜなら、本日日和が泊まるのは、一泊二食付きの温泉旅館だったからだ。

旅館でも夕食の時間は選べるはずだが、せいぜい一時間半から二時間ぐらいの幅しかないだろう。そして食事の時間というのは、大抵チェックインしたときに訊ねられるから、到着が遅くなればなるほど選択肢は狭まる。先に着いた客の指定具合によっては、六時とか六時半から食事をすることになりかねない。ビジネスホテルのビュッフェならともかく、食事付きの旅館に泊まれることなど滅多にないのだから、満腹で食事なんて羽目に陥りたくない。それぐらいならこのまま我慢して、最大のエッセンスである空腹を抱えてご馳走に臨めるほうがずっといい。

そう考えた日和は、改めて店内を見回す。なにも食べないと決めたものの、店の中にいる客は日和だけ……このまま出て行く勇気はない。なにかお土産でも買っていこう、と探して目についたのはリンゴジュースと南部煎餅だった。

――リンゴジュースは名物だから買うとして、南部煎餅はけっこうすきだけど……あ、チーズ味がある！

南部煎餅は岩手県から青森県にかけての名物である。胡麻や落花生がちりばめられたものが有名で、日和も何度も食べたことがある。噛みしめると小麦粉ならではのほのかな甘みと胡麻や落花生の香ばしさがなんとも言えない。一枚が大きいのでたくさんは食べられないけれど、お土産にもらうと嬉しくなる。それが日和の中の南部煎餅の位置づけだが、チーズ味のものは見るのも初めてなら、あることすら知らなかった。

――チーズ味ならおつまみにもいい。きっとお父さんもお母さんも喜んでくれるだろうし……。あ、そうだ、これおやつにちょうどいいかも……

チーズ味の南部煎餅は胡麻や落花生のものよりも袋が小さい。しかも、よく見ると破片ばかり入っている。いわゆる『壊れ』というやつだろう。南部煎餅を食べるとき、日和はいつも手で割っているから、もともと割れているなら好都合……ということで、おやつ用とお土産用の二袋、そして缶入りのリンゴジュースを二本買い、日和は車に戻った。

車に乗り込み、なにはともあれ……と南部煎餅の袋を開ける。とたんに濃いチーズの香りが漂う。甘みを一切含まない、純然たるチーズの香りににんまり笑う。早速食べてみると、南部煎餅にチーズを載せて焼いたそのままの味で、さらに笑みが大きくなる。

チーズ味と言いながら砂糖や蜂蜜で甘みをつけてある商品は多い。デザートの類いならともかく、日和はスナックやあられ、お煎餅の場合、甘みが入っていないもののほうが好きだ。特におつまみにするなら、甘みは邪魔だとすら思う。そんな日和にとって、この南部煎餅は最高、もっと大きな袋で売って、と頼みたくなるような味だった。

袋を空にしたい欲望を無理やり封じ込め、車のエンジンをかける。電話番号を使ってナビをセットしてみると、本日の宿まではおよそ八分と出てきた。これなら五時になるまでに着ける。よく晴れているから蒸し暑さは感じないけれど、二時間近く歩き回ったので汗もかいている。夕食の前にお風呂に入る時間があるのはなによりだった。

奥入瀬川の流れに沿って下り、小さな橋を渡る。バス停を通り過ぎたあと脇道に入ると、宿の名を記した看板が立っていた。何枚かの看板に導かれ、無事駐車場に到着。すぐに、先ほどのバスの運転手さんと同じぐらいににこにこした男性が近づいてきた。

「いらっしゃいませ」

「あ……お世話になります。予約した梶倉です」

「お待ちしておりました。荷物、お預かりいたしましょうか？」

「だ、大丈夫です」

ぎりぎり機内に持ち込めるサイズということで、キャリーバッグはいつもと同じ大きさのものにした。始めのころはあれもこれもと持っていたけれど、旅を重ねるうちにいるものといらないものの判断ができるようになり、キャリーバッグはスカスカの状態になってきた。それでもさすがに今回は三泊四日なのでかなり詰め込んである。要するに、見た目よりもずっと重いのだ。

自分より相当年上、高齢と言っていいほどの人に重い荷物を持たせるのは気が引ける。旅館の玄関は道を挟んですぐのところだし、自分で運ぶべきだろう。

日和はキャリーバッグの持ち手を握りしめた。ところが男性は、エレベーターがありませんので、と言いながらキャリーバッグを奪い取り、先に立って歩き始める。いや、あの……なんてあたふたしているうちに玄関に到着、男性はそのまま『お部屋に運んでおきますね』と明るく言い放ち、階段を上がっていってしまった。

その後、案内されたロビーのテーブルで住所や名前を書き、食事の時間を決める。夕食は六時半、七時、七時半と三十分刻みとのことで、一も二もなく六時半にしてもらう。朝食は七時から食べられるらしいが、少し迷って七時半からにする。

家でも旅先でも、たいてい七時ぐらいまでには朝食を済ませる。それでも、せっかく温泉旅館に来たのだから、食も温泉も堪能して、少々朝寝も楽しみたかった。

手続きが終わり、木札が付いた鍵（かぎ）を渡される。カードタイプではない鍵は久しぶりだ。いつも泊まっているのはたとえ大浴場がついていたとしてもホテルはホテル、寝るのもベッドだし、畳敷きに布団の旅館とは異なるのだろう。

「ご予約いただいたのはおひとり様用のお部屋でしたが、本日は空室がございましたので、広めのお部屋に変更しておきました」

「ありがとうございます！」

大喜びで頭をぴょこんと下げる。そしてすぐに、これは宿にとってはけっして喜ぶべきことじゃないと気づく。

今は六月、新緑には少し遅いけれど、それでも奥入瀬渓流に人が押し寄せる時期である。にもかかわらず、週末に空室がある。状況は少しずつ改善しているのだろうけれど、観光業の苦境はまだまだ続く……

『ゆっくりなさってくださいね』という声に複雑な気持ちになりながら、日和は二階に続く階段を上がった。

――マジで和室だ！　わあ……座卓にお茶のセットが！　あ、お迎え菓子もある！

これぞ『旅館』と言わんばかりの部屋に興奮が止められない。広さは、おそらく十畳、もしかしたら十二畳ぐらいあるかもしれない。

もともと日和が予約したのは四畳半とこぢんまりしている上に、洗面所もトイレもない部屋だった。それでも温泉旅館がおひとり様を、しかも素泊まりではなく、食事付きで受け入れてくれることは珍しい。これまで何度となく宿を探したが、宿泊人数欄に『一』と入れたとたんに温泉旅館らしき名前が軒並み消えた。部屋の広さやサービスの内容から考えて、ひとりで一室を占領されるのは迷惑なんだろうな、と思うものの、ついつい残念な気持ちになった。

ところが、このところ若干様相が変わった。ホテルはもちろん、旅館でも『おひとり様』を受け入れてくれるところが少しずつ増えてきたのだ。

現在ホテルや旅館を利用する人は『密にならない旅行』を心がけていて、『おひとり様』がかなりの数に上っているという。旅館もその現状を踏まえて、『おひとり様』を受け入れるプランを増やしているのだろう。苦肉の策に違いないけれど、日和にとってはありがたい。

このところ、自由に出歩けない日々が続いていたが、『おひとり様』の認知度と価値が上がりつつあるのは、不幸中の幸いだった。

座卓の上には湯沸かしポットのほかに、ステンレス製のポットも置かれている。持ち上げてみるとカラカラ……と氷が触れあう音が聞こえた。大きさと重さから考えて、氷水がたっぷり入っているのだろう。喉が渇きやすくて、ホテルに泊まるときには必ずペットボトルの水を持ち込む日和にとっては嬉しすぎるサービスだ。

インターネットの口コミ欄には『料理が素晴らしい』という書き込みが続いていたし、二十四時間源泉掛け流しの温泉に入れる。もともと予約した部屋はトイレがないのが唯一の不安だったが、空室があったおかげでそれも解消した。

――こんな旅館に泊まれるのは、今だけかもしれない。貴重な機会なんだから、思う存分楽しもう！

そして日和は用意されていた浴衣に着替え、タオルを抱えて部屋を出る。まずは温泉から、だった。


「なにかお飲み物をご用意しましょうか？」

仲居さんに声をかけられ、飲み物のメニューに目を走らせる。

目に飛び込んできたのはクラフトビールの名前、確か奥入瀬渓流の売店でも売られていた銘柄だった。

温泉は日和の好みよりは少し低めの温度だったけれど、男湯からは話し声が聞こえるものの、女湯には日和ひとりで、細かすぎて降りしきる雪みたいに見える湯の花の動きをのんびりと観察することができた。

かれこれ三十分ぐらいいただろうか……おかげでずいぶん喉が渇いたけれど、もうすぐ食事だからと我慢した。空腹だけでも耐えがたかったのに喉の渇きまで加わって、ほとんど息も絶え絶えの状況で、ビール以外の選択肢はなかった。

「じゃあ奥入瀬ビールを……」

「ジョッキでいいですか？」

「あ、はい……小さいのを」

「はーい」

仲居さんが明るい声で返事をして戻っていく。日和の母より少し、いや十歳ぐらい上の年齢だろうか。とにかく働く場と働ける体力があってよかったですね……などと思っているうちに、ビールが届けられた。

「はーい、小ジョッキ！」

「ありがとうございます……」

もごもごとお礼を言い、仲居さんが去るのを待ちかねたようにジョッキに口をつける。冷たいビールが渇いた喉を通っていく心地よさと言ったらない。三分の一程呑み続け、ようやくジョッキを置いたところにまた仲居さんがやって来た。どうやらお刺身の盛り合わせをもってきてくれたようだ。

「はい、お刺身。イワナとニジマスです」

皿を置きながら、日和をまじまじと見る。まさかこのおどおどした客が、あんな勢いでビールを呑むとは思っていなかったのだろう。それでもけっして悪意があるようではなく、むしろ嬉しそうに訊ねた。

「大きいジョッキのほうがよかったかね？」

「いえ……あとでお酒もいただきたいので」

「あーなるほど。地酒、旨(うま)いからね」

もう呑兵衛(のんべえ)確定だ、と苦笑しつつ、残りのビールをゆっくり味わう。テーブルには献立が書かれた和紙が置かれている。それをたよりに、これはうるいの酢味噌(すみそ)掛け、これは山くらげ……とひとつひとつ確かめながら前菜を食べる。季節の味を取り入れた前菜はどれもビールにぴったりだった。

届いたばかりのお刺身は日本酒用にとっておく。なにせメニューには地酒の銘柄がずらりと並んでいる。中でも目を引かれたのは日本酒好き垂涎（すいぜん）の品と言われる『田酒（でんしゅ）』だ。

日和が秋田だけではなく青森にも行くと知った父が、妙に真面目な顔で言った。

「日和、絶対に田酒を呑んでこい。青森に行って田酒を呑まないなんて、ナポリを見て死なないようなものだぞ」

「なにそれ……」

「イタリアには『ナポリを見てから死ね』って諺（ことわざ）があるんだよ。それぐらいナポリは風光明媚（めいび）だから見ないで死ぬのはもったいないんだってさ。ってことは見た人はその場で死ぬんだろ？　バタッとさ」

「……暴論すぎるよ。ナポリを見た人がみんなすぐに死んだら大変じゃない」

もちろん、あれは父特有の冗談だ。それでも、父が言いたいことは十分わかる。それほど『田酒』は素晴らしいと言いたいのだろう。どこかで呑めればいいと思っていたが、宿のメニューに入っているなんて大ラッキーだ。ほかにもいくつも銘柄は並んでいるが、日和に呑みきれるのはせいぜいビールと日本酒が一杯ずつぐらいのもの、ここは是非とも『田酒』だった。

「そろそろお酒を持ってこようかね？」

ビールが残り二センチぐらいになったところで、仲居さんがまた訊ねてきた。

大広間に設けられた食事処には、かなり距離を離してテーブルが置かれている。その間をふたりの仲居さんが行き来して食事の世話をしてくれているのだが、かなり目配りがよく、ここぞというタイミングで声をかけてくれる。こちらから声をかけるのが苦手な日和にはなによりありがたい。

「あ……はい、『田酒』を」

「旨いもんねえ、『田酒』は」

さもありなん、という顔で仲居さんが戻っていく。ビールの時よりは少し時間がかかったものの、ほどなくグラスと枡、そして一升瓶を持って現れた。

いわゆるこだわりの店のような凝ったグラスではない。本当にただのグラス、というかメーカーの名前が入っているサービス品のビールグラスだ。それでも外が黒、中が朱と塗り分けられた枡の中に立てられると一段も二段も格が上がったように見える。

縁までたっぷり注がれたものの枡に溢すほどではなかったことに小さな不満を覚える。どうやら日和は、日に日に日本酒好きの父の血が顕著になっているようだ。

それはさておき、とにかく一口……とグラスにそっと口をつける。

真っ直ぐに鼻の奥に入ってくるような香りは感じない。以前父から、華やかな果物の香りがするのは吟醸酒だと教えられたから、この酒は吟醸酒ではないのかもしれない。

メニューには『田酒』としか書かれていなかったため、気になってスマホで検索してみることにした。

——瓶を写真に撮らせてください、って言えればよかったんだけど、なかなか……

ため息まじりにスマホの画面をスライドする。

旅を始めてから人との関わりにもかなり慣れ、もともと『人見知り女王』だったものが『人見知り姫』へと変わり、そろそろ『人見知り気味の人』になりつつある。それでもまだまだ突如として『人見知り』要素が現れることも珍しくない。特に、忙しそうに働いている仲居さんを引き留めて瓶の写真を撮らせてもらう、といった要望をストレートに伝えることは難しかった。

蔵元の商品紹介ページにはたくさんの『田酒』が並んでいる。確か先ほど仲居さんが持ってきたのは茶色の瓶に白いラベルだった。まず吟醸酒を除外した上で探してみたところ、先ほど見たのと同じ瓶とラベルが見つかった。どうやら今日和が呑んでいるのは『特別純米酒　田酒』らしい。

——やっぱり吟醸酒じゃなかったのね。すごいじゃない、日和。利き酒の腕もけっこう上がったね！

吟醸酒かどうかがわかったぐらいで自惚れるな、と叱られそうだが、日和にしてみれば大きな一歩である。父のレベルに達するには相当な年月と経験が必要だし、とてもじゃないけれど追いつけないとは思うが、それでも前進は前進、ここは素直に喜んでおくことにした。

食事をしながらスマホをいじるのは行儀が悪いと知っていても、ついつい蔵元の説明を読みふける。説明によると、『田酒』という名前は、『日本の田以外の生産物である醸造用アルコール、醸造用糖類は一切使用していない』という主張からつけられたらしい。確かに説明どおり、田んぼから真っ直ぐやって参りました！　と言わんばかりの米の旨味をたっぷり感じる。

ごくりとお酒を呑み下し、刺身の皿に箸を伸ばす。お待たせしました、と口に入れたニジマスはあっさりとした味わいの中にほのかな甘みがある。サーモンと同じようなオレンジ色の身だが、サーモンほどの濃厚な脂はない。川魚ならではの上品さが、さらに『田酒』の味を引っ張り上げてくれた。

それからすぐにイワナの塩焼きが届けられた。仲居さんがちょっと嬉しそうに言う。

「ちょうどよかった。塩焼きはお酒に合うからねえ。すぐに頼んでおいてよかったさ」

意味がわからずきょとんとしてしまったが、どうやらこのイワナは焼き冷ましを温め直したものではなく、客の様子を見極めて生から焼き始めたものらしい。

さらに、どのタイミングで魚を焼き始めるかは仲居さんが連絡しているようだ。食事の進め方も食べるスピードも客によって様々だし、お酒を呑むかどうかもそれぞれなので、どのあたりで指示を出すかは難しいに違いない。ちょうどビールから日本酒に切り替わったあたりでの焼き上がりというのはお見事、仲居さんが誇らしそうにするのも納得だった。

川魚の姿焼きというと塩を多めに振ってあるものが多い。だが、目の前のイワナは鰭こそしっかり塩で覆われているものの、本体はさほどでもない。おかげでイワナの模様がはっきり見えて、絵心がある人なら写生したくなるような一皿となっていた。

それでも、もともと日和には絵心も絵の才能もないし、折角の熱々焼き立てを前に絵を描き始めるなんて論外だ。とにかく食べるべし、と背の中ほどに箸を入れる。大きくむしり取った身を口に運び、少し噛んだあと冷たい『田酒』を一口——天国の出来上がりだった。

イワナの塩焼きのあと、揚げ物の皿が届き、残っていた前菜と合わせて堪能しているうちに釜飯が載っていた固形燃料用コンロの火が消える。それを蒸らしている間に、もうひとつのコンロに火が付けられ、吸い物代わりの『煎餅汁』を煮始める、といった具合だ。

そういえばタコのカルパッチョも出されたが、刺身もカルパッチョも席に着いてから運ばれてきた。徹底した『冷たいものは冷たく、熱いものは熱く』という姿勢に頭が下がる思いだった。

塩焼き、刺身、天ぷら……どれも地域の食材がふんだんに使われている。料理と酒を交互に楽しみながら、日和はしみじみと思う。

——その土地のお酒はその土地で呑むのが一番、ってこういう意味なんだろうなあ……

東京ではいろいろなお酒が手に入るし、取り寄せだって可能だ。川魚にしても塩焼きならなんとかなるだろう。けれどさすがに川魚の刺身は難しいのではないか。もっと言えば『田酒』のように人気があって品薄な酒と、川魚の刺身を一緒に味わう機会はほとんどないだろう。

川魚のあっさりとした味わいと『田酒』という珠玉の組み合わせを味わえたことに、ただただ感謝するばかりだった。

大事に大事にグラスの酒を呑んだあと、蒸らし上がった釜飯と煎餅汁をいただく。

釜飯はホタテとウニがたっぷり、煎餅汁はネギやニンジン、キャベツといった野菜、糸蒟蒻、豆腐などが入った醤油仕立てで、南部煎餅を割り入れて仕上げる。ちなみにこの南部煎餅は、胡麻も落花生もチーズも使われておらず、煎餅汁専用のものだそうだ。鍋に入れると汁を吸ってふやけ、麩のようにふわふわになるそうだが、日和は少し歯ごたえが残っているうちに食べるほうが好きだった。

最後に出されたお米を使ったムースのようなデザートまで含めて、どれもこれも美味。つくづく遅い昼食を我慢してよかったと思う。さもなければ、全部を平らげることはできなかっただろう。

――あー気持ちいい……

部屋に戻った日和は、天井を見上げてにんまりと笑う。

奥入瀬渓流を散策して運動は十分、そのあと温泉に入り、美味しいお酒と料理を堪能した。部屋に戻ればすでに布団が敷かれていて、そのまま横になれる。

いつも使っているようなホテルならそもそもベッドだからいつだって横になれるけれど、食事の間に布団を敷いてもらうというのも悪くない。

なにせ日和は『来た、見た、食べた』を繰り返し、あちこち動きまくった挙げ句、部屋に入ったとたんベッドに倒れ込んで爆睡、気がついたら二時間ぐらい経っていた……という旅を繰り返している。そんな日和にとって、食事が済むまでは寝られません、とにかくお風呂に行ってらっしゃい！　とお尻を叩かれるのはありがたい。なにより、もう何年も誰かに布団を敷いてもらったことはない。いかにも『あなたのために敷きました』という感じが嬉しかった。

——少し眠って、起きたらもう一回お風呂に入って、朝風呂も入って……そのあと朝ご飯。きっと朝ご飯も美味しいんだろうなあ……ああ楽しみ……

まだ八時にもなってないのに、と思いつつ、眠気に抗えない。もしやこのまま朝まで爆睡するのではないか、という不安が過ぎったが、それならそれでいい。どうせ明日は、昼すぎに叔母のところに辿り着けさえすればいいのだ。

半ば開き直りの心境で、日和はとろりとした眠りに落ちていった。

結局、夜中に起きることはなかった。

目覚めたとき、寝ぼけ眼で確かめたスマホには午前五時五分という表示があった。一瞬日の出が見られるのでは？　と期待したが、カーテンを開けて覗いてみると外はもうすっかり明るくなっていた。さすがは初夏、そして、さすがの青森県の緯度の高さだ。おそらく東京より十五分ぐらいは日の出が早いに違いない。

この時刻ならまず誰もいない、と期待して女湯に行ってみるとやはり無人。昨日同様、温(ぬる)めの湯に心置きなく浸(つ)かることができた。

ゆっくり浸かってのんびり髪を乾かして、部屋に戻ってもまだ六時にもなっていない。昨夜お腹がはち切れそうになるほど食べたのに、またしてもお腹は『不満の意』を表明している。朝食を七時にしておけばよかった、と心底後悔したけれど、今更『七時にしてください』なんて迷惑なことを言いに行く勇気はないし、言ったところで変えてもらえる保証はない。

青森県の記憶が『空腹』一色に染まりそうだ、と苦笑しながら、スマホをいじったり、テレビを見たりして待つこと一時間少々、待ちかねた日和はダメ元でロビーに下りてみることにした。

食事処はロビーの奥にある。もしかしたら十五分ぐらい早くても食事をさせてもらえるかもしれない、と考えたのだ。

お風呂に入りに行ったときは最小限の灯(あか)りしかついていなくてほの暗かったが、今はちゃんと明るくなっている。置いてあるお土産物やパンフレット類を見ていると、食事処のほうから仲居さんの声が聞こえてきた。食事に来た客を迎えているのだろう。

「おはようございます」

「おはようございます。お世話になります」

同じ『おはよう』でも、仲居さんと客ではアクセントの位置が違う。それでも、そのあとのやりとりもちゃんと聞き取れるし、使われている単語そのものは標準語なので意味もわかる。

ときどき、地方に行くと方言で会話が成り立たない、と言う人がいる。青森にしても、津軽(つがる)弁、南部弁、下北(しもきた)弁と三つの方言があり、同じ青森の人間でも異なる地域の言葉は理解できないことがある、と聞いたことがある。

けれど、おそらくそこで暮らす人同士の話で、旅行者には当てはまらない気がする。少なくとも、日和はそんな経験をしたことはない。東京近郊は言うに及ばず、北海道、東北、北陸(ほくりく)、近畿、山陰(さんいん)、九州(きゅうしゅう)……どこに行っても使われているのはほぼ標準語だった。きっと四国(しこく)や沖縄に行っても、言葉の意味がわからないなんて事態には陥らないだろう。

——普段どんな方言を使っていても、お客さんにはお客さんがわかる言葉で話す。こういうのってさすが日本、おもてなしの国、って感じだよね。

郷に入(い)っては郷に従えという言葉がある。それでも、肝心要(かなめ)のところを崩すことはできないにしても、折角来てくれたのだから精一杯心地よく過ごしてもらいたい——旅行先で食事をしたり、宿泊施設を利用したりするたびに、そんな心遣いを感じて嬉しくなる。海外経験なんてないけれど、日本って本当にいい国だよねえ……と思う瞬間だった。

そんなことを考えながら食事処のほうを見ていると、仲居さんが出てきて声をかけてくれた。昨日、日和の食事の世話をしてくれた人だ。

「おはようございます。お食事ですか？」

「はい。でも、まだちょっと早いですよね……」

「大丈夫ですよ。どうぞー」

歌うように言うと、仲居さんは日和を案内してくれた。席は昨日と同じ、テーブルとテーブルの間は広く、大きなテーブルにひとりきりというのも同じだった。

すぐに熱々の味噌汁と小さなお櫃（ひつ）が運ばれてきた。お櫃の蓋（ふた）を取ってみると、間違いなく炊きたてと思える透明感のあるご飯がたっぷり入っている。

仲居さんは、ごはんもお味噌汁もおかわりしてくださいね、と言ってくれたものの、このお櫃を空にするのは無理だ。食べられなくはないのかもしれないが、体重計が黙ってくれないだろう。

小さな黒塗りの杓文字（しゃもじ）でお茶碗（ちゃわん）によそい、いよいよ……という感じで箸を取る。

日和はお世辞にも盛り付けが上手とは言えない。その上、あれもこれもと欲張るせいで、ビュッフェスタイルだとお皿の上が大変なことになってしまうが、今日はそんな心配はいらない。一皿一皿の盛り付けは言うまでもなく、たくさんある器の配置まで美しいの一語に尽きた。

お味噌汁を一口、続いてご飯も一口。ご飯の甘みがたまらない。昨夜の釜飯もお焦げがうっとりするほど美味しかったけれど、白いご飯だとお米の善し悪しがとてもよくわかる。

もしかしたら保温ジャーから直接ではなく、いったんお櫃に入れたことで少しだけ温度が下がり、お米の甘みが増したのかもしれない。

お味噌汁とご飯だけで十分だと思えるほど美味しいけれど、おかずに手を付けないなんてありえない。切り昆布の煮物、青菜の辛子和え、玉子焼きに明太子、焼き鮭、生野菜のサラダに刺身蒟蒻もついている。サラダに添えられたドレッシングがオレンジ色だったので、てっきりトマトを使った市販のフレンチドレッシングかと思ったら、ニンジンを擂り下ろして作った自家製だそうだ。

酸っぱすぎるドレッシングはちょっと苦手なので、どうしようかと思いながら少しだけかけてみると、酸味はほとんど感じない。ニンジンそのものの香り、塩気も甘みもちょうどいい。ニンジンや生野菜が嫌いという人でも、これならぺろりと平らげるだろう。

昨夜同様、どれもこれも美味しい。半分食べて残すなんて行儀の悪いことはしたくない、なんて言い訳でしかないことを考えながら完食。日和がとりわけ気に入ったのは、玉子焼きに添えられていた南蛮味噌で、あまりの美味しさにご飯をおかわりしてしまうほどだった。

仙台で牛タンを食べたときにも南蛮味噌が添えられていたが、青唐辛子と味噌だけで作る仙台のものと異なり、青森の南蛮味噌は細かく刻んだ野菜がふんだんに入っている。栄養たっぷりだし、ご飯にもお酒にも合うに違いない。

南蛮味噌は青森の名物だから、きっとどこかで売っているはずだ。見つけたら必ず買おう、という決意とともにご機嫌な朝食が終了した。


午前八時十五分、荷造りを終えた日和は忘れ物がないかをしっかり確認した上で、フロントに向かった。

もう一度温泉に入ってから、という考えも浮かばないではなかったが、今日も一日車を運転することになる。満腹な上に出発直前に入浴したら、眠くなりかねない。早めに出発したほうが時間にゆとりもできるし、安全に移動できるだろう。

ということで、チェックアウトした日和は十和田湖に向けて走り出した。

実は大館能代空港から奥入瀬まで来る途中には、十和田湖ばかりか叔母のいる小坂町もある。叔母との約束は明日なのでいいとしても、十和田湖ぐらい寄ればよかったのだが『とにかく奥入瀬！』という気持ちが先立ち、あっさり通過してしまった。内心、どうせ小坂町に戻るのだから十和田湖にも明日寄ればいいと思ったことは確かだ。

けれど今、日和は微妙に後悔している。なぜなら昨日は真っ青だった空が、今日は今にも降り出しそうな曇り空になっている。東京を出発したときに置き去りにした雲に、とうとう追いつかれたらしい。こんなことならちょっと止まって、写真だけでも撮っておくのだったと思っても後の祭りだった。

――遊覧船に乗ってみたいけど、雨が降って来ちゃうといやだなあ……

とりあえず遊覧船乗り場の近くにある駐車場に車を止め、スマホで天気予報を確認する。一時間ごとの天気予報によると、十時頃から雨になるらしい。西湖(にしのうみ)から中湖(なかのうみ)を巡る周遊コースにかかる時間は五十分だそうだから、雨の降り出しにぎりぎり間に合うか間に合わないか、だった。

車から降りて遊覧船乗り場に行ってみる。空は相変わらずどんよりしているものの、一時間ぐらいなら持ってくれそうだ。思ったより大きな船なので、雨が降っても屋内に入れる。乗船券売り場も閑散としているし、いっぱいで屋内に入れなくなる心配もなさそうだ。折角ここまで来たのだから、ということで日和は遊覧船に乗ることにした。

ゆったりのんびりと過ごせるけれど、違う意味で不安になる。なにせ八時四十五分発の十和田湖周遊コースの客はなんと二組、日和と親子らしき男女の三名のみだったのだ。

旅行計画を立てるにあたって調べたとき、十和田湖遊覧船は過去に採算が取れずに運航を停止したことがあった、という情報が出てきた。その後、奥入瀬渓流の人気が高まるにつれて十和田湖を訪れる人も増え、遊覧船の運航も再開されたようだが、この分ではまた……と思ってしまう。

高村光太郎(たかむらこうたろう)が作り十和田湖のシンボルとされる『乙女の像』から始まり、『六方石』

『見返りの松』『烏帽子岩』……と見所が続く。十和田湖は大きくて美しい上に、いろいろな逸話が残されている。ひとりでも多くの人にこの美しさを知ってほしい、と思いつつ、日和は三名の客のためだけに流されるアナウンスに耳を傾けていた。

五十分後、遊覧船は無事に乗り場に戻った。幸い雨はまだ降り出していない。いったん車に戻って傘を取り出し、早足で十和田神社に向かう。

十和田神社は恐山と並ぶ霊場と名高く、開運の聖地だという。ガイドブックやインターネットでも紹介されていたし、古来の占い場もあるそうなので『パワースポットオタク』としては見逃せない場所だった。

スマホの道案内によると、遊覧船乗り場から十和田神社までは徒歩七分、それぐらいなら……と余裕で歩き出したが、結果として倍近くの時間を歩くことになってしまった。なんのことはない。道案内アプリが示したのは『十和田神社』入り口までの時間、お参りするためには社に続く杉木立を抜けて行かねばならないし、占い場はさらに先……

まあよくあることよね……と苦笑しながらお参りを済ませ、占い場を覗き込む。よく調べてみるとこの占い場は単なる占いではなく真摯な願掛けの場だったようだ。

占い場に続く梯子はあるにはあるのだが、そもそも占い場は断崖にあり、そこに下りるのも危険ということで現在は利用禁止となっている。確かに、見下ろすのも恐ろしいような梯子だし、占い場も今にも波に攫われそうなほど狭い。まさに『命がけの願掛け』だった。

今の日和にはこの梯子を下りてまで掛けたい願はない。

叔母の体調は気になるけれど、医療も科学もろくに進歩していなかった時代とはくらべものにならない。病気があったとしても早めに見つけて適切に対処すればなんとかなるはずだし、そのために叔母に会いにきたのだ。

蓮斗への想いにしても、姫路に行ってからかなりいい方に向かっている気がする。この断崖絶壁を下りてまで掛けるような願ではない。

半ば後ずさりで社まで戻り、占いに使う『およりが紙』を授かる。『およりが紙』占いは願いを込めた『およりが紙』を水に投げ入れ、沈めば叶（かな）うし、沈まなければ叶わない、というものだ。

ついさっき、そこまでして掛けたい願はない、とか言ってたくせにやっぱりやるのかよ！　と叱られそうだが、実は断崖絶壁を下りなくても占いはできる。『乙女の像』に行けばいいのだ。

遊覧船でも案内されていたし、十和田湖観光の目玉ともなっていて、たくさんの観光客が占いを試しているらしい。現に日和の前を歩いていたふたり連れも『およりが紙』を授かっていた。年齢的には日和よりも若いぐらい、もしかしたら学生かもしれない。決めつけはよくないが、キャーキャーと明るい声を上げているから、日和同様深刻な悩みはなさそうだ。それなら日和だって占ってみてもいい。さすがに結果が悪かったときのことを思うと叔母のことを占う気にはなれないが、恋のことならありだろう。

──さて、恋占い……と、ちょっと待って、これって……

『およ り紙』を紙縒りにして浮かべる。慎重に紙を縒って、いざ水に浮かべようとしてふと思い出した。前にこんな占いをしたことがあった。確かあれは出雲に行ったときのことだ。八重垣神社で同じように紙を水に浮かべたが、いつまで経っても沈まずずいぶん落ち込んだものだ。まあ、落ち込んで底まで行った挙げ句、ぷんぷん怒りながら引き返してきたが……

不吉な思い出を振り払いたくて、ひたすら『沈め！　沈め！　沈め！』と祈り続ける。同じ相手との恋占いで二連敗は洒落にならない。もはや祈りではなく呪詛だな、と自分でも呆れつつ水の上を漂う『およ り紙』を見つめていると、不意に大きな波が来た。あっと思う間もなく呑み込まれ、日和が浮かべた『およ り紙』はそれきり浮かんでくることはなかった。

水の上に浮かんでいたのは一枚だけではない。日和の『およ り紙』のすぐ近くにも何枚も浮かんでいたし、同じように波に攫われた。そんな中で日和のものだけが沈んでいった。ほかの人には申し訳ないけれど、これぞ吉報、喜ばずしてどうする！　という結果だった。

──出雲のときより、ちょっとは前進してるってことだよね！

空は依然として暗い。それどころか一粒二粒、雨が落ちてきている。それでも来たときよりも気持ちはずっと明るい。これを最後に占いとは縁を切ってもいい、それなら永遠に大吉だ、と思う。ついでと言ってはなんだが、叔母の健康祈願もあわせておけばよかったと思うほどだった。

目尻を下げっぱなしで来た道を戻る。奥入瀬渓流も泊まった宿も素晴らしかった。十和田湖は晴れていたらもっとよかったのだろうけれど、曇り空の下でも十分きれいだった。霊験あらたかな神社もお参りしたし、占いは文句なし。

今回の旅はまだ半分、本来の用件はこれからだが、今のところ上々だ。この勢いで叔母に会いに行けば、きっとうまくいくはずだ。

天気は悪いが気分は爽快、日和は意気揚々と駐車場への道を急いだ。

第四話　秋田

——アカシアの天ぷらそばときりたんぽ鍋

十和田湖を出発しておよそ一時間、小坂町に到着した日和を迎えてくれたのは、通りのあちこちの木々に咲き乱れる白い花だった。車を止めて降りてみると、甘い香りがうっすら漂っている。

幻想的ともいえる風景に、日和はスマホで花の写真を撮る。この花の名前を知りたいと思ったからだ。

つい最近、写真を撮って送信すれば植物の名前を教えてくれるというアプリの広告を見た日和は、すぐさまダウンロードしてみた。もともと日和は木や花を見るのは好きだが、名前に詳しくない。植物図鑑を持ち歩くわけにもいかず、出かけた先で見た植物が気になってもそのままになることが多かったのだ。そんな日和にとって、このアプリは心強い味方だった。

表示された枠の中に花がきちんと収まるように苦心して撮影し、送信マークをクリックする。

しばらく考え込むようにリングカーソルが回っていたあと、表示された名前は『ニセアカシア』だった。

――ニセアカシアってことは、アカシアではないってことか。そういえばアカシアってなんか黄色くてほわほわした花だった気がする。確かミモザとも言うんだよね。ああ、マメ科か……だとしたら確かにこれは『ニセ』かも……え、食べられるの!?

道ばたに突っ立ったまま検索を続けていた日和は、『食用』という文字に驚いた。小坂町の名産品の中にアカシアの蜂蜜（はちみつ）があることは叔母（おば）から聞いていたが、花そのものも食べられるとは知らなかった。

現在時刻は十二時半を過ぎたところ、叔母とは午後二時に会うことになっているので、昼食を済ませて少し歩けばちょうどいいだろう。どこかアカシアの花を食べられるところはないか、と日和は検索を始めた。

検索窓に『小坂町　アカシア』と入力した結果、出てきたのは『アカシアまつり』だった。例年アカシアの花が咲くころにおこなわれるお祭りで、小坂町の各種名産品である蜂蜜やアイスクリームも販売される。今年も六月十二日から十三日にかけて開かれる予定だったが、五月中頃に中止となってしまったようだ。

――うーん、残念……いつもならお祭りで食べられただろうに！

ほかにどこかないものか、と検索を続ける。次に出てきたのは『康楽館（こうらくかん）』という文字、これこそが叔母を小坂町に導いた明治から続く演芸場の名前だ。どうやらそこにあるそば処（どころ）でアカシアの花の天ぷらを載せたそばが食べられるらしい。

差ない。

おそばなら昼ご飯にちょうどいいし、アカシアが食べられるのも魅力的、しかもインターネットに上がっている品書きの画像を見る限り、びっくりするほどお値打ちだ。もしかしたら古い画像かもしれないが、多少値上がりしていたところで立ち食いそばと大差ない。

お昼ご飯はアカシアの天ぷらそばと決め、日和は『康楽館』に向かう。歩くこと一分で到着、なんのことはない日和が車を止めたのが『康楽館』の駐車場だった。

入り口に辿り着いた日和は落胆とともに足を止めた。

——あ、入館料がいるのね……

そば処は『康楽館』の中にあるため、利用するためには入館料を払わなければならない。確かにそばはお値打ちだが、『康楽館』そのものにまったく興味がなければ入館料はただの上乗せとなってしまうのだ。

とはいえ、そば処だけを目当てにやってくる客は少なそうだし、明治時代に建てられた演芸場で、今も芝居小屋としての機能が失われていない『康楽館』は一見の価値がある。見学ついでにおそばを……と考えれば、やはりお値打ちなのだろう。

日和は古い建物に特別な興味は持っていないが、『康楽館』は別だ。なにせ、あの叔母を惹きつけて止まない場所である。施設だけではなく、できれば芝居そのものも観てみたい。だが、受付に掲示されていた案内によると本日は二回の公演がおこなわれ、朝の分はすでに終わっているし、午後三時からの回のチケットは完売とのこと……

残念ながらお芝居は観られそうにない。せめて施設だけでもしっかり見ていこう、そのあとおそばを堪能すればいい、ということで日和は入館料を払って中に入った。

日本最大級の回り舞台や奈落、ロープと木製の滑車で役者をせり上げる切穴、を見たあと、客席に入る。木造で薄暗く、落語家が座ったらものすごく絵になりそうな舞台は、まさに『演芸場』そのもので、芝居を見たかったという気持ちがさらに高まる。

入館者数の制限が必要とされる昨今、もしかしたらインターネットで予約できたかもしれない、と思うと、ちゃんと調べなかったことを悔やむばかりだった。

それでも入ってみてよかった、と思いつつ、見学を終え、そば処に向かう。いよいよ大目的の『アカシアの花の天ぷらそば』である。

土産物コーナーの奥に注文カウンターがあり、通常の品書きの横に『アカシアの花の天ぷらそば』と書かれている。注文を終え、テーブルに座って待っていると、十分ほどで丼が運ばれてきた。まん中に丸い天ぷらが載っている。花をひとつひとつ揚げたのではなく、かき揚げにしているようだ。

ではでは……と箸を割り、かき揚げの横からそばを二、三本つまむ。啜ってみると予想外の熱さに驚かされる。しかもそばはものすごくツルツル、そしてしっかりとした歯ごたえを持っていた。

——うわ、なにこれ、めちゃめちゃ好きなタイプだ！

そばそのものが美味しいのは言うまでもなく、アカシアの花の天ぷらはサクサクだし、噛むと口の中にほんのり甘い香りが広がる。衣に染みたツユも甘さとしょっぱさのバランスが抜群、これなら見学なんて一切せず、ただそばを食べるためだけに入館料を払っても惜しくないぞ、と思う程だ。おそらくそばは茹で立て、天ぷらは揚げ立てなのだろう。いつもそうなのか、たまたまなのかはわからないが、とにかく『お見それしました』と頭を下げたくなるような一品だった。

もっとゆっくり味わいたいと思いながらも、手繰る箸が止まらない。細かく散った天ぷらの欠片を全て拾い、それでも飽き足りずツユを飲み干す。丼の底に少し残った七味を見ながら、アカシアの花の季節にこの町を訪れられた幸運を思わずにいられなかった。

その後、駐車場の向こう側にある『小坂鉱山事務所』を見に行き、幟が立ち並ぶ道を歩いて『郷土館』にも行ってみる。十和田湖からずっと降っていた雨は『康楽館』にいる間に止んでいて、傘を差さずにすんだのは幸いだった。

小さな博物館だったが、小坂鉱山の成り立ちや、なぜこの町にこれほどたくさんのニセアカシアが植えられているのかを知った。ついさっき舌を鳴らして平らげた美しい花が、小坂町の鉱山の煙害で失われた自然を救ったなんて、ここに来なければ一生知らずに終わっただろう。

旅に出ると思いがけない知識が増える。ただ美味しいものを食べ、美しい景色を楽しんでいるだけなのに、見識まで深められる。やっぱり旅っていいな、と改めて思う日和だった。

「日和ちゃん？」

後ろから声をかけられて振り向くと、そこには叔母が立っていた。

訊(たず)ねるような調子だったのは、日和かどうか自信が持てなかったからだろう。最後に叔母に会ったのは祖母の葬儀のときだから、かれこれ八年以上経っている。十八の娘が二十六になるまで会っていないのだから確信が持てないのは当然だ。

「叔母さん！　ご無沙汰(ぶさた)してます！」

「あら、『ご無沙汰』なんて言うようになったのね」

叔母はふふふ……と笑いながら、日和の全身を見回す。母そっくりな叔母に元気そうでなにより、と言われ、改めて叔母の姿を確かめると、顔色の悪さが気になった。

「折角のお休みに乱入しちゃってごめんなさい。なにか予定があったんじゃないんですか？」

「ぜんぜん。予定を立てる前に連絡をもらったからね。それより、そんな丁寧な言葉遣いはやめてよ。メッセージはすごく砕けてたのに、面と向かったらいきなりこんな感じになっちゃうの？」

「……だよね」

「だよ。それにしても本当に久しぶり。すっかりいいお嬢さんになっちゃって」

「そりゃあもう二十六だもん」

「二十六かあ……若いなあ。もうこっちはお婆ちゃんなのに」

「そんなこと言ったら、お母さんが怒るよー。叔母さんより三つも年上なのに」

「姉さんは昔から無駄に元気だから」

「無駄にって……」

叔母の言葉に堪えきれず、盛大に噴き出してしまう。物静かで同じ部屋にいても気配を感じさせない叔母と比べれば、母は明るい性格で存在感はあると思う。それを指して『無駄に元気』と言われたら、それこそ母は怒り出すだろうけれど……

「それで姉さんは元気？　電話では変わらない感じだったけど。晶博さんも？」

「お父さんもお母さんも元気だよ。家にいる時間が増えてますます仲良し」

「それはなにより。文人君もたぶん元気よね」

「うん。お兄ちゃんも変わりなし」

「梶倉家は一家揃って元気、けっこうけっこう。じゃ、行こうか」

そう言いながら、叔母は歩き始める。向かった先は『康楽館』の受付だった。

「え……ここって……」

「『康楽館』よ。明治時代に建てられた演芸場で……」

「ストップ、それは知ってる」

そこで日和は、『康楽館』については出発前に調べて知っていること、ついでに『アカシアの花』を食べてみたくて中に入り、見学と昼食を済ませたことを伝えた。

叔母の表情から、驚きと少し失望が感じ取れる。どうやら叔母は『康楽館』を案内してくれるつもりだったようだ。

『康楽館』は小坂町観光の目玉というべき場所の上に、叔母にとって大のお気に入りでもある。それなのに、叔母が案内してくれることを予想もしなかった自分を責めるばかりだった。

「ごめんなさい……」

「えーっと日和ちゃん、小坂には何時に着いた？」

「十二時頃かな」

「そう、それならよかった！」

打って変わった明るい声に、どうしたのだろうと思っていると、叔母はバッグの中から財布を取り出した。

「着いたのがお昼なら、まだお芝居は観ていないわよね？」

「うん。午前中の公演はもう終わってたし……。あ、でも午後の分ももう……」

財布を出したところを見ると、叔母はチケットを買ってくれるつもりなのかもしれない。だが、案内が出ていたように、午後三時からの回は既に満席だ。今からチケットを買うのは無理だろう。ところが、叔母が財布から出したのはお金ではなくチケットだった。

「大丈夫、ちゃんと買ってあるから」

「え……予約してくれたの？」

「当たり前じゃない。折角日和ちゃんが来てくれるんだもん。是非とも『康楽館』の魅力を知ってもらわなきゃ！　って思ってね。連絡をもらってすぐに予約したのよ」

「それって、私が全然行きたがらなかったらどうするつもりだったの？」

日曜日は混むから早くしないと満席になってしまう。たとえ日和がお芝居にまったく興味がなかったとしても、無理やりにでも連れていくつもりだった、と叔母は笑った。

「たとえ興味がない人でも、一度観れば好きになる。それが『康楽館』なのよ」

「宝塚ファンみたいなこと言うね」

「あーうん、同じようなものね。まあ、宝塚ほど広くはないけど、その分『康楽館』の『沼』は深いわよ！」

「沼……？」

「日和ちゃん、若いくせに『沼』を知らないの？　『オタク』の類語みたいなものよ」

熱中しているもの、大好きなものを指して『沼』と言う。沼は嵌まったら抜け出せなくなる、というところから来ているネットスラングだそうだ。

「そういえばどこかで見たような気がする……へえ、『沼』ってそういう意味だったんだ」

「またひとつお利口になったわね。さ、行くわよ」

叔母に腕を引っ張られ、日和は本日二度目の『康楽館』入場を果たす。

見学はさっき済ませたと言っても聞いてもらえず、同じルートで建物の中を回る。実はこの見学は別料金でガイドを付けることもできるのだが、やはり気後れして先ほどはひとりで回った。

今回は叔母と一緒だったので、さらに理解が深まる。

回り舞台や切穴の仕組みから役者さんたちの支度の様子まで熱く語る叔母の姿に、もしかしたらこの人は、鉱物リサイクルに関わる仕事ではなく『康楽館』のガイドになりたいのではないか、と思ってしまう。とはいえ、花道はご祝儀回収ルートだ、と主張するようでは、採用してもらうのは難しそうだけれど……

詳細すぎる見学を終え、いよいよ席に着く。まん中を道板で隔てられた畳敷きの広間に、座布団が並べられている。置かれた座布団の数を見て、叔母が軽くため息を吐く。

「席と席との距離を取らなきゃならないとなるとこれが限度ね……。すぐに売り切れになっちゃうのはそのせいもあるかも。それでも上演できるだけマシかな」

「そっか……」

『沼』に嵌まりすぎて引っ越してくるほどだったのに、肝心の芝居が観られないとなったら、叔母はどれほどがっかりするだろう。館内の設備について説明する叔母は、会ったときの顔色の悪さなどどこへやら、頬を上気させ生き生きとしている。

見学しながら聞いたのだが、叔母は月に二度から三度は『康楽館』で芝居を楽しんでいるそうだ。

「足は崩しちゃっていいからね。一時間半ぐらいあるし、あとで立てなくなるのいやでしょ。はい、これ」

腰を下ろしながら、叔母はバッグからストールを取り出した。膝に掛けておけば、足を崩していても大丈夫、ということだろう。

「借りちゃっていいの？　叔母さんは？」

「大丈夫。もう一枚あるから。あ、でも足を崩すのは暗くなってからのほうがいいかも」

そうこうしているうちに、黒子姿の人が現れた。広間を仕切っている道板の上をひょいひょいと歩いてくる。なんだろうと思っていると、日和たちより前の席の人のところで止まり、お盆を手渡した。お盆の上には丼が載っている。きっとお昼に日和が食べたそば処から運んできたのだろう。

「そっか……座席でも食べられるんだ……」

「お弁当は予約がいるけど、おそばやおうどんなら当日でも大丈夫だからね。カウンターで頼んで、食べながらお芝居を観ることもできるのよ。私も初めてきたときはおそばを食べたわ」

「『アカシアの花の天ぷらそば』？」

「そうそう。ちょうど今ぐらいだったわねえ……懐かしいわ」

叔母が初めて小坂町を訪れたのも六月初旬だったと言う。『康楽館』どころか、秋田に小坂という町があることすら知らずにいた叔母は、日和と同じく奥入瀬や十和田湖を訪れ、その際に泊まったホテルで『康楽館』のことを聞いたそうだ。

「そう言えば、日和ちゃん、甘い物は好き？」

「好きです」

「じゃあ、あれ、買っちゃいましょう！」

きょとんとしている日和を尻目に、叔母は元気よく手を挙げ、黒子の衣装の人を呼び寄せる。

さっとお金を渡し、箱を受け取った。箱の中身も金額も先刻ご承知といったところだろう。

「それ、なに？」

「おまんじゅうよ。栗が入ってるの」

「栗まんじゅうかあ……」

「そう。正面切って栗まんじゅうって言っちゃうには、どこに栗が？　って感じだけど」

この言い方……とまた苦笑する。やはり叔母は、『康楽館』のガイドには採用されそうもない。だが、日和の思いとは裏腹に、叔母は受け取った箱を大切そうに撫でながら言う。

「客数が減れば収入も減る。少しでも売上に協力しないとね」

「なるほど……」

「あ、でも心配しないで。栗はちーっちゃいけど、おまんじゅうとしてはちゃんと美味しいから。今、開けて食べちゃう？」

「ううん。あとにする。おまんじゅうならお茶も欲しいし」

「そうね。家に帰ってからちゃんとお茶を淹れていただきましょう」

叔母がそう言い終わるのと同時に、開幕を知らせるブザーが鳴り響く。『康楽館』午後公演、常打ち芝居の始まりだった。

「どうだった？」

したり顔で叔母が訊ねてくる。

にやりと笑った目が、本当に母そっくりで唸りそうになりながら答えた。

「なんか……すごかった。あれ、本当に男の人なんだよね？」

「間違いなく。とはいっても、私も初めて見たときは信じられなくて、着物を引っぺがして確かめたくなったけど」

「それ、やらなくてよかったね……」

「だよね。そんなことしたら即座に出入り禁止、二度と観られなくなってたわ。でもお芝居が終わったあとって外でお見送りをしてくれるんだけど、明るいところでちゃんと見たら、やっぱり男の人だった。照明の力ってすごいよね」

「ライトのおかげだったのか……」

「それだけじゃないけど、それもある、ってこと」

ケラケラと笑いながら席を立ち、ふたりは出口に向かう。だが、そこには叔母が言ったようなお見送りのために並ぶ役者さんたちはいなかった。

小首を傾げた日和に、叔母は残念そうに言う。

「さすがに今はね……」

「ああ、そっか……」

目の前にお気に入りの役者さんが並んでいたらついつい近づいてしまうし、声をかけたくもなる。初めての日和ですら、あまりにも惹きつけられて『いいものを見せてくれてありがとう！』とお礼を言いたい気持ちで一杯だ。

それを考えれば、非常に残念だけれど、お見送りそのものをやめるというのは賢明な判断なのだろう。

「それでも、役者さんたちの代わりにこの幟たちが迎えてくれるし、見送ってもくれる。この騒動が始まってから、演劇文化は風前の灯火（ともしび）。なんとか続いていってくれることを祈るばかり。だからこそ、この町に住んでいて本当によかったと思ってるのよ」

ここにいるからこそ、できることがある。舞台を存続させるには、とにかく足を運ぶのが一番だ。遠くにいては頻繁に訪れることなんてできなかっただろう、と叔母は語る。

さらに日和をちらっと見て笑う。

「こうやって私がいるからこそ来てくれる姪（めい）もいるしね。おかげでひとりお客さんが増えたわ」

「そうだね。確かに叔母さんがいなかったら来なかったかも……」

そこで日和は、夢の国から現実に引き戻されたような気になった。ここに来たのは、叔母の体調を窺（うかが）い、必要とあれば病院に連れて行くためだった。現に、外で見る叔母はやはり顔色が冴（さ）えない。観劇の興奮もすっかり冷めた今が、本来の顔色なのだろう。

「日和ちゃん、ほかに行きたいところはある？」

その問いの意味を一生懸命考える。叔母はこの町にもう七年も住んでいる。ガイドブックに載っていないような見所を知っているのかもしれない。あるいは……

そこでもう一度叔母の顔を見た日和は、きっぱり宣言した。

「鉱山事務所も郷土館ももう見て来ちゃった。朝から十和田湖の遊覧船にも乗ったし、すごいお芝居も観てけっこう疲れちゃったんだよね。できればちょっと休みたいなあ……」

「了解」

叔母の顔を見た瞬間、日和は自分の判断が間違っていなかったことを確信した。叔母は明らかにほっとした表情になっている。おそらく日和以上に、叔母は疲れているのだろう。

「じゃあ、いったんうちに行きましょうか。あ、お夕飯はどうしよう……日和ちゃん、

「どこかに食べに行きたい？　それともうちでなんか作ろうか？」

「叔母さんが楽なほうで。もし作るなら私も手伝うよ」

「じゃあ、うちにしようか。そのほうがゆっくり呑めるしね」

「呑める？」

「姉さんから聞いてるわよ。『イケる口』なんでしょ？」

「もう……お母さんってば」

　両親に比べたら日和が呑める量なんてほんのわずかなものだ。そんな告げ口をするなんてひどい、とぶつぶつ言う日和を叔母はまあまあ……なんて宥める。そして、駐車場をくるりと見回して訊ねた。

「レンタカーなんでしょ。私も乗せてってくれる？」

「もちろん。でも、叔母さんの車は？」

　叔母が車を持っていることは知っていた。東京から引っ越すにあたって、移動手段がバスに限られる町では、やはり車は必需品だろうということで購入したはずだ。

　旅行に先立って地図検索アプリで調べたところ、叔母の家から『康楽館』までは歩くには距離があった。バスの本数もそう多くないようだし、てっきり叔母も車で来たと思っていたのだ。

　ところが叔母は、なんだか後ろめたそうな顔で答えた。

「それでもいいかなとは思ったんだけど、二台で走るのも面倒だし、日和ちゃんに乗せてもらおうと思ってタクシーで来ちゃった」

「そうだったんだ……」

　話しながら歩いていたふたりは、ちょうどそこでレンタカーのところに着いた。

「じゃ、どうぞ」

「お邪魔しまーす」

　叔母が乗り込むのを待って車を発進させる。途中でスーパーに寄り、食材を購入したあと叔母の家に向かう。叔母は、観劇のチケット代はもちろん、スーパーでの買い物代すら出させてくれない。少しだけでも、と何度言っても、『ここは私のシマだから』なんて払わせてくれないのだ。

　この分では、たとえ外で食べたとしても日和に財布を開かせたりしなかっただろう。叔母の負担を考えれば、家で食べることにしてよかったと安堵するばかりだった。


「普通のスーパーにこんなの売ってるんだ……」

「そりゃそうよ。いくら名物だって、みんなが手作りしてるわけじゃないのよ」

　笑いながら叔母がレトルトパックを開ける。中に入っているのは『きりたんぽ』、秋田名物の筆頭と言うべき食材だった。さらに、冷蔵庫の中から黄色いラベルに鶏のイラストが入ったボトルも出てきた。おそらくこれで鍋ツユを作るのだろう。ただし、ラベルの中央には『比内地鶏スープ』とあるので『きりたんぽ』専用ではなく、様々な料理に使える万能調味料のようなものなのだろう。

「このふたつがあれば、あっという間に秋田名物『きりたんぽ鍋』の出来上がり。簡単な上にすごく美味しくて、私の味付けなんて論外よ。六月に鍋物を振る舞うのはいかがなものかと思ったけれど、一番間違いがないと思って」

季節感無視だよね、と叔母は笑う。けれど、今日は雨が降ったせいか、気温も昨日よりずいぶん下がった気がする。東京と比べても二、三度低いだろう。こんな日なら、鍋物も美味しくいただけるはずだ。

「平気だよ。昨日も旅館で煎餅汁が出たけど、暑いなんて思わなかったし」

「あー煎餅汁！　あれは美味しいよね。確か青森ならレトルトのセットを売ってたはず……」

「そうなの⁉　それ、青森にいるうちに教えてほしかった……」

「帰りに空港で探してみたら？」

空港は意外に広い地域の土産物を扱っている。もしかしたらあるかもしれない、と言われ、日和は急いでスマホでメモを取る。あの旅館とまったく同じ味とは思えないけれど、煎餅汁というものを両親に味わってほしかった。

大慌てで入力している日和を見て、叔母が優しい目で言う。

「親孝行ね、日和ちゃんは」

「昔から心配掛けっぱなしだから……」

「それがわかるほど大人になったのね。あのちっちゃかった子が」

「だから、もう二十六だってば」

「はいはい、そうでした。あ、そろそろ食べられるわよ」

そうこうしているうちに『きりたんぽ鍋』が出来上がった。『きりたんぽ』と野菜を切って、水で薄めたツユに入れて煮るだけ。本当に簡単で、日和も手伝いはしたものの、体調の悪そうな叔母に料理をさせたという呵責（かしゃく）が最低限に抑えられるありがたい料理だった。

「えーっと、どこで食べる？」

選択肢が与えられるのがすごい、と感心してしまう。

叔母の住まいは一軒家だった。てっきりアパートでも借りているのかと思っていたため大いに驚かされたが、中に入って納得した。間取りとしては三LDK、板張りのリビングダイニングの隣に和室、廊下の先にも和室がふたつ、あとは風呂（ふろ）とトイレという感じだったが、壁際のほとんど全てに本棚が設置され、本が詰め込まれている。

あまりの数に啞然（あぜん）としている日和に、叔母はウインクして言った。

「便利な世の中よね。お目当ての本さえ決まっていれば、どこにいてもネットで買えるんだもの。情報を提供してくれる姪っ子もいるし、本は増える一方よ」

「……これからはもうちょっと控えるようにする」

「そんなこと言わないで、ちゃんと教えてね。日和ちゃんとは趣味が合うから頼りにしてるのよ」

「うう……」

後ろめたい気持ちは去らなかったが、そのあと『康楽館』で買ったおまんじゅうを食べながらのやりとりは、やはり本の話だった。日和から最近気になった本のタイトルを聞いてはインターネットで検索し、面白そうと思ったら迷わず注文する。確かにこれでは、本は増える一方だ。

ぼんやり、一軒家は当然の選択だなあ……などと考えていると、また叔母の声がした。

「日和ちゃんってば！　あっちに運ぶ？」

「あ、ごめんなさい！　えーっとダイニングでいいんじゃない？」

「そう？　畳のほうがゆっくりしない？　あ、足なんて投げ出していいのよ」

「普段からダイニングテーブルだし、あっちに運ぶのも面倒だし」

「じゃあそうしましょう。日和ちゃん、これをお願い。ガスはそこにあるから」

渡された箱からカセットコンロを取り出し、後ろの棚にあったカセットガスをセットする。

準備ができたのを確認し、叔母が土鍋を運んできた。

「大丈夫？　重くない？」

「平気よ。まあ、ふたり分にしては大きいけどね」

「でしょう？　たぶんこれ、うちのより大きいよ」

日和の家で使っている土鍋は、おそらく三人から四人用だろう。兄がまだ実家に住んでいたころはちょうどいい大きさだったけれど、今では少し大きい。両親が食べる量が減ったこともあって、鍋一杯に作ると食べきるのに苦労するので、六割程度の量で作るようにしているのだ。

ところが、叔母の土鍋は家にあるのより一回り大きかった。

「なんでこんな大きいお鍋があるの？」

「ひとりなのに？」

「うん……まあ……」

「ひとりだから、かな」

「へ？」

きょとんとしている日和に、叔母はこの鍋を覚えていないか、と訊ねてきた。改めて見ると、確かに見覚えがあった。

「これ、お祖母ちゃんちにあったやつ？」

「正解。引っ越すときに持ってきたの。大きすぎるけど、鍋料理をするにしてもひとりなら普通のお鍋でいいでしょ？　土鍋を使うのは誰かが来たときだけだし、それならこれでいいやって」

「大は小を兼ねるってやつ？」

「そう。でも、家にお客さんを呼ぶタイプじゃないし、今まで一度も使ったことがなかったの。日和ちゃんのおかげで久しぶりにこのお鍋を使えたわ」

「そっか……お母さんたちも一度も来てないよね」

「一度もってことはないわ。引っ越しのときは夫婦で手伝いに来てくれた。晶博さんが来てくれなかったら私、この町に辿り着けなかったかも」

叔母が買った車にはナビが付いておらず、叔母は父と母が乗る車の後ろにくっついてこの町にやって来たそうだ。使える物は持っていこうということで、祖父母の家にあった荷物を二台の車に満載し、東北道を北上したらしい。そういえば、春休みに兄とふたりで三日ほど留守番をした記憶がある。あれは叔母の引っ越しのためだったのだろう。

「そうそう、姉さんが子どもだけで留守番させるって言うから、そこまでしなくても……とは言ったのよ。でも、やっぱり心配だからって来てくれたの」

「子どもだけって言っても、あのとき私はもう高校生だったし、お兄ちゃんも大学生……ってか、成人してたよ。留守番ぐらいできるって」

「でも、私は四十歳を超えてたのよ？」

「だけど、実際ひとりじゃ辿り着けなかったんでしょ？　ならやっぱり来てもらって正解だよ」

「一本取られたわ」

くくく……と楽しそうに笑い、叔母は土鍋の蓋を取る。裏側の模様を懐かしそうに見つめたあと脇に蓋を置き、『きりたんぽ』や鶏肉、ゴボウ、ニンジンなどを取り分け始める。最後にクレソンを載せ、とんすいを渡してくれた。

「はい、どうぞ。セリがあったらよかったんだけど、さすがにもうなかったわね」

「クレソンを使うなんてびっくりしたよ。セリがなければせいぜい三つ葉かなって思ってた」

「三つ葉だとちょっと頼りないのよね。やっぱりある程度歯ごたえがないと。それに香りとしてもクレソンのほうが似てるの」

「そうなんだ……知らなかった。クレソンって鉄板の隅っこでくたーっとしかけてるイメージしかなくて」

「鉄板？　ああファミレスのステーキとかハンバーグか」

「そうそう」

「まあ、東京じゃそうかもね」

セリはセリ科、クレソンはアブラナ科と異なる植物ではあるが、見た目も食感も似ている上に、旬を外れれば入手しづらくなるセリに比べて、供給が安定しているクレソンは使い勝手がいいと叔母は言う。

そもそも日和は本物のセリを頻繁に食べているわけではないので、クレソンとの違いはわからない。美味しければそれでいい、というのが正直な感想だった。

具材としてはクレソンはもちろん、ネギ、マイタケ、ゴボウ、油揚げ、しらたきに鶏肉、砂肝まで使われている。全体的に茶色っぽい中に隣り合う緑色のクレソンと豆腐の、そして『きりたんぽ』の白……お互いが引き立て合って、お腹ばかりか目にも嬉しいご馳走だった。

「どう？」

「すっごく美味しい！　『きりたんぽ』ってこんなにおツユを吸うんだね。お餅みたいなものかと思ってた」

「そりゃそうよ。しっかり固めてあるけど、もとはご飯だからね。うーんと煮溶かせば最後はおじやみたいになるかも」

「それはもったいないよ。そうなる前に食べちゃわないと」

「ごもっとも。あ、そうだ、忘れてた！」

そう言うと叔母は椅子から立ち上がり、食器棚のところに行った。一口グラスをふたつ出し、テーブルに置いたと思ったら今度は冷蔵庫を開ける。中から出てきたのは、四合入りの日本酒の瓶だった。

「ほら、これ。これがなくちゃね！」

さあ、さあ……と言いながら封を切り、グラスに注いでくれた。ラベルには『豊盃』とある。

早速口をつけてみると、なんの抵抗もなく喉を通っていく。すっきりして醬油仕立ての『きりたんぽ鍋』にぴったりのお酒だった。

「どう？　好みに合う？」

「うん。すごく呑みやすい。お鍋の味がしっかりしてるからよく合うね」

「あら、いっぱしの感想が言えるのね！　姉さんや晶博さんのお仕込みかしら」

「それもあるけど、自分でもけっこう勉強したんだよ」

ひとり旅を始めてから、お土産としてお酒を買うことが増えた。是非ともこれを、と頼まれることもあるが、ほとんどは旅先で見つけた銘柄の中から両親の好みに合いそうなものを探す。そのためには両親の好みはもちろん、旅先で出会った酒がどんなものかを知らなければならない。

甘いのか辛いのか、すっきりなのか濃厚なのか——そうやって調べているうちに、少しずつお酒に詳しくなってきた。とはいえ、利き酒が出来るほどではなく、事前に得た情報と実際の味を照らし合わせて、なるほどなあ……なんて思う程度だった。

「そう。勉強したのね。それはいいことだわ。どんな知識もないよりあったほうがいいもの」

「だよね」

「それで、このお酒はどう？　前から知ってた？」

「知らなかった。秋田のお酒なの？」

「じゃなくて青森。青森といえば『田酒』が有名だけど、『豊盃』は近頃、『田酒』と同じぐらい人気が出てきたお酒なの」

「『田酒』は昨日旅館で呑んだけど、さすがーって感じだった。でもこれもすっごく美味しい」

「あ、旅館に『田酒』があったの？　それはよかったわね」

「うん。私もそう思う。青森の二大人気銘柄を両方味わえるなんて大ラッキー」

「本当よ。はるばる来た甲斐があったわね」

「それも……」

それもこれも叔母さんのおかげ、と続けかけて、慌てて言葉を呑み込む。名目上、今回の目的は奥入瀬旅行で、『ついで』に叔母のところに寄ったことになっていると思い出したからだ。

危ないところだった、とごまかすようにまた一口呑む。ふと見ると、叔母のグラスはほとんど減っていない。日和のグラスは最初からいっぱいにしながら、自分のグラスには中程までしか注がなかったというのに……

「叔母さん、もしかして日本酒は苦手だった？」

母から、日和が近頃日本酒に興味を持っていると聞いて、無理してつきあってくれているのかもしれない。だが、よく考えてみると、祖父母の家で一緒に食事をした際、叔母は母と同じぐらいお酒を呑んでいた。父ほどではないにしても、女性としてはかなりの酒量だったし、日本酒もぐいぐいやっていたはずだ。

怪訝そうに様子を窺う日和に、叔母は少し肩を落として答えた。

「日本酒は大好き。お酒の中では一番好きなぐらい。でも、最近めっきり呑めなくなっちゃってね」

「呑めないって？　美味しくないってこと？」

「じゃなくて、呑んでるときはすごく美味しいの。でも調子に乗って呑むとしばらくしてからものすごくだるくなる。翌日頭痛がすることもあるわ。年は取りたくないわね」

叔母は半分ほどしか入っていないグラスを目の高さに掲げ、そっと揺らす。グラス越しに見える笑顔に切なさが滲んでいるような気がして、日和は目を逸らさずにいられなかった。

「あ、でも日和ちゃんはいっぱい呑んでね。せっかく頑張って手に入れたんだから！」

秋田県は言うまでもなく、青森県内でも限られた酒屋にしか置かれていないという。それでも『豊盃』の美味しさを知っている叔母は、なんとか日和に呑ませたいと苦労して探してくれたそうだ。

「そうだったの……叔母さん、本当にありがとう。でも、さすがにひとりでこんなに呑めないよ」

「そう？　私が日和ちゃんぐらいのころは、四合瓶ぐらい余裕で空けてたけど」

「そんなに呑兵衛だったの!?」

「昔は、よ」

そう言うと叔母は掲げていたグラスに口をつけ、ほんの少し酒を減らした。やっぱり美味しいわねえ……としみじみ呟いたあと、『きりたんぽ鍋』を食べ始める。おそらく叔母は今グラスに入っている以上の酒を呑むつもりはない。いや、呑めないのだろう。やはりどこか悪いところがあるに違いない。さらに箸をつけてはいても、とんすいの中身も大して減っていなかった。

気になってお酒はもちろん、食も進まない。これはもうだめだ、と覚悟を決め、日和は箸を置いた。

「叔母さん、ちょっと訊いていい？」

「あらどうしたの？　真面目な顔しちゃって」

「叔母さん、健康診断とか受けてる？」

「健康診断っていうか、人間ドックを受けてる」

「結果もちゃんと見てるの？」

「それなりに……」

「それなり？　もしかして『要再検査』とか『要経過観察』とか書かれてるのにスルーしちゃってない？」

怒ったように言う日和に、叔母はたじたじだった。

「日和ちゃん、恐いってば」

「検査結果をスルーしちゃう人のほうが恐いよ。で、どうなの？　本当に『要再検査』とか『要経過観察』があるの？」

「『要再検査』はない。『要経過観察』も……ただ……」

「ただ？」

『要精密検査』なら……」

「叔母さん!!」

心配したとおりの答えに、思わず声が大きくなる。一軒家だからよかったようなものの、壁が薄いマンションやアパートなら隣から壁を叩かれそうな声だった。

「どこが悪いの!?」

「えー……どこだったかな……」

「往生際が悪いよ。叔母さんのことだから、検査結果はちゃんと取ってあるよね？」

壁を埋める本棚は、どれも整然としている。単行本、新書、文庫というサイズごとの分類はもちろん、同じサイズの中で作者ごとにきちんと並べられている。昔はもっと雑然としていたが、ずいぶん変わったようだ。いずれにしても、本をこんなふうに並べる人は几帳面に決まっている。各種書類にしても、ファイルに分類してちゃんと保管しているだろう。

「見せて」

「見てもわからないよ。日和ちゃん、お医者さんじゃないでしょ？」

「いいから見せて。検査結果をスルーするなんて許せない。放っておいて大変なことになったらどうするの？」

そんなにすぐに大変なことにはならないでしょ……ともごもご言いつつも、叔母は電話台の下からファイルを取り出した。どうやら腹をくくったらしい。

予想どおり、叔母は健康診断の結果をきちんと保存していた。

渡された健診結果票のページをめくった日和は小さく息を呑む。

そこには叔母が言ったとおり『要精密検査』、そして『ポリープ』という文字があったからだ。

「ポリープ……胆嚢に？　これって今年初めてだよね？」

「そう。去年はなかった。最近、少し食べたらお腹がいっぱいになっちゃうし、みぞおちが痛くなることもあってね。その上、ポリープまであるってわかったら恐くなってきちゃって……」

健診結果票にある受診日から考えて、結果が返ってきたのは一ヶ月以上前だろう。その間、叔母のことだから、胆嚢とかポリープについて調べまくった結果、悪い病名に不安を煽られ、耐えきれなくなって母に連絡してきたに違いない。それなのに、肝心のことは告げられず、母の声を聞いただけで電話を終わらせてしまった――日和同様、自分のことを語るのが苦手な叔母らしい話だった。

「病院には行ってないんだよね？」

「行かなきゃとは思っているんだけど……」

「かかりつけの病院はあるの？」

「ない。だって私、案外丈夫だから……」

　案外丈夫、というよりも大の病院嫌いだから基本的には寝て治す、よほど悪ければ市販の薬を飲む、というのが関の山だろう。それでも治ってしまうのだから、丈夫というのは嘘ではないだろうけれど……

「じゃあ、人間ドックはどこで？」

「弘前」

「弘前って青森県だよね？」

「弘前が一番近かったの」

「ほんとに？」

　秋田県で大きな町と言えば、県庁所在地である秋田市あるいは空港がある大館市だろう。地図を見ると秋田市と小坂町はかなり離れているものの、大館市なら車で三十分前後で行けるはずだ。

　そもそも小坂にだって病院はあるだろうし、弘前が一番近いと言われても首を傾げざるを得ない。叔母は疑わしそうに見た日和に、言い訳するように言う。

「病院じゃなくて健診センターを探したから。病院だともろに白衣のお医者さんと看護師さんが登場したりするけど、健診センターなら検査技師さんが来てくれることも多いでしょ？　弘前は桜がきれいだし、楽しみがあれば我慢できるかなって……」

　どうやら叔母の白衣恐怖症は、さらに酷くなっているらしい。お花見というご褒美を目の前にぶら下げることで、なんとか人間ドックを受けに行っていた。健診センターですらこの有様では、病院に連れて行くのは難しい。まさに前途多難だった。

「健診センターじゃ、そこで診てもらうわけにもいかないよね」

「でしょう!? だから……」

「だからって放置はだめ！」

「病院なんて行きたくなーい！ 悪い病気だったら恐いもん」

「万が一悪い病気だったとしたら、放っておいたらどんどん悪くなるよ」

叔母はだだっ子さながらに、『いやだ、いやだ』を繰り返す。なんとか説得する方法はないものか、と考えた日和は、叔母がテーブルの上に置いていたスマホを見てはっとした。

スマホには『康楽館』の名前が入ったストラップがついている。叔母がここに来たのは、この町にいれば思う存分大衆演劇を楽しめると考えたからだ。ならば、それを逆手に取ればいいのだ。

日和は大きく息を吸い、脅すように言い放った。

「叔母さん、もしも本当に病気だったら、この町にいられなくなっちゃうかもしれないよ。それでもいいの？」

「この町にいられなくなる……？」

「お母さんが飛んできて、無理やり連れて帰っちゃう。病気なのにひとりにはしておけないって」

「うう……」

「お気に入りのお芝居も観られなくなるし、役者さんたちを応援することもできなくなる。それでもいいの？」

「よくない……」

「でしょ？　だったら早めに診てもらおうよ。健診でポリープが見つかっても良性のことも多いんだって。たとえ悪い病気だったとしても、早めに治療すればきっと大丈夫。それに、こんなふうに『病気かもしれない、病気だったらどうしよう』って思い続けてるのって、すごく嫌じゃない？」

　くよくよ考えているだけでも具合が悪くなりそうだ。だったら、さっさとけりをつけたほうがいい、という日和の言葉に、叔母はしぶしぶ頷いた。この町にいられなくなるかもしれないという脅しが相当効いたらしい。実際にはそんなことは起こりえないと思うが、それほど叔母にとって小坂町は離れがたい場所なのだろう。

「ってことで、明日にでもこの町の病院に行ってみようよ」

「この町の？　どうせなら大きなところに行ったほうが……」

「大きな病院で診てもらうには、紹介状がないと駄目だと思う」

「そっか……じゃあ行ってくる……」

「それがいいよ。なんなら私も一緒に行くし」

「ほんと!?」

よほど病院がいや、あるいは心細かったのだろう。一緒に行くという言葉に、叔母は地獄で仏に会ったような顔になった。だが、すぐに慌てて首を左右に振る。

「いや、ごめん。やっぱりいいよ。せっかくの旅行中なのに、叔母さんに付き合って病院なんて気の毒過ぎるわ。明日だって予定を立ててるんでしょ？」

「そんなの気にしなくていいよ」

「そういうわけにはいかないって」

「じゃあ、もうぶっちゃけるけど……」

そこで日和は、この旅行の本当の目的について叔母に語った。

母はもちろん、どこか悪いところでもあるのではないかという推測を聞いて、父も叔母のことを心配している。日和自身、居ても立ってもいられない気分だったし、誰かが行くべきだと思った。本当は母が駆けつけようとしたけれど、『諸般の事情』で日和が選ばれたのだ、と……

「しょ、諸般の事情？」

「そう。体力、日頃の動向、仕事との兼ね合い、叔母さんとの関係……とかの総合判断」

「そうか……姉さん、忙しい時期だもんね」

「うん。それにお父さんがひとりで来ても困っちゃうでしょ？」

「困り果てちゃうわ」

「というわけで日和参上。で、明日っていうか今後の予定は未定」

「確か三泊四日って言ってたけど、もしかして明日の宿は……？」

「決めてませーん！　明日も泊めてね、叔母さん！」

おちゃらけた調子で頼む日和に、叔母はとうとう噴き出してしまった。

「まったく、あんたって子は……。でも、ありがとう」

「どういたしまして。あーよかった、これで安心して食べられ……あ、やばい！」

そこで時計を確かめた日和は、慌てて叔母に告げた。

「もう八時過ぎちゃった！　さっさと食べて明日に備えて寝よう」

「病院に備えて早く寝るの？」

「だって病院って混んでるでしょ？　早起きして出かけないと」

「そんなに混んでるの？」

「わかんないけど、早めに行くに越したことはないって」

叔母は納得がいかない様子だったが、それでも病院の話が出る前よりは箸が進んでいる。きっと叔母も病院に行ったほうがいいとわかっていながら踏ん切りがつかず悩んでいたのだろう。

半ば無理やりにしても、病院に行くと決めたことで気が楽になったに違いない。

クレソンは色が変わりかけていたけれど、ツユをしっかり吸った『きりたんぽ』はほのかにゴボウの香りがする。この根っことしか言いようのない食材を最初に食べてみた人は偉い！　なんて褒め称えつつ、次から次へと口に運ぶ。かなり頑張って食べたが、大きな土鍋は空にならない。『きりたんぽ鍋』は鍋料理ではあるが、もともと主食が具材として入っているため『しめ』がいらない。少々残念な気もするが、雑炊やうどんのために具材を食べきる必要がないのはいいことだ。残りは明日に回すことにしよう、ということで、大きな土鍋に蓋をした。

食事の片付けと入浴を終えたあと、奥の和室に布団を敷く。そう言えば昨日も布団だった。今回の旅は純和風、畳と布団の旅だな、なんて思いつつ、潜り込んでスマホを手にする。

『作戦大成功！　明日は叔母さんと一緒に病院に行ってきます』

スマホから母に送ったメッセージは、ものの数秒で返信が来た。きっと日和からの連絡をずっと待っていたのだろう。

『でかした！　褒美ははずむぞよ！』

ふんぞり返る猫のスタンプに微笑みつつ、日和は眠りに就いた。

――病院の梯子をすることになるなんてねえ……

大館に続く道を走りながら、日和はそんなことを考えていた。

ちなみに乗っているのは叔母の車、運転しているのも叔母だ。病人に運転させるのはいかがなものか、と思ったけれど、叔母自身が土地勘は自分のほうがあるし、運転しているほうが気が紛れると言ったからだ。

毎日車に乗っている叔母のほうが慣れているのは間違いない。現に、叔母の運転は父と大差ないほど巧みだった。

念のために、と持っていった人間ドックの結果を見た医師は、いとも簡単に大病院への紹介状を書いてくれた。一瞬、やはり悪い病気なのかと心配になったが、単にここでは詳しい検査ができないというだけの理由だった。とはいえ、紹介状があるからといって順番を飛ばして診てもらえるわけではないから、かなり待つことになるかもしれない。

朝一番で町の病院に行き、紹介状をもらったのが九時半、そのまま車で大館に向かった。

紹介された病院までは車で四十五分だから、午前中の受付に間に合うはずだ。日を改めるよりもこのまま行ったほうがいいという判断だった。

渋滞に捕まることもなく、車は無事に大館に到着した。受付でいろいろ書類を書いて待合室に入ったのが十時三十五分、実際に診てもらえるまでに一時間以上かかるらしい。それでも今日は空いているほうだと言うから、大きな病院の待ち時間の長さはどこも同じなのだろう。

「病院って、具合の悪い人しか来ない場所でしょ？　それなのに、こんなに待たされるなんて。これだから病院は……」

もともと病院嫌いの叔母は文句ばかり言っている。それでも、同行してくれた日和には相当感謝しているらしく、終わったらなにか美味しいものをご馳走する、と言い出した。

「終わったらって言っても、この分だと何時になるかわからないよ？」

「晩ご飯の話よ。どうせお昼までには終わりっこないから、ランチは軽めかお茶ぐらいにしておいて、早めに晩ご飯を食べればいいじゃない。二日続けて私の手料理じゃあんまりだし」

手料理でもまったく問題ない、と言っても叔母は譲らない。折角大館まで来たのだから、と言われ、スマホで検索を始める。とにかく暇で、ほかにすることがなかったのだ。

そこで日和は叔母の様子を窺った。

「『きりたんぽ』はもう食べたし、煎餅汁もOK……というか、和食が続いてるからちょっと洋風のものが食べたいかなあ……あ、でも……」

日和は多少脂っこいものでも大丈夫だが、叔母はどうだろう。近頃、父や母はフレンチとかイタリアンといったボリュームのある料理よりも、うどんや蕎麦、寿司などの和食を好む。たまに日和の好みに合わせてイタリアンやフレンチのお店に行っても、コースやセットではなく単品、しかも極力あっさりした料理を選ぶ。

両親曰く、夜にバターや脂たっぷりの料理を食べると寝付きが悪くなる、とのことだ。両親と同年代の叔母も、あっさり済ませたがっているかもしれない。

ところがそんな日和の思いをよそに、叔母は飛びつくように言った。

「いいわね、洋風！　私も食べたい！」

「大丈夫？　あっさりライト系のほうがよくない？　美味しいお寿司のお店もありそうだよ？」

「そういうところはひとりでもいけるじゃない」

「え……叔母さんでもひとりで入れないお店があるの？」

こう言ってはなんだが、叔母はこの年になるまでずっと独り身で、秋田に引っ越してからもう七年にもなる。東京にいたころからなんでもひとりでこなしていたし、同僚の麗佳以上に『おひとり様』の達人だと思っていたのである。

その叔母にひとりで行けない店があるなんて驚きだ。だが、叔母の言う『ひとりで入れない』はそういう意味ではなかった。

「量が多いのよ。量というか……ボリュームがありすぎて食べきれないの。イタリアンにしても、本当はコースでしっかり楽しみたいのに、パスタでお腹がいっぱいになっちゃう。パスタなんて普通なら前菜でしかないのに、情けないったらありゃしないわ。昔はこんなじゃなかったんだけどねえ……」

年は取りたくないわ、と俯き加減で言ったあと、叔母はぱっと顔を上げて日和を見た。

「でも日和ちゃんがいれば大丈夫。サラダ、パスタ、お魚、お肉、ドルチェ……ガチのコースでもいけるでしょ？」

「いやいや、私も叔母さんの分までは……」

「だからコースと軽めのセットとかを頼んで、シェアすれば……」

「ああ、それならいけそう」

「やった！　じゃあ早速電話してみるわね！」

「え……？」

きょとんとしている間に叔母は席を立ち、正面玄関のほうに向かう。日和たちより先に来ていた患者さんがまだ何人も待っているし、電話をかけにいく時間はあると考えたのだろう。

――お目当ての店があったのか……。まあ、この町は叔母さんのほうがよく知ってるだろうし、叔母さんのおすすめなら大外れってこともないでしょ。

なにより、それまで憂鬱そうに座っていた叔母が、食事の話になったとたん別人のように明るい表情になった。お楽しみを設定することで診察への不安を和らげられるなら、日和の口に合わなくてもかまわない。今は叔母さえ楽しんでくれればそれでよかった。

五分もしないうちに叔母が戻ってきた。とても嬉しそうな顔をしているから、うまくいったのだろう。

「五時半からの予約が取れたわ。しかもフルコースも大丈夫だって。当日じゃ無理かと思ってたけど、ついてたわね」

前菜、パスタ、魚料理、肉料理、ドルチェとドリンクがついたフルコースと、前菜、パスタ、ドルチェ、ドリンクのセットを頼んでおいた。ふたりで分ければちょうどいい量のはずだ、と叔母は言う。

「あ、お酒も遠慮なく頼んでね」

「まさか。車だし」

「運転するのは私。こういうこともあろうかと私の車で来たの。だから日和ちゃんは呑んでOK。きっとワインも美味しいわよ」

「いやいや……ひとりで呑んでも美味しくないよ」

「え、いつもひとりで呑んでるんじゃないの？」

「ひとりしかいなくてひとりで呑むのと、ふたりでいるのにひとりだけ呑むのは話が違うよ」

「ああ、それはわかる。だから昨日も……」

「あんまり呑みたくないのに付き合ってくれた、でしょ？　だから今日は私が叔母さんに合わせるよ。もともとお酒がなきゃだめってタイプでもないし」

美味しいお料理があれば満足、と笑う日和に、叔母は感心したように言った。

「本当に大人になったのね……。まあ、こうやって嫌がる私を無理やり病院に引っ張って来ただけでも、十分わかってたけど」

「無理やりって……そういう言い方する？」

「そりゃするでしょ。事実だし」

言葉だけを並べると険悪な雰囲気に見えるかもしれない。だが、叔母は思いっきり笑顔だし、悪意なんて微塵も感じられない。

その後、お店のホームページを見ながら今日の魚料理はなんだろう、とか、パスタは好きな物を選べるらしいけれどどれにしよう、などと話しているうちに時が過ぎ、十二時半近くになってようやく叔母の受付番号が呼ばれた。

にわかに叔母の表情に緊張が走る。あまりに不安そうで日和はつい声をかけた。

「私も一緒に行こうか？」

「ううん、大丈夫。いい大人なんだから、ひとりでいけるよ。ここまで来たら腹をくくらなきゃ」

椅子から立ち上がりかけた日和を押しとどめ、叔母は診察室に入っていく。残されたほうが不安なんだけど……と思ったものの、押しかけるわけにもいかない。叔母の白衣恐怖症がさらに酷くなるようなことが起こりませんように、と祈るばかりだった。

叔母が出てきたのは、診察室に入ってから十分後だった。

大きな病院は二時間待っても診療時間は三分、というのはよく聞く話だ。きっと叔母もすぐに出てくるだろうと思っていたせいか、ずいぶん長くかかったような気がした。戻ってきて腰を下ろした叔母は、なんだか生気が抜けたように見える。そんなに恐かったのだろうかと思いつつ、声をかけてみた。

「どう……だった？」

叔母はぼんやり日和を見ていたかと思ったら、数秒後、ぽつりと呟いた。

「先生が……」

「先生がどうしたの？　なんか深刻な病気だったの!?」

初めてだし、小坂町の病院ではここでは無理だからと紹介状をもらっただけだ。判断材料がほとんどない状態で診断を告げられたとしたら、一目でわかるほど症状が重いのだろう。日和が見る限り、そこまで重症とは思えないが、医者ならわかるに違いない。

心配のあまり声が大きくなった日和に、叔母は苦笑しつつ答えた。

「じゃなくて、先生が知り合いだったの」

「は？　小坂町の人だったってこと？」

「だったらそんなにびっくりしないわ。びっくりしたのは、高校の先輩だったから」

「じゃあ東京の人ってこと？」

「そう。部活の先輩。郷土文学研究会だから、部活って言うより同好会だけど」

「へえ……郷土文学研究会。叔母さんらしいって言えばらしいけど、それにしても意外な出会いだね」

「でしょう！　先輩は東京出身だし、東北の大学に行ったわけでもないの。それどころか、この病院に勤めるようになるまで、秋田には来たこともなかったんですって！　本当に『まさかの再会』」

「よっぽどご縁があるんだね」

「だよね!?」

なにをこんなに興奮しているのだろう。それより診察の結果を聞きたい、とは思ったけれど、叔母の興奮は収まらない。むしろ『ご縁がある』という日和の言葉に上機嫌で話し続ける。もしかしてこれは……と思い始めたころ、診察室のドアが開き、男性が出てきた。

「深川(ふかがわ)さん。これ、持っていって」

医師の胸元には『小平(こだいら)』というネームプレートがある。これが叔母の先輩の先生か、と見ていると小平先生は一枚の紙を差し出した。

「検査の予約票。血液検査とかレントゲンとか、できるものは今日済ませてもらうけど、CTとかMRIは再来週になっちゃった。ばっくれずにちゃんと来るんだよ」

「ばっくれずにって……」

「だって加世ちゃん、昔っから病院が大っ嫌いだったじゃないか。日を改めたら逃げ出しかねないんじゃない？」

「予約したんだからちゃんと来ますって」

「そう？　ならいいけど。それにしても、三十数年ぶりの再会が病院だなんてびっくりだよ」

「私だってびっくりです。いつの間にお医者さんになったんですか。小平先輩って、確か文系でしたよね？」

「気の迷い、気の迷い。浪人してるうちに医学部も面白そうだなって」

「気の迷いで医学部に入らないでください！　そんなことでお医者さんになっちゃうって……」

「まあいいじゃない。これでも至って真面目に勤めてるよ。じゃ、またね」

そう言うと、小平先生は診察室に戻っていく。まだ待っている患者さんもいるから、長々と話しているわけにはいかないのだろう。そもそも検査の予約票ぐらい看護師さんに頼んで渡してもらえばいい。それでも自ら来たところを見ると、よほど懐かしかった、もしくは『ばっくれ』ないように釘を刺す必要があると感じたに違いない。

いずれにしてもありがたい話だ。とりあえず病院に連れては来たものの、日和自身、このあと叔母がちゃんと検査を受けてくれるか不安だった。先生が知り合いであれば、逃げ出すわけにはいかない。日和がいなくても大丈夫だろう。

やれやれ……と思って見ると、叔母は閉まった診察室のドアをまだじっと見ている。仕事中の飼い主がかまいに出てきてくれるのを待っている猫か犬のような眼差しに、先ほどの『もしかしてこれは……』が確信に変わった。

「叔母さん、あの先生『憧れの先輩』だったでしょ？」

「……バレたか」

「バレバレよ」

クスクスと笑う姿が少女のようで、日和もついつい微笑んでしまう。叔母にもそんな人がいたのか……と思ったら、俄然興味が湧いてきた。

「叔母さん、その話、あとで詳しく聞かせてね」

「えー……そんなの聞きたい？」

「聞きたいに決まってるじゃん。でも、まずは今日の検査を済ませないと。小平先輩に叱られないようにね」

「だよねえ」

ため息まじりながらも、叔母に診察室に入っていく前の不安そうな表情はない。憧れの先輩のおかげで、長年の白衣恐怖症が少しは薄らいだようだ。

その後、血液検査、レントゲン、尿検査と順を追って検査場を巡った。会計を終えて車に戻ったときには、午後二時を過ぎていた。

「ごめんね、日和ちゃん。疲れたでしょ？」

「私は待ってただけだから。叔母さんこそ、大丈夫？」

「意外に平気だったわ」

「それも衝撃の再会のおかげかな。よかったね、叔母さん」

「ひやかさないでよ。でも今日ここに来なかったら小平先輩には会えなかったのよね。日和ちゃんには大感謝だわ」

「たまには姪の言うことも聞くものでしょ」

「そうねえ……。あ、それよりこれからどうする？」

夕食の予約時刻まであと三時間だ、と叔母は言う。

「うーんと、軽めにしたとしても、今ランチを取っちゃうとフルコースを堪能できなくなりそうだし、お腹は空いてるし……」

「だよね。じゃあ、おやつにしましょうか」

そう言うと叔母は車のエンジンをかける。イタリアン同様、喫茶店にも心当たりがあるのだろう。ところが五分ほど走ったのち、叔母が車を止めたのは大きなショッピングセンターの駐車場だった。

叔母は日和が降りるのを待って車をロックし、ついてくるのが当たり前という感じで入り口に向かう。なるほど、ショッピングセンターなら時間を潰しやすいし、開放的なイートインスペースもあるはずだ。さすがは叔母さん、と感心しながら歩いていくと、着いた先は本屋さんだった。

「日和ちゃん、ちょっとだけごめん！　五分、いや三分だから！」

言うなり叔母は新刊書コーナーに突撃、瞬く間に五冊ほど抱えてレジに運ぶ。

あまりにも選び方に迷いがなかったため、あらかじめ目星をつけてきたのかと思ったらそうではなく、タイトルだけを見て面白そうだと思ったものを片っ端からピックアップしたらしい。

「叔母さん、なんて豪快な買い方……」

「そんなこと言わないでー。本屋さんに来ること自体が珍しいから、ついつい大量買いになっちゃうのよ」

「そりゃそうだろうけど……」

正直、羨ましい。だが、さすがに日和には無理だ。金銭的な余裕もさることながら、こういう選び方をして面白くなかった場合のダメージに耐えられそうにない。やはり、帯の説明を熟読するとか、少しでもページを捲って内容を確かめてから買いたかった。

そんな話をする日和に、叔母はなんだか悟ったような口調で言う。

「そうね……私も若いころはそうだった。でも今は下手に内容を見ないほうがいいって思ってる」

「どうして？」

「好みが偏って来ちゃって、あーこれだめだ、ってすぐ思っちゃう。でも、私って貧乏性だから、買った本なら無理やりでも最後まで読むのよ。結果として、読んでみたらすごく面白かった、って本と出会える。新しいドアが開くってわけよ」

「新しいドア……」

「そう。日和ちゃんがひとり旅を始めたみたいにね」

この年になると、新しい趣味は見つけにくい。特に移動を伴ったり、身体を動かしたりというものには二の足を踏む。だが、本の世界なら心配はいらない。これまでまったく興味がなかったテーマに出会い、関連の本を読みあさることもできる。そのためにはある程度の冒険が必要なのだ、と叔母は語った。

「はい、お待たせ。じゃ、行きましょう」

支払いを済ませ、五冊の本をエコバッグに収めた叔母は、さっさとエスカレーターに向かう。

目と鼻の先にお茶が飲めそうな飲食店やイートインスペースがあるにもかかわらず、である。書店は三階だったが、もしかしたら一階か二階に落ち着けそうな喫茶店でもあるのだろうか、と思ったが、叔母の足は止まらず、とうとう外に出てしまった。

「えーっと、叔母さん……」

「おやつでしょ？　わかってるって。こっちよ」

駐車場を横切って、正面入り口から歩道に出る。そこから歩くこと二分、目に入ってきたのは『大判焼』という大きな文字だった。

「ここ、美味しいのよ。種類もたくさんあってね」

「大判焼き！　あ、かき氷もある！」

「そうそう。暑い時期はかき氷もあるわ。そっちもいろいろあるから、好きなのを選ぶといいわ」

「わーい！　大判焼きもかき氷も大好き！」

「日和ちゃん、小さかったころより今のほうが子どもみたいね」

「え……？」

思わぬ指摘に絶句している間に、叔母は店に入っていく。確かに寡黙でおどおどしていたあのころより、今のほうが屈託はない。感情を素直に表すことを指して『子どもみたい』と言われるならそのとおりだろうし、悪い気はしなかった。

店の中にはひとつひとつビニール袋に入れられた大判焼きが並んでいる。それぞれが入った籠には味を示すプレートがついているし、ビニール袋にもシールが貼られているのでとても選びやすい。

日和が知っている大判焼きは小倉餡に白餡、あとはカスタードクリームぐらいだが、この店にはずんだ、胡麻、チョコレートなどもある。驚いたことに『たまご』というのもあり、叔母によると茹で卵とハム、そしてマヨネーズも入っているそうだ。今日はないようだが、以前ハンバーグが入ったものを見たことがあるという。

「本当に色々あって目移りしちゃう。でもあんまり食べ過ぎても晩ご飯が……」

「そうねえ……でも、いろいろ買ってひとつだけ食べてあとは家で食べればいいわ」

「叔母さん、それって本の買い方と同じじゃない」

「ほんとだ」

クスクス笑いながら何種類か選び、かき氷もひとつだけ購入。味は王道といわれるイチゴにした。

それらを持って車に戻る。そこで初めて日和は、叔母の意図に気づいた。

「叔母さん。あの店に行くためにここに車を止めたのね」

「バレたか。ほんの数分のためにコインパークを使うのはちょっと、って思っちゃって。でも本屋さんには行ったんだし！」

無料とは言え、この駐車場は買い物をしに来た人のためのものだ。なにも買わずに駐車場だけ利用するのはよくない。だが、ちゃんと買い物もしたのだから多少はお目こぼしがあるはず、と叔母は笑う。

「ってことで、行きましょ。あ、溶けちゃうから氷は食べてていいわよ」

「え、どこに行くの？」

「桂城公園。車の中より断然気持ちいいから」

「けいじょう？」

「そう。桂に城って書いて桂城。今は『けいじょう』って呼ばれてるけど、本来は『かつらじょう』。大館城の別名よ」

「お城があるのね。あんまり大きくないのかな……」

大きな城なら遠くからでも見える。国宝そして世界遺産と名高い姫路城は、遮る物がないこともあって相当離れている場所からでも姿を見ることができる。だが、この町に入ってから城の姿は見ていない。とするとあまり大きな城ではないのだろう。

だが、叔母は大小の問題ではないと言う。

「そもそも残ってないの。戊辰戦争で焼けちゃったみたい」

「いわゆる城址公園ってやつ？」

「あら、よく知ってるわね。日和ちゃん、お城に興味あったっけ？」

「興味はあんまりないけど、なんだか旅に出るとお城に行くことが多くって」

「観光地ってお城の近くにあることが多いから、自然とそうなっちゃうか……。強制培養の城オタクって面白いわ」

「強制培養って……」

叔母独特の表現に脱力している間に、車は桂城公園に到着。かき氷がただの甘い水になるまえに、ふたりは公園内のベンチに辿り着くことができた。

「はい、まずこれ」

腰を下ろすなり、叔母がバッグから出した紙おしぼりを渡してくれた。かき氷はスプーンだったけれど、大判焼きは手づかみだ。ビニール袋に入っているとは言え、やはり手を拭いてから食べたい。叔母の気配りは相変わらず万全だった。

「どれにする？」

パックを開けてふたりしてちょっと迷ったあと、日和は『たまご』、叔母は『あんこ』を選んだ。

手に持ってみるとほんのり温かい。きっと焼き上げたばかりだったのだろう。茹で卵とハムとマヨネーズ、それを小麦粉の皮でコーティングしたものが美味しくないわけがない。

空腹は限界、期待しかない状況で齧り付いた大判焼きは意外な食感だった。

「茹で卵、潰してないんだ」

「あ、そうそう。半分に切ってそのまま入ってるの」

「てっきり潰してあると思ってた。玉子サンドみたいかなーって」

「びっくりしちゃうよね」

「うん。でもこれはこれで食べ応えがあって美味しい」

「そう。ならよかった。あのお店、たこ焼きやソフトクリームも置いてるんだけど、やっぱり行くと大判焼きを買っちゃうのよね」

「へえ……なんだかひとりフードコートみたいなお店だね」

「ひと……」

そこで叔母は盛大に噴き出した。そのせいで大判焼きを呑み込み損ねたらしく、ゲホゲホ咳き込む。しばらく背中をさすったり、鞄に入れていたペットボトルのお茶を飲ませたり、と忙しく対処したあと、叔母は涙目になって言った。

「私もよく独特の表現をするって言われるけど、日和ちゃんも相当ね。ひとりフードコートなんてそうそう考えつかないわよ」

「そうかな……普通だと思うけど。叔母さんには絶対敵わない」

「いやいや」

ご謙遜、なんて意味不明なことを言いながら、大判焼きを食べ終わり、かき氷も完食する。かき氷だけだと口の中が冷たくなりすぎて閉口するが、大判焼きのおかげで免れた。それでもやはり量が多くて持てあましそうになったものの、最後は叔母が手伝ってくれて、無事におやつタイムが終了した。

「あー美味しかった。機械で掻いたかき氷ってやっぱりいいわよね」

「ふわふわだもんね。あ、もしかして叔母さん、もっと食べたかったんじゃ……」

「私はあれで十分。あんまり食べるとアイスクリーム頭痛が起きちゃうの」

かき氷なのにアイスクリーム頭痛とはこれいかに、なんて笑い合う。しばらく話したあと、叔母が時計を確かめて言った。

「三時二十分か……。どうする？　もうちょっとここにいてもいいけど……」

「私はここにいてもいいよ。暑くも寒くもなくてちょうどいいもん。あ、でも、ほかに行くところある？」

おすすめの場所があるなら行ってみたい、と言う日和に、叔母はちょっと考えて答えた。

「秋田犬に興味はある？　すぐそばに『秋田犬会館』があるけど」

「秋田犬！　そりゃあ秋田に来たからには秋田犬とはお近づきにならないと！」

「お近づきにはなれないかも。でも、秋田犬は見られるし、グッズも買えるわ」

「グッズ？」

「ふわふわのかき氷のあとは、ふわふわの秋田犬を見て、ふわふわのぬいぐるみをゲットってどう？」

「秋田犬はふわふわじゃなくてもふもふだよ。でも行く！」

勢い込んで立ち上がり、叔母をせかしつつ『秋田犬会館』に向かう。頭の中は、秋田犬の実物を通り越し、もふもふのぬいぐるみでいっぱいだ。

なにせ、秋田犬は狩猟犬で攻撃性が高いという。子犬ならまだしも、そういった施設にいるのはほとんどが成犬だろうし、撫でられて大喜びする姿は想像できない。日和の考える『お近づき』は、少し離れたところから見て、かっこいい！　と絶賛する程度だ。実際に撫でたりさすったりするのはぬいぐるみで十分だった。

「叔母さん……なんか私、消化不良だよ」

秋田犬会館を出た日和は、つい叔母に不満を訴えてしまった。

なぜなら、日和たちが着いた時点で三時二十五分だったのに、秋田犬会館の閉館は午後四時だったからだ。折角来たのだから、と大急ぎで見て回ることにしたものの、実際に目にした秋田犬は思ったよりずっとかわいらしく、いつまでも眺めていたくなる。いや、かわいらしいというのはちょっと違う。愛らしさはあるけれど、どちらかというと『イケメン』、漫画のように描き文字で『きりっ！』とか入れたいほどだった。

さらに、叔母は秋田犬、とりわけ渋谷駅前の銅像で有名な忠犬ハチ公についての知識が豊富で、ハチが大館生まれだったこと、生後五十日で米俵に詰められて東京に送られたこと、左耳が垂れ下がっているのは主が亡くなったあとも毎日渋谷駅に通い続ける間に野犬に襲われて怪我をしたせいだということ、といった説明を加えてくれた。

おかげで『来た、見た、帰る』式の観光がもっぱらの日和も、もっと観たい！　という気持ちになってしまったのだ。

「ごめんね。四時で終わりとは知ってたんだけど、大丈夫かなーって思ってた。日和ちゃんがそんなに興味を持ってくれるなんて……」

「叔母さん、説明が上手すぎだよ」

「あら、ありがと。いっそ、定年後はボランティアでガイドをやろうかしら」

「あんまりストレートに悪口を言わない自信があるならね」

「……ないかも」

「でしょ？　それにしても、もうちょっと観たかった……」

「じゃあ、『秋田犬の里』にも行ってみる？」

「え、なにそれ」

「大館駅前に新しくできた観光施設なの。新しいって言っても二〇一九年だからもう二年になるけど、秋田犬会館とセットで観たほうがいいってすすめる人も多いわ」

「行きたい！　そこは何時までやってるの？」

「確か五時……」

「わあ！」

時計は午後四時ちょうど、閉館時刻まであと一時間だ。移動時間を考えたら、のんびりしている場合ではない。叔母が一緒では駆け出すわけにもいかず、最大限の早歩きで駐車場に戻った。

「日和ちゃん、先に入ってて。私は車を止めてくるから」

　叔母は『秋田犬の里』の入り口近くで車を一旦停止させ、日和に降りるよう促した。閉館時刻は迫っている。少しでも長く観られるように、との気遣いだった。

「うん。あ、でもチケットとかは？　一緒に買っておこうか？」

　そう言ってから気づいたが、ふたり分のチケットを買っても、日和が先に入ってしまったら叔母には渡せない。秋田犬会館の入館料は叔母が払ってくれたので、今度は自分が払うつもりだったが、どうやら難しそうだ。

「ごめん。それじゃ意味がないね」

　ところが、申し訳なさそうに言う日和を、叔母は笑い飛ばした。

「ご心配なく。さっさとお入りなさい。そこ、無料だから」

　叔母の言葉に安心して車を降り、玄関へと急ぐ。ところが、頭の中を秋田犬でいっぱいにして入った先に『イケメン』秋田犬はいなかった。こともあろうに本日は月曜日、『秋田犬展示室』がお休みの日だったのだ。

　合流して『秋田犬展示室』が休みだと知った叔母は、平謝りだった。

「ほんとーにごめん！　ここっていつでも開いてるから、展示室だけお休みなんて思ってもみなかった！」

「仕方ないよ。犬は生き物なんだから、年中無休ならなおさらお休みが必要だもん。出ずっぱりで過労死なんて洒落にならないし」

「そりゃそうだけど……よりにもよって……」

「気にしないで。それにしても、人間どころか犬の『イケメン』にまで拒否られるとは……」

なんとか元気づけたくて叩いた軽口が功を奏し、叔母は少しだけ笑って言った。

「『拒否られ』たってわけじゃないでしょ。そもそもあちらは日和ちゃんが来るとは思ってなかっただろうし」

「そっか。じゃあ『拒否られ』たわけじゃないってことで、お土産を買って帰ろう。うーんと、どの子がいいかな……」

一口にぬいぐるみと言っても、全部が同じわけではない。目や口の付け具合でかなり表情が違って見える。どれにするか悩み始めた日和に、叔母は柔らかい眼差しを向ける。かつて、叔母にはよく本を買ってもらったものだ。どれでもいいから一冊選びなさい、と言われて迷いに迷う日和をあんな目で見ていた。もしかしたら叔母は、子どものころの日和を思い出しているのかもしれない。

迷った挙げ句、断トツの『イケメン』と判断したものを選び出し、ついでにクッキーを一箱買う。支払いを終え、車に戻ったところで時計は五時五分を指していた。

「いい時間潰しになったね」

「本当ね。じゃあ、そろそろお店に行きましょうか」

「ちょっと早くない？」

「この時間は道がけっこう混むから、これぐらいでちょうどいいのよ」

「なるほど」

どこの町でも朝夕の通勤時間帯には車が混み合う。移動手段を自家用車に頼らざるを得ない町ほどその傾向は大きいし、一家に一台どころか、ひとり一台に近い保有台数となると長い渋滞が発生しても不思議ではない。途中で通常に加えて交通事故による渋滞にも捕まって、店に着いたのは五時二十七分、早めに移動したのは大正解という結果になった。

だが、叔母が予約した店は実は病院のすぐ近くで、おやつを食べた桂城公園からもそう離れていない。自分が『消化不良』などと言ったばかりに駅前まで行くことになってしまった、と反省することしきりだった。

「うー……ごめんなさい、叔母さん……」

席に着くなり謝った日和に、叔母は怪訝な顔になった。

「なにが？」

「ただでさえ病院でいろいろ検査をしたあとなのに、あっちこっち連れ回して、渋滞にまで捕まって、疲れちゃったでしょ？」

「馬鹿ねえ。病院に来るまではともかく、あとは全部、私がしたくてしたこと。それに病院だって、ものすごく嫌だったけど小平先輩と感動の再会を果たせたし」

「そう？　ならいいんだけど……ってか、その先輩とのお話、聞きたい！」

「意外に野次馬ね」

苦笑したあと、叔母はレモンの香りがする水を一口飲み、高校時代の出来事を語ってくれた。

それによると、小平先生は『憧れの先輩』どころか、初恋の相手だったそうだ。

新入生対象の部活紹介でステージに上がった小平先生が、あまりにも頭が良さそうで、歓迎会が終わるなり郷土文学研究会に入ってしまったと言うから相当なものである。

「頭が良さそうだから、ってすごい理由だね。『イケメン』とか『面白い』とかじゃないんだ」

「容姿なんてどうでもよかったのよ。いわゆる『イケメン』……あ、あのころそんな言葉なかったから『ハンサム』か。どっちにしても、私自身が人の容姿をどうこう言えるようなご面相じゃなかったし、ご縁があるなんて思ってもいなかった。部活の先輩なら、頭の良い人のほうがずっといいじゃない」

「性格は？　頭が良くても、ものすごーく性格が悪い人もいるよ。私は性格が悪い先輩って嫌だなあ」

「いい人にしか見えなかったんだよね。それなのに『切れ者』のオーラがすごいの。そもそも部長だもの。ものすごーく性格の悪い人って部活の長にはならないでしょ」

同好会だから部長じゃなくて会長だけどね、と叔母は笑う。

『小平先輩』について話す叔母は、とにかく嬉しそうで、本当に大好きだったんだな、と思い知らされた。

微笑ましく聞いているうちに、前菜が運ばれてきた。サラミ、生ハム、キッシュ、トマト、マリネ……とおつまみになりそうなものばかりで、ワインを頼まなかったことを後悔してしまう。

叔母も初めてだったらしく、盛りだくさんな前菜を見るなり、メニューを差し出してきた。

「日和ちゃん、これは絶対ワインよ。私の代わりに呑んでちょうだい」

「代わりに!?」

ここで『私を気にせず』なんて言わないのが、叔母のすごいところだった。

叔母は昨夜、グラスに半分ほどしかお酒を呑まなかった。身体に出ている症状以上に、どこか悪いところがあるかも……という不安から呑む気になれなかったのだろう。だが、今の叔母は心底呑みたそうにしている。小平先輩との再会はもちろん、病院に行ったことで『まな板の鯉』とばかりに腹をくくったに違いない。

叔母は車の運転があるからお酒を呑むことはできない。そんな叔母に、いくら気にしないでくれと言われても呑む気になれない。だが『代わりに呑んで』と言われたら話は別だった。

「代わりにかあ……じゃあ、一杯だけいただこうかな」

「ぜひぜひ！」

「でも私、ワインって全然わからないんだけど」

「そういうときは、お店の人に『お料理に合いそうなワインをください』って言えばいいの。白と赤はどっちが好き？　あ、スパークリングもあるわよ」

「えーっと……じゃあ、スパークリング」

「ＯＫ」

すぐに叔母がワインを注文してくれた。店の人は注文を聞くなり戻っていって、すぐにワインを持って来てくれた。すでに料理が出ていたので、急いでくれたのだろう。グラスを置きながら告げられた銘柄を聞いて、叔母は満足そうに頷いた。

「『プロセッコ』は世界三大スパークリングのひとつよ。比較的どんなお料理にでも合うし、軽くてフルーティ。ワインに慣れていない人でも楽しめる銘柄なの」

「へえ……。あ、ほんとだすごく軽い」

「でしょ？　気に入ったらおかわりしてね」

「一杯で十分だよ。ワインって高そうだし……」

「気にしないで。スパークリングは値段もお手頃なの。だから若い人にも大人気だし、初めてのお店ならスパークリングを頼みなさい、って言われるぐらい」

「そうなんだ……メモメモ……」

宙で鉛筆を動かす仕草に、また叔母が笑う。前菜のあと、それぞれ違う種類で頼んだパスタや魚、肉料理を分け合う。野菜がたっぷり添えられた白身魚のソテーも美味しかったが、ラムソテーは珠玉だった。ミディアムレアに焼かれた骨付き肉の断面は薄桃色で、柔らかいのはもちろん、肉から旨味が染み出してくる。いっそ手づかみで骨までしゃぶりつくしたいと思うほどだった。

パスタを食べ終わった時点でお腹は八割方いっぱいで、食べきれるか心配した。けれどあまりにも美味しくて難なく食べ進み、ドルチェとコーヒーでちょうど満腹になりそうだ。フルコースとセットを頼んで分け合うという叔母の作戦は大成功だった。

濃く深い味わいのコーヒーが、ティラミスの強い甘さにちょうどいい。空になったコーヒーカップをソーサーに戻し、日和はぺこりと頭を下げた。

「ご馳走様でした。叔母さん、今日は本当にありがとう」

「こちらこそ。私も念願のフルコースが味わえてすごく嬉しかったわ。フルコースだけじゃなくて、大判焼き、かき氷、昨日の『きりたんぽ鍋』もね！」

小坂に移ってから、ずっとひとりでやって来たけれど、年々ひとりでは難しいことが増えてくる、と叔母はため息をつく。さらに、ひとりで動き回れる時間は案外限られているのかもしれないから、今のうちに楽しんでおくといい、と加えた。

「今のうち……そういえば、お母さんもそんなこと言ってたな……」

「姉さんも？」

「うん。子どもを持ったら行ける場所は限られてくるし、子どもが手を離れるころには年を取って身体がきかなくなってる。好きなところに行けるのは今のうちだよ、って」

「やっぱり姉妹ね。思うことは同じか……とはいっても私に子どもはいないけど」

「その分、お祖父ちゃんやお祖母ちゃんのお世話をしてくれてたでしょ？　お母さん、叔母さんに感謝してたよ」

「え……そうだったの？　いつまで親に甘えてるんだって思われてるとばかり……」

「まさか。いつも『加世がいてくれるから安心していられる』って、言ってたよ。任せっきりで申し訳ないって」

「そんなこと思う必要ないのに」

照れくさそうに笑ったあと、叔母は急に真面目な顔になって言った。

「『おひとり様』の条件は思ったより厳しい気がするの。年を取るとひとりではできないことがだんだん増えてくるし、なにより周りが心配し始めちゃう。日和ちゃんにも迷惑をかけちゃったしね」

「それこそ気にしないで、だよ。私は十分楽しんだし」

「そう言ってくれるのはありがたいわ。でも、このご時世で秋田まで出かけてくるには、かなりの決断がいったはずよ。それも私がひとりでここにいるせい……本当にごめんね」

「そう思うんだったら、これからは検査の結果が悪いときはちゃんと病院に行ってね。お母さんやお父さんは気にかけるのはやめないと思うけど、『要精密検査』を放りっぱなしにしてるよりずっと安心だもん」

「了解。これからはちゃんとする。なにより、病院に行けば小平先輩に会える。私の主治医が小平先輩って考えるだけでも嬉しくなっちゃう」

うふふ……と少女のように笑い、叔母は席を立つ。

白衣恐怖症は完治には至らないまでも、中身が『憧れの先輩』の場合は軽くなるのだろう。とりあえず、めでたしめでたし、だった。

「日和ちゃん、また秋田に来てね。今度は本当に遊びに」

小坂町に帰り着いたあと、寝支度をしている日和に叔母が声をかけてきた。今回だって遊びだよ、と笑うと、首を左右に振る。

「遊びじゃないでしょ。第一目的は『叔母を病院に連れて行く』よ。昨日からずっと一緒だったし、気疲れしたでしょ」

「そんな……」

「大丈夫。私は熟練の『おひとり様』よ。誰かと一緒にいるときとひとりのときの動き方が違うことぐらいわかってる。だから、次は存分に『ひとり旅』を楽しんでほしい。秋田は広いから見所はたくさんあるし、弘前にも近いから桜の時期がいいかも。あ、そうそう弘前には昨日呑んだお酒の蔵もあるし」

「昨日呑んだお酒って『豊盃』？」

「そう。なかなか手に入れづらいお酒だけど、蔵元の直売所に行けばちゃんと買えるの」

「その蔵元までって車でどれぐらい？」

「うちから一時間ぐらいだけど……」

「弘前から大館能代空港は？」

「やっぱり一時間……いや、一時間半かな」

「それならなんとかなるか……直売所って明日もやってる？」

「お休みは土、日、祝日だから、明日は大丈夫。あ、でもお土産だったら一本用意してあるわよ？　荷物になるけれど、晶博さんも姉さんもきっと呑みたいだろうと思って」

「ありがとう、叔母さん。でも、やっぱり行ってみるよ。ほかにも届けたい人がいるから」

「え……」

仰天している叔母を尻目に、日和はスマホで航空会社のサイトを探す。

とりあえず、叔母を病院に連れていくという使命は果たした。叔母自身も『次は存分にひとり旅を楽しんでほしい』と言ってくれた。『次』がいつかなんてわからないのだから、明日から始めたっていい。予約した飛行機は昼前の便だが、空席があるなら変更できるはずだ。夕方の便にすれば、弘前観光がてら、あの美味しい日本酒を買うこともできるだろう。

あのラベルに目を細めるに違いない人の顔が浮かぶ。

——蓮斗さんにも買っていきたいな。姫路で会ったきりだけど、珍しいお酒を買ってきました、って言ったら会ってくれるかな。最悪、宅配便とかで送ったとしても、気持ちは伝わるよね……

お土産は好意の表れ、旅先でもあなたのことを思い出しています、という明確なサインだと日和は思っている。蓮斗への思いはただの好意ではなく完全に恋愛感情だけれど、それを伝える勇気はまだない。それでもぼんやりとでも好意を伝えたい。

蓮斗には、旅に出ようとするたびに移動手段や見所を教えてもらっている。お礼と受け取られる確率のほうが高そうだが、とにかくなんらかの『アクション』を起こしたい——そんな想いから、日和はスマホを操作する。

幸い飛行機には空席があり、無事に変更することができた。十八時過ぎの便であれば、ある程度弘前を見て回ったあとお酒を買う時間もあるだろう。

サクサクとスマホを操作する日和を見て、叔母が小さな笑みを漏らす。

「もしかして『届けたい人』って『憧れの人』かしら？」

「いや、えーっと別に……」

「またまた……ていうか、そんなに嬉しそうな顔してたらバレバレよ。ま、せいぜい『憧れの人』が『憧れ』で終わっちゃわないように頑張って」

「あ、うん……でも、三十年後の再会も悪くない……？」

「再会じゃなくてずっと会っていられる関係のほうがいいに決まってる。私は告白できないままに先輩に卒業されちゃったけど、そんなの嫌でしょ？」

「学生じゃないから、卒業はないと思うけど」

「卒業はなくても別れはある。遠くに転勤したり、なんとなく疎遠になったり。とにかく後悔しないようにね。それにしても、日和ちゃんもお年頃ねえ……」

そう言ったあと、叔母はまたうふふ……と笑う。

たったあれだけのやりとりで、日和に想う相手がいると察してしまうあたり、さすがすぎてもはや脱力しかない。麗佳といい叔母といい、ひとり上手の洞察力は侮れない、と改めて思う。連れがいるとどうしても意識は会話に集中しがちだが、ひとりのときは周りを観察する余裕が生まれる。そうこうしているうちに観察眼や、目から得た情報を分析する力が育つのかもしれない。

――だとしたら、蓮斗さんも私の気持ちに気づいているのかな。その上でスルーされているとしたら、けっこうイタいんだけど……

最後の最後で嫌な想像に辿り着き、げんなりしそうになる。それでも、そんなのただの想像だ、と自分を励まし、弘前までの道を確かめる。

明日は早めに出発しよう。叔母だって、せっかくの休みなのだからひとりでやりたいこともあるに違いない。いくら自分を心配してきてくれた姪だと言っても、ずっと一緒にいたら疲れてしまう。ひとり旅の途中の『寄り道』はこれにて終了、だった。

翌日、朝食を済ませるなり叔母に別れを告げ、日和は弘前に向かった。

お土産にもらった『豊盃』をキャリーバッグに収め、大きめのバッグで来てよかったと思う。なによりいいのは、レンタカーでの移動なので多少荷物が重くても気にならないことだ。キャリーバッグを抱えて駅の階段を昇降しなければならないとしたら、何本もお酒を買い込むなんて考えもしなかったはずだ。

もちろん、函館のときのように宅配便を使うことはできるが、時間を置けば置くほど蓮斗に渡す勇気が失せかねない。たった今帰ってきました、青森から珍しいお酒を買ってきました、味が変わらないうちに呑んで欲しくて……という理由と勢いが必要だ。そのためには、宅配よりも持ち帰りのほうが説得力があるだろう。

弘前までの道はとても空いていて、ナビが示した予定時刻より十五分も早く着いてしまった。

蔵元の直売所はもう開いていることはわかっていたが、お酒を持ち歩く時間を少しでも減らしたくて、先にお城を見にいくことにする。

弘前城は全国的に有名な桜の名所で、昨年開かれなかった『弘前さくらまつり』も今年は開催されたそうだ。いつかは見てみたいと思うけれど、桜がなくてもお城はある。時間もあることだし、成り行きとはいえ『城オタク』に足を突っ込みかけている日和としては、訪れるべき場所だろう。

それに『さくらまつり』にはたくさんの人がやってくる。人出そのものは例年ほどではないにしても、公共交通機関を利用せずに車で訪れる人が多そうだ。となると、駐車場は満車ばかりかもしれない。それよりは車もスムーズに止められ、のんびり見て回れる今のほうが日和向きだと言えた。

午前十時三十分、日和は無事、東門近くの駐車場に車を止めた。

有料だと思っていた駐車場が、最初の一時間は無料だったというのは嬉しい誤算だ。しかも都内に比べれば大した金額ではないのだが、駐車料金は安いに越したことはない。しかも日和の場合、お城見学なら一時間もあれば十分終わる。お昼まで弘前城にいて、そのあとどこかでランチを済ませ、お酒を買って弘前を出る。三時過ぎに出発すれば、ゆっくり走ったとしても五時には大館能代空港に着くはずだから、六時の飛行機なら余裕だろう。

計画は完璧、とにんまりしながら場内へと進んだ日和は、そこで驚愕の事実に気づかされた。

なんと弘前城は、ただ今『絶賛お出かけ中』だったのだ。いや、『お出かけ中』と言うには規模が小さい。敷地内にあることは間違いないし、移動距離だってほんの数十メートルらしい。それでも日和にとって、あんな大きなものを解体もせずに移動したというのは信じられない話だ。

しかも、移動したおかげで展望デッキから岩木山を背にする天守が見られるという。弘前城の修復工事は百年ぶりだそうだ。もともとの天守台では望むべくもない風景、次はいつ見られるかわからない。インターネットで見かけた『今こそ弘前城へ！』という言葉に大いに納得させられた。

——旅って、なにが起こるかわからないなあ……

叔母を心配して旅に出た。当初は叔母と過ごしてそのまま帰るつもりだったのに、思いがけず弘前を訪れることになった。その弘前で、百年に一度の風景に出会う。気まぐれが許されるひとり旅ならではのことだろう。

これだからひとり旅はやめられない。叔母は、旅のみならず『おひとり様』を楽しめる期間は意外に短い、と言う。もしそれが本当なら、もっともっと楽しみたい。やむを得ずひとりではなく、ひとりの時間を堪能しよう。

青森県最高峰、東北で一、二を争う名山といわれる岩木山が、青空にくっきり映えている。その前に割り込むように映る『絶賛お出かけ中』の城を眺めながら、日和はそんなことを考えていた。

帰りの飛行機の中で、日和はいやな事実に気づいた。

もう半年以上顔を見ていない。お土産を渡すという理由があれば会ってもらえるかもしれない、と思ってお酒を買ったが、蓮斗と麗佳、そして麗佳の夫となった浩介は高校時代の同級生である。しかも浩介は蓮斗と同じ会社で働いているそうだから、麗佳に頼めば、浩介を介して蓮斗の手に渡る。現に、以前蓮斗自身が麗佳経由でお酒を届けてくれた。わざわざ蓮斗が日和に会う必要はないのだ。

　蓮斗に会いたくて、帰りの飛行機を変更してまで弘前まで出かけた。それなのに……とがっかりしたものの、とにかく渡さねば、と帰宅後にＳＮＳでメッセージを送ったのである。

『お酒を買ってきました。けっこう手に入れづらいお酒だそうです。蓮斗さんにもお届けしようと思ってるんですが、麗佳さんにお願いすればいいですか？』

　そんなメッセージに返ってきたのは、いつもどおりの言葉だった。

『今、電話して大丈夫？』

　いつもなら『大丈夫です』と返信を打つ。だが、その夜は自分から電話をかけた。おそらく会ってもらうために使う勇気のやり場がなくなってしまったせいだろう。

「おかえりー」

　ワンコールで、蓮斗の声が聞こえた。『こんばんは』ではなく『おかえり』という言葉が嬉しくて、にやにやしつつ声を返す。

「ただいま、です。夜遅くにごめんなさい」

「夜遅くって、まだ十時だよ」

「もう十時です。帰ってきたのが八時半ぐらいで、バタバタしてるうちにこんな時間になっちゃいました」

「八時半？　君のことだから、明日のことを考えて昼前の便で帰ってきたと思ってたよ」

「そのつもりだったんですけど、叔母から美味しいお酒の蔵元の話を聞いちゃって、夕方の便にすれば買いに行けるなーって」

「それで飛行機を変更して買いに行ったってわけか。やるねえ、梶倉さん」

ものすごく旅慣れてきたねえ、と感心したあと、蓮斗ははっとしたように訊ねた。

「そこまでして買いに行く酒だった……叔母さんは秋田って言ってたよね？」

青森から秋田に回って叔母に会うという話は、蓮斗にもしてあった。なぜこの時期に秋田に行くのか、と訊ねられて答えた結果だが、その質問自体が、少しでも自分に興味を持ってくれているようで嬉しかったものだ。

日和は、あのときのことを思い出してにやにやしつつ答える。

「はい。でも買ってきたのは青森のお酒です」

「青森で手に入れにくい……もしかして『田酒』？」

「……じゃないんですけど、やっぱり『田酒』のほうがよかったですか？」

『田酒』の蔵元である『西田酒造店』は青森市にある。小坂町から青森市も車で一時間少々で行けるし、そこから大館能代空港までも二時間あれば十分なぐらいだろう。全国的には青森の酒と言えば『田酒』のようだから、やはりそちらを買うべきだっただろうか……

いっそ買う前に訊けばよかったかな……と後悔しながら答えた日和に、蓮斗は慌てたように言った。

「いやいや！　『田酒』は旨い酒だけど、それ以外でも全然！　俺のために買ってきてくれたのなら、それだけで嬉しいよ！」

「ならいいんですけど……」

「で、なに？」

「あの……弘前の……」

「弘前……まさか『豊盃』!?」

「あ、それです。『豊盃　純米吟醸　豊盃米』」

「うわーマジか!!　本当に!?　蔵元まで行ったの!?」

「はい。叔母に呑ませてもらったらものすごく美味しくて、お土産に買いたいなーって思って」

「そりゃそうだよ。お父さん、大喜びだっただろ？」

「ええ。なんか、箱を見るなり踊り出しちゃいました」

「踊ったの？　でもまあ、気持ちはわかるよ。たぶん俺でも実物を見たら踊り出しかねない」

「じゃあ、よかったです。で、あの……麗佳さんにお渡ししていいですか？」

「それはだめ」

「え……？」

「君、それかなり苦労して持って帰ってきただろ？」

蓮斗の声に労いの色がこもったような気がした。同時に、やっぱりわかってるなあ……という思いが込み上げる。

弘前から大館能代空港までの時間を考え、ぎりぎりまで弘前に留まったあと最後にお酒を買った。保冷バッグと保冷剤を買い、冷えたまま運べるよう、持ち歩く時間もできるだけ短くて済むように迎えも空港ではなく最寄り駅にしてもらった。車よりも電車のほうが早いとわかっていたからだ。

それもこれもお酒の質を保ちたい、蓮斗は言うまでもなく、家族にもよりよい状態で味わってほしいと願ってのことだった。

日和の話を聞いた蓮斗は、さもありなんとばかりに答えた。

「そんな大変な思いをして持って帰ってきてくれたのに、会社に持っていったり持って帰ってきたりってありえない。なにより……」

そこで蓮斗は言葉を切った。すぐにククク……というつもの鳩みたいな笑い声が聞こえてくる。

「そんな酒をあいつらに見せたら横取りされかねない」

「横取りはないでしょう」

「横取りじゃなくても『うちまで取りに来い』とか呼びつけられかねない。そのまま『まあ上がれ』って連れ込まれて、気がついたら宴会開始。俺の『豊盃』はみんなの

『豊盃』になってる」

「麗佳さんはそんなことしないでしょう？」

「どうだか。少なくとも浩介はやりかねない。それに麗佳だって旨い酒には目がないし、ちょっとだけねーとか言いながらぐいぐいやる姿が目に浮かぶ」

「確かに……。じゃあ……」

もしかして会ってもらえるかも……と期待が頭をもたげる。『頑張れ日和！』と自分を励まし、日和は一気に言い切った。

「それなら、直接お届けしましょうか？　ご都合のいい場所と時間を教えていただければ、そこまで行きますよ」

「それもなあ……えーっと、君んちの冷蔵庫って余裕ある？」

「まあそこそこ……」

「じゃあ申し訳ないけど、冷蔵庫に入れておいてもらっていいかな？　週末にでも受け取りにいく……あ、君の都合がよければの話だけど」

車に保冷バッグを積んでいけば、劣化させることなく持ち帰れるはずだ、と蓮斗は言う。さらに、家まで行くのが望ましいけれど、家なんて知られたくないというのなら適当な場所を指定してくれればいい、とまで言われ、慌てて日和は言い返した。

「家を知られたくないなんてことはありません。でも大変かなと」

「俺は全然。運転は好きだし、『豊盃』のためなら野を越え山を越え……」

「蓮斗さん、おうちは都内ですよね？　たぶん、野も山も越えてもらわなくて大丈夫です」

そこで住まいを確認し合ったところ、蓮斗と日和の家は意外に近いことがわかった。電車だと乗り換えを含めて四十分ぐらいかかるが、車なら二十分少々、蓮斗ならドライブのうちにも入らない距離だろう。

「なんだ……そんなに近かったのか」

「あの……お酒、早く渡したほうがいいなら、今からでも……」

「それはさすがに遠慮するよ。君も明日は仕事だろ？　長く休んだあとは、ただでさえいろいろあるからね。酒は土曜日に取りに行くよ。それで大丈夫？」

「大丈夫です。土曜日なら……というか、日曜日も予定はありませんから」

旅にでも出ない限り暇なんです、という日和に、蓮斗はまた鳩みたいに笑った。

「時間があるのはいいことだよ。じゃ、また連絡する」

「はい。おやすみなさい」

「おやすみ」

そこで電話が終わった。きっと明日に備えて早く休ませようという気遣いだろう。少しぐらい早く寝るより、蓮斗と話しているほうがずっと元気が出る。元気が出ると言うよりも、気持ちがとても明るくなるのだ。だが、そんなことを蓮斗が知るわけもないし、伝える勇気もなかった。

かくして、蓮斗は日和の家を訪れ、『豊盃』を持って帰った。週末のことでもちろん両親も家にいた。しかも、蓮斗が以前房総のお酒をくれたことを覚えていて、お茶でも飲んでいってと誘ったけれど、蓮斗はこのご時世ですから……などと固辞した。

そこまで日和や家族と関わりたくなかったのか、はたまた一刻も早くお酒を無事に持ち帰りたかったのかは定かではない。とにかく、最初の目論見どおり蓮斗の顔を見られたことを喜ぶばかりだった。

――旅行の相談をして、お礼代わりのお土産を渡す。ただそれだけでも、なにもないよりはマシ。できれば次はもうちょっと長く話せればいいな……。とにかく、一センチでも一ミリでもいいから距離を縮めよう。なにより旅は楽しい。その上、蓮斗さんとの関係を進められるなら言うことなし！

お酒の受け渡しは玄関先、滞在時間はおよそ十分という訪問を終え、蓮斗は帰って行った。お酒のためとは言え、わざわざ家まで来てくれた。週末だから家族が家にいることぐらい予想できただろうに、嫌がるふうもなくにこやかに挨拶してくれた。蓮斗が帰って行ったあと、大躍進というべき結果に、日和の目尻は下がりっぱなし。あからさまに冷やかしたりしなかった両親に感謝するばかりだった。

一ヶ月後、叔母から連絡が来た。全ての検査を済ませ、再び『憧れの小平先輩』の診察を受けた結果、胆嚢にあるポリープは良性、血圧やコレステロールの数値は気になるものの、生活改善をしながら三ヶ月後に再検査となったそうだ。

では痛みの原因はなんだったのだ、と首を傾げてしまうが、ストレスからそういった痛みが生じることがあるらしい。どうやら叔母は、ストレスで起きた痛みへの心配が、さらなるストレスに繋がってまた痛みが生じ、不安のあまり食欲も落ちる、といった悪循環に嵌まっていたようだ。

現に、診察を受けたあと、痛みを感じることはなくなったし、食欲も出てきたそうだ。

叔母は、ストレスの悪循環なんて情けない、もっと図太いと思っていたのに……と嘆いていたが、日和から話を聞いた母は大きく頷いていた。世界中がストレスに耐える生活が一年半も続いているのだから無理もない、と言うのだ。日和としては、とにかく『憧れの小平先輩』と再会し、診察を受けたことで痛みがなくなったのはなにより、出かけた甲斐があったというものだ。

昨年、麗佳がインフルエンザに罹患したときに、仕事の上での成長を感じた。それでも、依然として家族の中では面倒を見られるばかりだった。そんな自分が秋田に出向き、叔母を助けることができた。日和はそれが嬉しくてならない。

——前に、私も叔母さんもカタツムリみたいって思ったことがあるけど、カタツムリって、その気になればどんなところでも登れるんだよね。いつか、大躍進する日が来るかもしれない。諦めずに頑張ろう。とはいえ、うっかり休んでる間にずるずる滑り落ちないようにしないと！

今度はどこに行こう、どんな旅がどんなふうに私を成長させてくれるんだろう。
そんな期待たっぷりに、日和は壁に貼られた日本地図に目をやった。

第五話　沖縄

——沖縄そばと海ぶどう

寒さと暑さではどちらが耐えやすいか、と訊かれたら、断然寒さだと答える。なぜなら寒さには『重ね着』という有効手段があるが、暑さ対策には限度がある。エアコンが使える屋内ならまだしも、暑いからといって素っ裸で往来を歩くわけにはいかないし、最低限の衣類で済ませようとしたら今度は日焼けや熱中症が気にかかる。

日頃から寒さも暑さも『ほどほど』でしかない東京暮らしの日和にとって、趣味のひとり旅ですら真夏はちょっと……とためらう状況なのだ。

だから、いくら麗佳に『冬の北海道はとーってもお得！』とすすめられて二月の函館に出かけた日和であっても、真夏に南国に出かけようとは思わなかった。せっかく一年中暖かい場所に行くのだから冬で十分、むしろ冬こそ南国の真骨頂とまで考えていたのだ。

そんな日和が沖縄に向けて出発したのは十月中旬、有給を一日取って二泊三日の旅だった。

季節としては秋のくくりに入るとは言っても、九月はまだまだ暑い。東京ですら『残暑』という文字が頭上でゆらゆらしているような感じで、この上南に向かったら『残暑』どころか未だに『夏真っ盛り』だろうとしか思えなかった。とはいえ、さすがに十月になれば大丈夫。沖縄だって少しは秋の気配を感じられることだろうと信じて降り立った那覇空港は、驚愕の暑さだった。

——わかってる、わかってるわよ！　沖縄は亜熱帯だってことぐらい。でも、日本でしょ？　日本は四季の国じゃない。多少は空気を読むとかないの？

だから、沖縄が空気を読むとかないだろう、と自分でも呆れそうになりながらバスターミナルに向かう。そもそもここはかつての『琉球王国』だ、まとめて日本と言われて困惑したのはあちらのほうなのに、この上文句を言うなんて大間違いだとわかっている。そして、沖縄に文句を言う以上に大間違いなのは、レンタカーを借りなかった自分だともわかっていた。

たとえ東京との気温差が十度以上あろうが、紫外線が目に見えそうなほど日差しが強かろうが、車に乗ってしまえば関係ない。昨今は、UVカットガラスが装備されている車が多いし、エアコンがあって快適だ。バスや電車の時刻に縛られない上に、重い荷物を持ち歩く必要もない。足の向くまま気の向くままに走り回れるレンタカーは、このところの日和の旅の必須アイテムと言っていいほどだったのだ。

それでもあえて車を借りない。そこにはレンタカーを使った旅を重ねたからこその大きな理由がある。それは、ゆっくり景色を楽しみたい、というものだった。

車は便利に決まっている。特に公共交通機関がバスとモノレールに限られる沖縄では、レンタカーを使う人が多いと聞く。けれど、せっかく沖縄に行くのだから存分に海を見たい。南国特有のエメラルドグリーンの海をじっくり堪能したい。そのためには自分がハンドルを握っていては無理だ、と日和は考えたのだ。

もちろん、いわゆる絶景ポイントと呼ばれるところにはたいてい駐車場があるし、そこに車を止めてじっくり見ればいいと言う人もいるだろう。だが、日和はバスの窓から外を見るのが大好きだ。名所とされていなくても、きれいな風景はいくらでもある。たまたま雲が切れて真っ直ぐに降りてくる光とか、強風に負けまいと一生懸命羽ばたいている鳥とか、トンネルを抜けた瞬間に目の前に広がる海とか……そのときにその場にいなければ見られない絶景というのがある。特に海は、天気や風の強弱でまったく違う表情を見せる。乗用車より高いバスの座席から海、さらに沖縄全体の風景を存分に楽しみたい——それが、日和が今回レンタカーを選ばなかった理由だった。

そして、そんな日和の選択の陰には蓮斗の助言があった。

「沖縄！　それはいいなあ……雨さえ降らなければ」

「雨？　沖縄ってそんなに雨が降るんですか？」

沖縄と言われて日和がイメージするのは、エメラルドグリーンの海と抜けるような青空だ。もちろん晴れっぱなしで雨なんて想定外、傘すらいらないのではないか、と思うほどだった。

ところが蓮斗は、そんな日和の思い込みを見事に打ち砕いた。

「沖縄って意外に雨が降るんだよ。ガイドブックに載ってるようなきれいな海や空を拝める確率はかなり低い。俺も三月に行ったことがあるんだけど、三日間沖縄にいて青空が見られたのはせいぜい半日、しかも雲の間からちらっとみたいな感じ」

「そうなんですか⁉」

「そうなんです。なんなら旅行記とか漁ってみるといいよ。みんなして、雨だ、曇りだ、青空が見えねえ！　って大騒ぎしてるから。秋は台風も心配だしね」

蓮斗に言われて思い出した。

そういえば、沖縄の旅行記というかコミックエッセイを読んだことがあるが、滞在中に台風がふたつ来たと書いてあった。よほど運が悪い人なんだな、と思っていたが、考えてみれば沖縄は台風の通り道として有名だ。台風シーズンなら続けて二つ三つ襲ってくることだってあるだろう。

「でも晴れれば気温はまだまだ高いし、泳ぎたければ泳げるよ」

「いや、泳ぐのはあんまり……」

「それを聞いて安心したよ」

電話の向こうで蓮斗がククク……と笑った。

もしかして水着姿でも想像したの？　でもって見たくないーとか……と思ったけれど、蓮斗の言う『安心』は日和の『身の安全』という意味だった。

「プールならまだしも、ひとりで海に入るのは危ない。どうしてもって言うなら、インストラクターがしっかりついてくれる体験型のマリンスポーツをおすすめする」

「うーん……たぶん、それもパスです。海は泳ぐより見るほうが好きなんです」

「了解。それならますます秋はいいよ。空も海も刻一刻と表情を変える。しっかり見てくるといいよ」

　そう言ったあと、蓮斗はどこを回るつもりかと訊ねた。その時点では漠然と沖縄に行きたいとしか思っていなかった日和に、蓮斗は様々な選択肢を示してくれた。

「まず本島以外に行くかどうかだけど……」

「今回は本島だけで。二泊三日ですし、欲張りすぎても逆につまらないかと……」

「ある意味正解だね。沖縄って地図では小さな島にしか見えないけど、いざ行ってみるとかなり大きいんだよ。移動にも時間がかかるし、見所は満載。初めて行くなら本島だけ、もしくは石垣とか与那国とかの離島だけ、っていうのが無難。それで本島ではなにを見たいの？」

「ジンベエザメ……ですかね」

「ああ、美ら海水族館ね。水族館の名前じゃなくてジンベエザメって言うところが君らしいね」

「だって『海遊館』で見たジンベエザメ、すごく大きかったんですよ！　でも美ら海水族館よりは小さいって……そんなの見るしかないじゃないですか！」

「はいはい、おっしゃるとおり。それから？」

「首里城？　火事で焼けちゃったから迷っちゃうところですけど……」

「ああ、あれは残念だったね……なんとか復元できるといいけど。あとは？」

「国際通りと市場。ほかに見たほうがいいものとかありますか？」

問い返した日和に、蓮斗は少し考えていたあと、ためらうような口ぶりで答えた。

「見たほうがいいものはたくさんあるよ。平和祈念公園とか……。あと、万人におすすめってわけじゃないけど、君なら、っていうのは斎場御嶽。聞いたことある？」

「あります。けっこう有名なパワースポットですよね」

「そうなんだけど、あそこって昔から大事にされてきた祈りの場なんだよ。興味本位で大騒ぎしながら見に行っていい場所じゃない。でも君みたいに、ひとりでそっと訪れるっていうなら許されるかなって」

「なるほど……ちょっと考えてみます」

「うん。ただ斎場御嶽も平和祈念公園も、行くならレンタカーはやめたほうがいい」

「え……どうしてですか？」

「行ったあと、それに道中も含めて、いろんなことを考えちゃうかもしれない。となると運転はちょっと……。俺は北の端っこまで行くつもりだったから車を借りるしかなかったけど、できれば運転なんてせずに、ひたすら窓の外を見ながら思いにふけっていたたかったよ」

そして蓮斗は、美ら海水族館と首里城、斎場御嶽、平和祈念公園、そして国際通りや牧志公設市場であれば、なんとかバスやモノレールで訪れることができる、本数が少ないからスケジュールをしっかり立てる必要はあるが、たまにはそういう旅も面白いのではないか、という提案で電話を終わらせた。

確かに、公共交通機関を使うのはスケジューリングが大変だ。このところすっかりレンタカーの自由さに慣れた日和には、少々辛いかもしれない。蓮斗は、そんな日和の旅事情をよく知っているにもかかわらず、公共交通機関をすすめてきた。

経験に基づく提案を無視する気にはなれない——ということで、日和は今回の沖縄旅行でレンタカーという選択肢を外した。その裏には、和歌山に行ったところに比べて、バスや電車を使った移動に不安を感じなくなったという事情がある。まったく以前と同じとはいかないけれど、少しずつ旅がしやすくなっていく。日和はなによりそれが嬉しかった。

——蓮斗さーん、暑いですー！　十月の沖縄はまだ夏です！　っていうか、ずーっと夏としか思えませーん！　きっと海にはクラゲだって居座ってます！

今回の旅で海に入る予定はない。というか、この先の旅だってそんな予定は立ててないに決まっている。それでもついクラゲに言及したくなるほど、沖縄はまだまだ夏の気配が濃厚だった。

嘆いていても仕方がない。来た以上は楽しむしかない！　と腹をくくり、日和は到着ロビーの目の前にあるバス乗り場に向かう。

ここからまず那覇バスターミナルに移動し、そこからまたバスに乗る。本数が少ないバスの時刻に合わせて飛行機の便を決めてきたほどだから、乗り遅れるわけにはいかなかった。

バスからバスへと乗り継ぎ、自然に囲まれた道を走ることおよそ一時間、日和はようやく最初の目的地斎場御嶽に到着した。時計の針は十二時十分を指している。帰りのバスが出る十三時までが斎場御嶽での滞在時間だった。

――ちょっと疲れた……

バスの停留所に戻った日和は小さく息を吐いた。時刻は十二時四十分、バスが来るまでにはまだ二十分もあるのはわかっていた。

日和には、いわゆる『スピリチュアルな才能』というものはない。普通の人には見えないものが見えたことなどないし、もしかしたら普通の人には見えるものだって見えていない可能性もある。それでも、そこが自分にとって気持ちがいい場所かどうかぐらいはわかる。

斎場御嶽は日和にとって、けっして長く留まりたい場所ではなかった。ゆっくり見て回ろうと思ったのに、進めば進むほど足取りが速くなる。とりわけ祈りの場と言われる大庫理やふたつの巨大な岩が支え合う三庫理では、ただただ圧倒され、少し足を止めただけで通過した。

もしかしたら、この場所は来る人を選ぶのかもしれない。そして日和は『ぎりぎりセーフ』のライン上にいた。だからこそ、蓮斗は『君なら』と言ったのだろう。もしも日和がところ構わず歓声を上げたり、この場所を訪れるのがわかっているのに肌の露出が多めの服を着てきたりするようなタイプだったら、彼はここへの訪問をすすめたりしなかった気がした。

この旅行に先立って、日和は斎場御嶽について調べてみた。とはいってもあえてではなく、アクセス方法を調べるためにホームページを開いてみたら、由来や縁起が書かれていて、ついつい熟読してしまったのだ。

そんなこんなで日和は、訪れる前から『御嶽』は祈りの場であること、中でも斎場御嶽は沖縄随一と言われる神聖な場所であることを理解していたし、それなりの心構えはあった。一切予備知識のないままに訪れていたら、こんな気持ちにならなかったかもしれない。

沖縄は複雑な歴史のある場所だ。この先もただ楽しいだけではなく、いろいろ考えさせられるものを見るかもしれない。その都度いろいろなことを思うだろう。蓮斗にもレンタカーはやめたほうがいいと言われた。そのほうが風景を楽しめるから、という理由からだ。

今にして思えば、彼はなにかにつけ考え込みがち、しかもかなり『面倒くさい』考え方をする日和の性格をわかっていて、思う存分考え事ができるように、公共交通機関の利用をすすめてくれたのかもしれない。いずれにしても、アドバイスをくれた蓮斗に感謝するばかりだった。


斎場御嶽から走ることおよそ二十分、バスは百名バスターミナルに着いた。

ここで乗り換えて平和祈念公園に向かうつもりなのだが、次のバスは十分後に来る予定になっている。それでもあえて、日和はもう一本あとのバスに乗ることにした。なぜならここから歩いて行ける場所に、とてもきれいなビーチがあると聞いたからだ。

バスを降りるなり、キャリーバッグをよいしょっと背負う。このバッグはいわゆるリュックキャリーというタイプで、リュックサックに持ち手とキャスターがついていて背負うことも引っ張ることもできるという優れもので、兄の文人が貸してくれた。

兄は日和が沖縄に行く、しかもレンタカーは使わないという話を母から聞きつけ、それなら絶対にこっちのほうがいい、と持って来てくれた。すでに独立し、実家から車で四十分ぐらいかかるところに住んでいるにもかかわらず、わざわざ届けに来てくれるとは、なんて優しい兄だ、と感心していたら、とんでもない落ちがあった。

なんでも、両親も日和がキャリーバッグしか持っていないことを気にして、『どこかにリュックキャリーがあったはず……』と家の中を大捜索してくれたそうだ。だが、どれだけ捜しても見つからず、いっそ新しいのを買うか……となりかけた矢先、兄が届けに来た。実は件のリュックキャリーは、兄が独立するときに持ち出したままになっていたとのこと……

おまえだったのか！　と両親に叱られ、兄は舌をぺろりと出していたけれど、日和にしてみればありがたいことに変わりはない。公共交通機関を乗り継ぐ、しかもコインロッカーが完備されていると思えない場所にも行くのだから、背負うことができるバッグのほうがいいに決まっていた。

家族の思いやりが詰まったバッグを背負い、バス通りを少し歩いて道を折れた。時間潰しがてら向かったのは新原ビーチだ。住宅街や木立を抜け、十五分ほど歩いたところで風景ががらりと変わる。目の前に広がっているのは砂浜、そしてまさにエメラルドグリーンの海だった。

――わあ、すごい！　本当にエメラルドグリーンなんだ！

日和が思うに、貴石のエメラルドはもっと透明感のある深い緑で、目の前の少し黄色がまじっているような色ではない。それでも目の前の光景は、これまで日和が見てきたモスグリーンに近い海とは全然違う『エメラルドグリーンの海』といえばこれだ、と誰もが納得する色合いだった。

惜しむらくは、あちこちにバーベキューやボートを楽しむ人がいて、あまりにも賑やかすぎることだが、それでも海の色に変わりはない。

空いているベンチを見つけて席を占めた日和は、リュックの中から小さな袋を取りだした。

　斎場御嶽のバス停に戻ったときがちょうど昼ご飯の頃合いだった。にもかかわらず空腹感はまったく感じず、それでもなにか食べなければ……と近くにあった物産センターで『サーターアンダーギー』を買った。

　揚げ立てが売りのお店だったが、間の悪いことにいくつかある種類の全てに在庫があり、次に揚げるのは少し先になりそうな様子だった。どうせお腹は空いていない。揚げ立てを買ったところですぐに食べなければ同じこと、ということでいくつか買い込み、バッグに入れておいたのだ。

　――あー……やっとお腹が空いてきた。ではお昼ご飯にしましょう……って言っても、ほとんどおやつだけど！

　斎場御嶽からここに来る間に、バスから広い空を眺め、あれこれ考えた。そして今、目の前には心を洗うような海と白い砂浜がある。日和のお腹も、ようやく通常営業に戻ったようだった。

　バッグから取り出したビニール袋はまだほんのりと温かい。揚げ立てではなかったにしても、冷め切っていたわけでもなく、気温の高さもあって人肌ぐらいの温度になったのだろう。

『サーターアンダーギー』の種類はたくさんあり、散々迷った結果、日和はプレーンと黒糖、そして紅芋を買った。沖縄には名物はたくさんあるが、やはり黒糖は外せないし、最近は紅芋の台頭も著しい。お土産として大人気のお菓子も、紅芋を使ったタルトだそうだ。

　並んでいる『サーターアンダーギー』は子どもの拳ぐらいある。思ったより大きいし、油を使ったお菓子だから五個も十個も食べられるわけじゃない。お土産はまたどこかで買うとして、今食べる分だけならふたつ、うんと頑張って三つがせいぜい、と考えてのことだった。

　――ど・れ・に・し・よ・う・か・な……なーんて、やっぱりこれからよね！

　三つの『サーターアンダーギー』を前に、指を右にやったり左にやったりした挙げ句、一番シンプルなプレーンを選び出す。

　袋を半分めくり、直接手で触れないように気をつけながら齧ってみると、微かな歯ごたえがあった。おそらく本当の揚げ立てはもっとカリカリなのだろうけれど、ほんの少しだけでも歯ごたえが残っていたことが嬉しい。さらに、嚙んでいくうちに口の中に、なんとも優しく懐かしい甘さが広がる。日和はもぐもぐと口を動かしながら、思わず微笑んでしまった。

『サーターアンダーギー』は砂糖の油揚げという意味で、要するにドーナツなのだが、不思議とドーナツほどのボリュームは感じない。

　幼いころ、母と一緒にドーナツを作った。ホットケーキミックスを溶いて型で抜いただけのドーナツだったが、手作りということもあって店で買ったものより美味しい気がした。今食べている『サーターアンダーギー』は、あのときのドーナツと似ている。売られているにもかかわらず、家で作るおやつ、という感じだった。

まじり気なしの『サーターアンダーギー』という感じのプレーンを食べ終え、黒糖へと食べ進む。

その前にお茶を……とペットボトルに口を付けた日和は、口の中に広がる味と香りにぎょっとした。

――これ……ジャスミンティーだ……

始めから新原ビーチで休憩がてら『サーターアンダーギー』を食べようと考えていた日和は、百名バスターミナルでお茶を買った。

せっかく沖縄に来たのだから普通のお茶ではつまらない、ということで、沖縄では有名とされる『さんぴん茶』なるものを買ってみたのだ。『うっちん茶』も有名だそうだが、日和が見つけた自動販売機には入っておらず、選択の余地がなかったのだ。

正直に言えば、日和はジャスミンティーが少々苦手だ。ジャスミンの香りはけっして嫌いではないが、あえて飲もうとは思わない。フレグランスとしてほのかに漂うぐらいがちょうどいい、などと考えているのである。

それでも今持っているのはこの『さんぴん茶』だけである。捨てるのはもったいないし、水分なしに三個の『サーターアンダーギー』を食べきるのは辛すぎる、というかおそらく無理だろう。やむなく、『さんぴん茶』がジャスミンティーだと知らなかった自分を責めつつもう一口飲み、黒糖の『サーターアンダーギー』を齧ってみた。

——あ、あれ……？　なんか……美味しいかも……

『さんぴん茶』だけで飲んだときは強く感じたジャスミンの香りが、黒糖のおかげであまり気にならない。むしろふたつがまじることでとてもいい感じになっている。プレーンに比べてちょっと甘すぎるかな、と思えた黒糖の『サーターアンダーギー』が、ほどよい甘さでほんのり花の香りのする素敵なスイーツに変わったのである。

いわゆるフレーバーティーはお茶だけを楽しむもの、なにかを食べながらでは、食べ物の味や香りを邪魔するのではないかと思っていた。こんな相乗効果を発揮するなんて驚き以外のなにものでもない。『さんぴん茶』についてちゃんと調べていたら買うことはなかったし、このマリアージュに出会うこともなかった。斎場御嶽や交通手段についてあんなに調べておきながら、それ以外は適当に流した自分を褒めてやりたいほどだった。

『さんぴん茶』との組み合わせの妙を讃えながら、三つの『サーターアンダーギー』を食べ終わる。我ながらよく完食できたものだと思うけれど、さすがにお腹は重い。お昼ご飯代わりとはいえ、時刻は二時に近い。こんなに満腹で晩ご飯が食べられるだろうか……と不安になりながら、来た道を歩く。少しでもカロリーを消費しようと早足になったおかげで、行きよりも二分ほど短い時間で百名バスターミナルに戻ることができた。

途中で一度乗り換え、百名バスターミナルで乗車してからおよそ五十分後、日和は平和祈念公園に到着した。

バス停から一分で平和祈念公園に入る。ただ、こういった施設にありがちなのは、バス停と入り口は目と鼻の先でも、そこから先が広大で延々と歩き回らなければならない、というケースだが、この平和祈念公園も同様で、全部を回るには足が棒になること請け合いだ。とてもじゃないが全部は無理、と判断し、日和は沖縄平和祈念堂から沖縄県平和祈念資料館へ、そのあと平和の礎、平和の火を巡ることにしていた。

空は相変わらず晴れ渡り、深い青に真っ白な塔が映えている。ガイドブックで見たことがある。おそらくあれが平和祈念堂だろう。五分ほど歩いて辿り着き、料金を払って中に入る。第二次世界大戦において地上戦がおこなわれ、二十万人以上の命が失われたという沖縄の歴史を知る第一歩だった。

――せめて晴れていてくれてよかった……

最後にもう一度、真っ白な塔を振り返り、日和は平和祈念公園をあとにした。

こういう言い方をすると叱られるだろうけれど、平和祈念堂は序の口だった。全戦没者の追悼と世界平和を願って造られたという沖縄平和祈念像の穏やかな表情を見つめて和むこともできたし、絵画をのんびり鑑賞することもできた。

けれど、そのあと訪れた平和祈念資料館は、和むとかのんびりという言葉がまったくそぐわない場所だった。

学校で沖縄の歴史について習ったことはある。だがそれは、こういうことがありました、という文章の羅列でしかなかった。二十万以上の人々がなにを思い、どのように命を落としたか——平和祈念資料館にはその明確な記録があった。

ひとつひとつの展示物はもちろん、それ以上に映像資料によって伝えられる生存者の声は生々しく、痛ましい。知らねばならない歴史だとわかっていても、つい目を逸らしたくなる。それでも最後まで見た。沖縄が、広島や長崎同様、戦争の直接的な被害を受け、今なお深い爪痕を残す地であることを忘れてはならないという思いからだった。

その後、巡回バスに乗って摩文仁の丘に行った。

摩文仁の丘には霊域とされる場所があり、沖縄戦で亡くなった方々の慰霊碑や慰霊塔が、都道府県や団体ごとに設けられている。バスから降りて近づけば、ひとりひとりの名前を読み取ることができるだろうし、供えるための花もあちこちで売られている。それでも日和は巡回バスから降りることができなかった。

もしも日和の縁故に沖縄戦に関わった人がいたとしたら、その人の名前があるところに供えることはできたかもしれない。けれど、日和の知る限りそんな人はいなかった。こんなにたくさんある慰霊碑の全てに花を供えることは不可能だし、いくつか選んで、というわけにもいかない。

結局、巡回バスの中から目を閉じて祈るのがせいぜいだった。

——家に帰ったらお父さんに沖縄について聞いてみよう。お父さんは戦後の生まれだけれど、歴史に詳しいから沖縄のこともよく知っているだろうし……

日和の家には『一九七二年　沖縄復帰記念』と刻まれた物差しがある。気になって訊ねてみたところ、父の学校で配られたものだという。父はまだ小学生、しかも低学年だったそうだけれど、もしかしたら当時の雰囲気を覚えているかもしれない。少なくとも日常的に物差しを目にしているのだから、忘れ去ってはいないだろう。

第二次世界大戦によって切り離された沖縄が、日本という国に復帰したことを、子どもだった父はどのように感じたのかを、聞いてみたくてならなかった。

平和祈念公園で一時間半ほど過ごしたあと、再びバスに乗った日和は、『糸満市場入口』での乗り換えを経て、那覇バスターミナルに到着した。

今回の宿はここから十分ほど歩いたところにある。時刻は午後五時三十分、まだ明るいし、お腹だって空いていない。時刻的にはもう少し散策できそうだが、とにかく荷物を置いてからにしたい。なにより、バスに乗ったり歩き回ったりでかなり疲れている。とにかく一休み……ということで、日和はチェックインすることにした。

――うわあ、これすっごくいい！

荷物を部屋の片隅に置き、早速ベッドに寝転がった日和は思わず歓声を上げた。

ベッドの幅がかなり広い。おそらくセミダブルだろう。最近はシングルルームでも大きなベッドを入れているホテルも多いから、別段驚くようなことではないが、マットレスが日和の好みにぴったりすぎる。固すぎて身体を跳ね返すことも、柔らかすぎて沈み込みすぎることもなく、疲れた身体に寄り添ってくれる。大の字に寝転がっていると、もうこのままずっと起き上がりたくない、と思ってしまうほどだ。

宿を変えると荷物を置きっ放しにできない。コインロッカーが必ずあるとは限らないし、どんどん増えるだろうお土産を持ち運ぶのは大変すぎる、ということで今回は連泊にした。レンタカーを使わないので交通の便がいいことは必須条件だ。

その点、このホテルは那覇最大の繁華街と言われる国際通りの目と鼻の先にあり、モノレールの駅やバス停にも近い。建物内にコンビニもあるし、朝食の評判も素晴らしい。立地優先で選んだホテルだったが、ベッドだけではなく、あらゆる意味で日和のニーズにぴったりだった。

——あー……晩ご飯をなんとかしなきゃ……。でも足はくたくただし、お腹だってぜんぜん空いてない。いざとなったらコンビニに駆け込めばいいし……

正直、身体も気持ちも疲れている。今眠ったら『うたた寝』ではすまないだろう。それはそれで仕方ない、と腹をくくり、日和は眠りの世界に落ちていった。

ゴゴーッという水が流れる音で目が覚めた。おそらく隣の部屋でバスルームを使っているのだろう。枕元に置いていたスマホを確かめた日和は、やっぱりね……と苦笑した。

時刻は午後八時五分。ベッドに寝転がったのが六時ごろだったから、およそ二時間眠っていたことになる。おかげで身体の疲れは取れたようだし、気分もすっきりした。昼ご飯とおやつの兼用で食べた『サーターアンダーギー』はまだ存在を主張しているけれど、このままなにも食べずに朝を待つのは辛い。軽いものなら食べられるだろう、ということで、日和は国際通りに行ってみることにした。

ざっと歩いてみて、入れそうなところがあれば入ればいいし、なければコンビニで買い物すればいい。コンビニのご当地シリーズが案外馬鹿にならないことは、学習済みだった。

ホテルを出て数メートルで国際通りに入る。八時を過ぎているのに、それなりに人が歩いている。一時は全店休業ということもあったようだが、なんとか持ち直したらしい。それでも、平成のころに頻繁に紹介されていた賑やかさにはほど遠く、酔って大声を上げる人もいない。もちろん、たまたま日和が目にしなかっただけかもしれないけれど、全国、いや全世界的に『声を上げて騒ぐ』ということをためらうムードができてしまったような気がする。

日和はもともと大の人見知りだった。今は『だった』、少なくとも『大の』は完全撤廃と言えるほどになったとは思うけれど、未だに大声を耳にすると反射的に怯えてしまう。そんな日和にとって、町中で大騒ぎをしている人が減るのは嬉しいことのはずなのに、どこか寂しさを覚える。

なんて勝手なんだろう、と苦笑しつつ、日和は通り沿いの店に目をやりながら歩いた。この時間から入れる店は、居酒屋ばかりだろうか。居酒屋は嫌いではないし、ひとりで入ることにも慣れたが、お酒を呑みたい気分ではない。というか、どうせなら沖縄料理といっしょに楽しみたい。ただでさえ、ひとりで食べきれる量は限られるのだから、こんな『小腹が空いた』程度ではなく、しっかりお腹を空かせてからにしたかった。

　なにか軽いもの……と、きょろきょろしながら先に進んだ日和は、赤い暖簾がかかった店の前で立ち止まる。それは、今の日和の腹具合にぴったりの店だった。

　――『沖縄そば』！　そうだよ、沖縄で麺類って言えば、『沖縄そば』だよ。あっさりした麺とスープの上に角煮が載ってるんだっけ？　うん、これに決めた！

　営業時間はわからないけれど、迷っているうちにオーダーストップになってしまったら目もあてられない。即断即決上等、とばかりに日和は暖簾をくぐる。そこにあったのは、嬉しすぎる機械だった。

　――あ、食券制なんだ……これなら安心。

　過去に散々、かけた声が小さくて気づいてもらえなかったり、注文を聞き直されたりしたせいで、今でも日和は店の人を呼ぶのは苦手だ。会計のときですら、あまりに店の人が忙しいと気づかれないままずっとレジの前で待っていることもある。そんな日和にとって、カウンターで食券を渡すだけ、あるいは席につけば自動的に店の人が来て食券を持って行ってくれる食券制というのは、とてもありがたい仕組みだった。

　店の前に写真入りの品書きが出ていたおかげで、注文はもう決めてある。シンプルな『沖縄そば』だ。『沖縄そば』には普通の麺と胚芽麺があるようだが、普通の麺を選択して購入。窓に面したカウンター席が空いていたので、隅っこに座った。すぐにお店の人がやってきて、食券を持っていく。あとは料理がくるのを待つだけである。

店内の三分の一程の席が埋まっている。ほとんどのひとがさっと食べて帰って行くので、雰囲気としては駅の立ち食いそば屋のようなものだ。ここ二年で滞在時間が短くて済む食事というのが、見直されたのかもしれないなあ……などと思っているうちに『沖縄そば』が届いた。

黒い丼に薄いクリーム色の麺、上にたっぷり載せられたネギの緑色が映える。頼もしさを感じるほど大きな豚肉が二枚、脇には白っぽいかまぼこも添えられている。

ラーメンのようにも見えるが、スープは澄み渡り、脂はほとんど浮いていない。レンゲでそっと掬(すく)って飲んでみると濃い鰹出汁(かつおだし)、そしてうっすら豚骨の風味を感じた。

――ふーん……これが『沖縄そば』か……。食べるのは初めてのはずだけど、なんとなくどこかで……あ、そっか！

そこで日和はにやりと笑った。

『沖縄そば』は食べたことがない。けれど『えきそば』なら食べた。姫路の人たちのソウルフードといわれる『えきそば』も和風の出汁に鹹水(かんすい)を使った麺を入れたものだ。

『沖縄そば』には『ソーキそば』を始め、いろいろな種類があるらしいが、黒糖で煮た豚肉を載せたものが多い。一方『えきそば』はかき揚げや煮た油揚げを使う。そういった具の違いはあるにしても、鰹ベースの出汁に薄黄色の麺を入れ、緑色のネギをふんだんに載せるという意味では、同じジャンルのような気がする。もちろん、こんなことを言ったら、沖縄と姫路の両方の人から叱られるだろうけれど……

沖縄と姫路はかなり離れているのに、似たような食べ物が生まれたのは不思議だ。とはいえ、そんな例は全国にはたくさんありそうだ。『沖縄そば』のルーツは中国だという説があるそうなので、国を超えて言えることなのかもしれない。美味しいものを食べたい、あるいは今ある食材をなんとか美味しく食べたいと試行錯誤した結果、同じ答えに辿り着いた。どこの人間であっても考えることは似たり寄ったりなのだろう。

あっさりしたスープを味わったあと、いよいよ……という感じで麺を挟み上げる。『えきそば』よりもしっかりした重みが手に伝わり、噛んでみると歯ごたえも十分だ。『沖縄そば』というのはもっとたよりない食べ物だと思っていただけに、意外な食感だった。

けっこうお腹に溜まるかも、と思いながら今度は三枚肉を食べてみる。きれいに重なった肉と脂身に、食欲をそそられる。薄切りにした豚肉の角煮とでも言うのだろうか。いっそ角煮を入れてくれてもいいのに、と思ったものの、それでは食べにくいし、麺やスープとのバランスも崩れてしまう。やはりこの厚さが正解なのだろう。

まじまじと眺めると三枚肉に艶がある。きっと黒糖で煮たせいで照りが出たのだろう。それでいて味そのものは濃厚ではなく、麺やスープにぴったりに仕上がっている。楕円形に切られたかまぼこは箸休め的な役割を果たし、時折スープとともに流れ込んでくるった。

青葱（あおねぎ）は清涼感を与えてくれる。『沖縄人のソウルフード』という名にふさわしい一杯だった。

――これは癖になるなあ……量もちょうどよかったし！

今日は『サーターアンダーギー』と『沖縄そば』を味わえた。旅は明日も明後日（あさって）も続く。朝食自慢のホテルだから、沖縄の郷土料理もたくさん並んでいることだろう。

あとのお楽しみは明日、ということで、食事を終えた日和は外に出た。一時は全ての店が休業したという国際通りに喧噪（けんそう）が戻ったことに安堵（あんど）しつつ、日和はホテルまでの道を歩いた。

翌朝、早々に朝食を済ませた日和は、県庁前の停留所から急行バスに乗った。

郷土料理はもちろん、スクランブルエッグやウインナーというお馴染（なじ）みのメニューまでしっかり平らげて大満足ではあったが、気持ちはそれどころではない。

なにせ今日は、沖縄旅行のメインディッシュと定めた美ら海水族館に行くのだ。美味しいものを食べるために旅に出る、と言っていいほどの日和であっても、日本三大水族館のひとつに数えられる美ら海水族館の前にはホテル自慢の朝食も霞（かす）んでしまう。

少し固めの『島豆腐』、長さも太さも十分で食べ応（ごた）え抜群の『沖縄もずく』、『ゴーヤーチャンプルー』は玉子の甘みの中にほんのり苦みが漂って絶品だったし、千切りを炒（いた）めて作る『ニンジンのしりしり』は素朴ながらもニンジンってこんなに甘かったっけ？

と感心させられた。昨日は食べられなかった揚げ立ての『サーターアンダーギー』にも出会えた上に、あらゆる野菜の味が濃厚で元気をもらった気がした。

それでもなお、気がつけば頭は美ら海水族館でいっぱい……。時間は十分あるとわかっていてもバス停に向かって駆け出したくなるほどだった。

バス停には発車時刻の二十分前に到着し、日和が先頭の客だった。日和が乗ろうとしているバスは急行で、乗り換えることなく美ら海水族館まで行くことができる。昨日は乗り換えばかりで、あれはあれで面白かったけれど、一刻も早く水族館に行きたい身としては少々焦れる。乗り継ぎが悪くて三十分、一時間と待たねばならないとしたら、泣きたくなったに違いない。

県庁前のバス停から美ら海水族館までは二時間少々かかる。だがこれでも早いほうで、急行バスを使わなかったとしたら余裕で三時間コースだ。しかも急行バスは二時間に一本しかなく、予約する必要がないのはいいが、席に座れるどころか乗れる保証もない。早々にバス停に到着し、必ず乗れるであろう先頭を狙うのは当然だった。

午前八時四十分、日和を乗せたバスは静かに走り出した。

バスがやって来た時点で、待っている客は十数名いたが、先頭の日和は好きな席を選べた。とは言え、始発は那覇空港なので全部が空席というわけではない。それでもまだ空席はあり、日和は左側の窓際に座ることができた。目的地と進行方向から考えて、海は左側に見えることになる。ずっと海沿いを走るわけではないにしても、やはり海が見える席のほうがいいに決まっていた。

——これで大丈夫。十時五十分には美ら海水族館に着く。本当は開館早々到着するように行きたかったけど、それだと六時台のバスに乗らなきゃならないから、ろくに朝ご飯も食べられない。今日の予定は美ら海水族館だけなんだから、開館早々じゃなくてもＯＫ。

普段は『来た、見た、帰る』式の観光がもっぱらである。その日和が、丸一日、同じ場所で過ごす。それだけで美ら海水族館にかける期待と意気込みがわかるというものだ。

沖縄に行くと決めたあと、しばらくして蓮斗からメッセージが来てスケジュールを確かめられた。二日目を丸々水族館で過ごすと伝えたとき、さすがの蓮斗も呆れていた。

『一日中水族館にいるつもり？』

『え、だめですか？』

『だめじゃないけど、ほかにも見所はたくさんあるよ？』

『でも、日本一の水族館ですよ？』

『日本一かどうかは見方によるけど、三大水族館であることには間違いないね』

『なにより、美ら海水族館は那覇空港からすごく遠いじゃないですか。簡単に行ける場所じゃないんですから、思い残しのないようにしなくちゃ』

『それを言ったら、沖縄自体がすごく遠いよ。でもまあ、気持ちはわからないでもない。俺はけっこう予定を詰め込んで行っちゃったから二時間ぐらいしかいられなくて、移動するときすごく残念だったし』

『でしょう？　だからこそワンデーステイプランです』

『了解。じゃあ、堪能してください。あ、園外入場券を買っていくのを忘れないように』

『園外入場券？』

『そう。美ら海水族館で買うよりちょっとだけ安いんだ。沖縄に行っちゃえば、空港とかコンビニでも買えるし、入場券を買うために並ばなくて済むからおすすめ』

『わかりました。忘れずに買っていきます』

『じゃ、気をつけて。土産話を楽しみにしてるよ』

『はーい』

最後に片手を上げたキャラクターのスタンプを送り、メッセージ交換が終わった。

改めてSNSのメッセージを見返して、日和はにやにやしてしまう。いつの間にか、こんなふうにやりとりするのが当たり前になった。

旅行先を決める際は言うまでもなく、どこをどんな順番で訪れるかについてもアドバイスをもらうことも多いし、できたスケジュールに無理がないか確かめてもらうこともある。確かめてもらうと言うよりも、向こうから訊ねてくるのだ。

ひとり旅を始めて二年、あちこち旅をしたとはいっても、蓮斗とは比べものにならない。旅の先輩としてできる限り協力しなければ、と思ってくれているに違いない。しかも、旅から帰ったあと、あまりうるさく報告するのも……と遠慮していると、蓮斗のほうから『どうだった？』なんて連絡をくれる。旅が楽しいのはもちろん、それにまつわる蓮斗とのやりとりが嬉しくてならない。これだから旅はやめられない、という感情の半分近くに蓮斗の存在があった。

――一大決心でひとり旅を始めた。その一日目で蓮斗さんに出会った。金沢で再会するなんて思ってもみなかったし、蓮斗さんが麗佳さんの同級生だったなんて奇跡でしかない。麗佳さんの結婚式以来顔を見られていなかったけれど、六月には蓮斗さんのほうから会いに来てくれた。少なくとも、顔も見たくないって相手ではないみたいだ。そもそもそんなふうに思っていたら、こんなに親切にあれこれ教えてくれない。奇跡みたいなご縁があったんだから、もっと近づくことができるはず。とにかく諦めずに頑張ろう。蓮斗さんにお土産話ができるよう、まずは美ら海水族館を楽しまなきゃ！

窓から見える空は灰色、今にも雨が降り出しそうだし、海の色もかなり濁って見える。だが水族館という究極の人工物を楽しむなら天気も海の色も関係ない。美ら海水族館名物の大水槽はいつだって深いブルー、むしろラッキーと言える。バスに揺られながら、日和はこの日に水族館を訪れることにした幸運に感謝すらしていた。

――すごい、すごい、すごーーーい!!

心の中で歓声が止まない。もしも誰かと一緒にいたら、大声で叫びながらその人の腕を揺さぶっていたかもしれない。それほど、美ら海水族館の大水槽は素晴らしかった。

日和は水族館に入るなり『黒潮の海』と名付けられた大水槽に直行した。浅瀬に住む生き物たちも、色とりどりのサンゴも、かわいらしく群れる熱帯魚ですら素通りして、ひたすらジンベエザメの居場所を目指した。泳ぐ魚を見慣れる前にジンベエザメを見たい、感動を最大限に膨らませたいという思いからだ。

我ながら、こんなことを考えるのはかなり変わっていると思う。もともと水族館をはじめ、いわゆる博物館という場所は、入門的な知識を得られる小規模かつ一般的な展示物から徐々に大きく希少なものへと配置されている気がする。言い方は悪いが、いろいろなものを辛抱強く観賞したあと、やっとその館の目玉が現れる。真打ち登場とばかりに……

だから日和のように全てをすっ飛ばして目玉に直行されては、いろいろなものを見て欲しいという水族館の願いは台無しだろう。それがわかっていても、足を止められない。

——今日は一日ここで過ごすの。ほかのものもあとで必ず見るから、今は許して！

誰に対する言い訳だ！　と自分で自分に突っ込みながら辿り着いた『黒潮の海』では、大小の魚たちが泳いでいる。日和の予想どおり、巨大な水槽は外の天気などお構いなしの澄み切った深いブルーを湛えていた。

ひらりひらりとエイやマンタが舞う。

水槽の前に到着したとき、ジンベエザメは反対側を泳いでいた。まっしぐらにやって来たのに、とちょっとがっかりしたが、エイやマンタだって十分見応えがある。大きさだって、見ないようにして通り過ぎてきた水槽の魚たちとは段違いだ。

菱形の身体で長い尾を引きながら近づいてくる様は、正直すこし不気味だ。ただ静かに泳ぐジンベエザメと異なり、身体全体をひらひらとくねらせるし、裏側の模様が宇宙人の顔みたいに見える。

エイとマンタは形状としては似ているが、マンタには毒針がないらしい。だが、エイもマンタも毒針なんてなくて十分、この『顔』だけで敵を蹴散らせると思ってしまうほどだ。彼らにしてみれば、生まれたままの姿で本能に従ってゆったり泳いでいるだけなのに、こんなふうに思われるなんて心外そのものだろうけれど……

菱形軍団がひらひらと去ったあと、いよいよという感じでジンベエザメが回ってくる。大阪の『海遊館』でジンベエザメを見たとき、口が開きっぱなしになった。世の中にこんなに大きな生き物がいるのか、と驚き、間違っても水槽が割れて襲ってきたりしませんように、と祈ったものだ。

だが、目の前のジンベエザメは、あのときに見たものよりさらに大きい。『海遊館』の大きいほうのジンベエザメの体長五・七メートルに対し、美ら海水族館で飼育されているのは八・八メートル、三メートルも差がある。『海遊館』のジンベエザメを見たことがある自分でもこれほど唖然とするのだから、初めてジンベエザメを見た人はどれほど驚くことか。

現に、大人や小学生以上に見える子どもは『あー』とか『すげー』とか言っているけれど、もっと小さな子どもはただ黙って水槽を見上げるばかり……中には親にしがみついて泣きそうになっている子もいる。自分の数倍の大きさの生き物がゆったりとはいえ真っ直ぐに近づいてきたら、怯えるなと言うほうが無理だろう。

——一、二、三、四、五……

目の前を通過していくジンベエザメを見ながら、心の中で数を数える。

『海遊館』では確か四秒だったが、目の前のジンベエザメは四秒が過ぎた時点で背びれが通過するかしないか、完全に通り過ぎるまでにかかった時間は六秒と少しだった。

体長から計算すれば納得の結果に思えるが、その計算には速度が考慮されていない。両者が目の前を通過するのにかかる時間が、体長の差でしかないということは、『海遊館』と美ら海水族館ではジンベエザメは同じ速さで泳いでいるということになる。

——人間が歩く速さってそれぞれだけど、ジンベエザメはあんまり変わらないのね。大阪でも沖縄でも同じスピード……。世界中のジンベエザメがみんなこのスピードで泳いでるとしたら、ちょっと面白い。足並み揃えて泳ぐジンベエザメ……って、サメに足なんてなかった！

クスクス笑ったあと、周りを見回してはっとした。水槽の前にいる人が増えている。きっと順路に従って観覧してきた人たちが『黒潮の海』に辿り着いたのだろう。いつまでも水槽の真ん前に陣取っていては迷惑に違いない。

それでももっと見ていたくて、観覧用のシートに向かう。シートは通路の後方にあるため、泳ぐ姿を間近に見ることはできないが、水槽全体を捉えられるし、なにより座っていられる。しばらくここでゆっくりして、人が少なくなったらまた近くに行けばいい。なにせ時間はたっぷりあるのだから……

そんなこんなでシートと水槽前を行ったり来たりを繰り返し、一時間以上大水槽の前で過ごしたあと、日和はようやく移動することにした。

時刻はちょうど十二時、昼ご飯時だが、まだお腹は空いていない。気もそぞろだったとは言え、朝ご飯はたっぷり食べたからだ。それならここらで入り口近くに戻って順路を辿ってみよう。

美ら海水族館の平均滞在時間は一時間半から二時間と聞いている。それぐらいかけて回れば、レストランも空いてゆっくり食事ができる、という算段だった。

『イノーの生き物たち』のコーナーでヒトデやナマコを観察する。以前はどこの水族館でもこういった浅瀬の生き物に触れることができたが、今は禁止されている。もともと日和はこういう『グニャグニャ系』生物に触りたいとは思っていないのでかまわないが、好奇心旺盛な子どもたち、あるいは教育熱心な親御さんたちにしてみれば残念なことだろう。

それでも、ルール違反をする人はいない。大人は触れたがる子どもをきっちり押さえ込んでいる。きっと人にも飼育している生物たちにも安全でいてほしいという水族館側の気持ちがわかっているのだろう。

いろいろなものにためらいなく触れられる世の中が戻ってくるといいな、と思いながら、歩を進める。いつもならちらっと見て通り過ぎるサンゴも、ひとつひとつをじっくり見ては、うんうんと頷(うなず)く。ピンク色のかわいらしい魚がいると思ったら『ハナゴイ』というらしい。確かに花みたいな魚だと思っていたら、ガイドブックに沖縄では『ジュリグワーイユ』と呼ばれていると書いてある。『ジュリグワーイユ』は遊女のような魚という意味で、花は花でもそっちの花か……と苦笑してしまった。

そのあと、『熱帯魚の海』を見に行ったが、色も種類も多彩すぎてなにがなんだかわからない。

冒険をしたりブロックを使って建築をしたりで世界的に大人気のゲームがある。日和はもともとゲームに熱中するほうではないが、家を建てたり耕作したり動物を繁殖させたり、とマイペースに進めていけるところが気に入っていて、時折楽しんでいる。

その中に熱帯魚も出てくるのだが、公式情報によると三十四種類十六色、全部で三千七十二パターン存在するそうだ。これまでは現実離れした設定だと思っていたけれど、もしかしたらそれぐらい、いやもっと存在するのかもしれない。なにせこの水槽の中だけでも百六十種類の熱帯魚がいる。全世界の海を調べ尽くしたら、もっともっとたくさんいるに違いない。

——世界は広いって言うけど、その大半は海だし、熱帯魚が住める場所もたくさんあるよね。いっそ池みたいにばーっと水を抜いて調べちゃえば……

そこまで考えて、『ばっかじゃないの』と呟く。

誰がそんな難行に挑むのか。抜いた水をどこへやるのか。そもそも、そんなことをしたら熱帯魚はたまったものじゃない。そういうことを調べたがる人は研究者が大半だろう。自然保護について考えないわけがない。ありえない話だった。

想像力はひとり上手の必須アイテムと言われたことがあるけれど、さすがにこれは行き過ぎだ、と反省しながらサメについての知識を吸収。二度目、しかもさっきは一時間も居たというのに大水槽を素通りできず、ついつい見入る。

五分ほど眺めていて、ふとスマホを見ると時刻は十二時五十分。大慌てでイルカラグーンに向かう。ぎりぎりセーフで午後一時開始の『オキちゃん劇場』に間に合った。

『オキちゃん劇場』はイルカショーで、ミナミバンドウイルカの『オキちゃん』を中心に何頭ものイルカが跳んだり跳ねたりボールやさいころを運んだり、と賑やかなショーである。時間こそ十分しかないが、見応えたっぷりで水族館に来たからにはこれを見なければ、と思わせてくれる。

日頃は短時間での観賞が多いため、タイミングが合わないこともあるが、本日はワンデーステイプランなので大丈夫、『オキちゃん』の勇姿をしっかり観ることができた。

美ら海水族館はミナミバンドウイルカの飼育世界最長記録を更新中で、二〇二一年春の段階で『オキちゃん』は四十七年目らしい。日和から見ればかなりのご老体のように思えるが、これだけ元気に跳ね回れるのなら、まだまだ記録は伸びそうだ。
ショーを終えてゆったりと泳ぎ回るイルカたちを見ながら、またいつか会えるといいなあ……なんて思う日和だった。

——次はウミガメ館とマナティー館……すぐ隣にあるけど時間はたっぷりあるし、お腹も空いた。いったんご飯を食べに行ってから戻ってこよう。

時刻は午後一時半、昼の混雑を避けたくて時間をずらしたけれど、これ以上遅くなると夕食に差し支える。昨日の二の舞になるのはいやだ、ということで、日和は建物の中に戻ってレストランに行ってみた。

場内は日和同様時間をずらした客がちらほらいたが、それでも窓際に座ることができた。

以前はビュッフェ形式だったが、今はメニューから食べたいものを注文するようになったらしい。ビュッフェは立ったり座ったりと忙しいから、これはこれで落ち着けていい、と思いながら品書きに目をやる。だが、そうたくさん選択肢があるわけではない……というか、『アグー丼』と『ソーキそば』、あとは子ども用にカレーがあるぐらいだ。

肉を食べたい気分ではなかったが、『ソーキそば』は昨夜(ゆうべ)食べた『沖縄そば』と大差ない。ということで『アグー丼』を注文してみたら、これがなかなか美味しかった。

昼ご飯としては重すぎるのでは……と心配したが、メニューの写真ほど肉が山盛りというわけではない。ご飯の量も日和にはちょうどいい。タレは十分な量があるが控えめな味付けで、豚肉の脂のほのかな甘さを引き立てている。紅生姜をまぶしながら中程まで食べ進んだあと、添えられたシークヮーサーを搾ってみると、爽やかな香りと酸味が落ち着きかけていた食欲を引き戻す。

なにより、四階という高い位置から窓の外に広がる海を見ながらの食事は、それだけで三割増しだった。

――あー美味しかった！　やっぱり沖縄の豚肉はひと味違うわねえ……

牛肉は高価なせいか、ご馳走というイメージがあるが、肉の旨味は豚肉だって負けていない。ヘルシーさという意味では、むしろ豚肉に軍配が上がるかもしれない。日本各地に美味しい豚肉はたくさんあり、沖縄の『アグー』も有名なブランドのひとつだ。選択の余地がなかったにしても、ここでこんなに美味しい豚肉を食べられて、日和は大満足だった。

のんびりと海を見ながらの昼食を楽しんだあと、マナティーやウミガメを見に行った。マナティーとジュゴンはなんとなく似ている。どうやって見分けるのだろうと思って調べてみると、意外に簡単らしい。マナティーは尾ひれが長円形で、ジュゴンはイルカ同様三角形、口もマナティーが下向きになっているのに対し、ジュゴンは上向きだそうだ。口の付き方の違いは海底に生える草を食べるか、水面に浮いている草を食べるかによって変わったらしく、生物の環境対応力の素晴らしさに改めて驚かされる。

現在、世界中で暮らす生物たちは、遥か昔に発生した生命があちこちに散らばって、それぞれの環境に応じて変化した結果なのだと思うとなんだか感慨深いものがあった。

ひとしきり種の起源と発展に思いを馳せたあと、本館に戻ってもう一周。リーフレットを熟視し、見逃したものがないことを確かめ、ジンベエザメが餌をもらう姿を観賞する。

水面ぎりぎりまで近づき、豪快に餌を食べる様子に感心し、普段は水面と平行になっているのに餌を食べるときはほぼ垂直になるのね、なんて笑う。ついでに、おこぼれをもらおうと集まってくる小魚たちを見て、これぐらいの量なら大丈夫、頑張って生き抜くんだよ、と偉そうに頷く。

そうこうしているうちに給餌も終わった。あとはお土産を買って帰るだけだった。

水族館そのものも大きいけれど、お土産物屋さんも大きかった。そこら中に並んでいるのを片っ端から買いたくなる衝動を必死で抑えながら、ぬいぐるみをいくつかとストラップ、クッキーなどを購入し、日和の美ら海水族館見学は終わった。滞在時間は、これまでの水族館滞在最長記録の四時間五十分だった。

——思ったより疲れてたみたい……

停留所でしばらく待ったあと、那覇に戻るバスに乗り込んだ日和は抗いがたい眠気を覚えた。

ベンチがあるところでは座っていたし、しっかり食事も取ったというのに……と呆れてしまうが、広い水族館を何周もしたのだから、疲れるのも無理はない。

車窓からの風景は来るときにしっかり見たし、移動中に休めるのは公共交通機関利用の最大の利点だ。今日は『沖縄の夜』も堪能したいから、ホテルに戻るなり爆睡は避けたい――ということで、日和はおとなしく眠ることにした。

バスに乗ってから一時間半後、日和はいきなり目を覚まされた。『覚めた』ではなく『覚まされた』、そう表現したくなるような、唐突な目覚めだった。

なぜこんなに急に……と怪訝に思いながら窓の外、正確には空を見た日和は、思わず息を呑んだ。

――なに、あれ……

黒……いや、濃い鼠色の飛行機が飛んでいく。日和が普段お世話になっている旅客機のようにスマートな形ではなく、いかにも無骨なシルエットで翼の先にプロペラが付いている。飛行機と言うよりもヘリコプターみたい、と思ったところではっとした。

――あれってたぶん、この前、緊急着陸したとかいう……

六月ごろ、米軍の飛行機が予定外に山形空港に着陸したというニュースを見た。飛行中に不具合が生じての緊急着陸だったらしい。

そのときのニュースによると、同型の飛行機が昨年木更津に訓練用として配備されたそうだし、沖縄にはもっともっと前から配備されていたそうだ。墜落事故が多く、配備にあたっては反対の声はかなり大きく、山形空港の緊急着陸の際は、それみたことか……

かったのだ。

……などという声もあったようだ。

今、日和が目にしているのは、あのニュースで見たのと同じ飛行機だ。まさかこの目で見るとは思いもしなかったし、見たくもなかった。それほど空を行く飛行機は禍々しかったのだ。

――どうしよう……なんだかすごく恐い……

飛行機は遥か上空、しかもただ飛んでいるだけだ。それなのに、言いしれぬ恐怖を覚える。不自然な目覚めは、神様がこれを見せるために揺り起こしたとしか思えなかった。旅客機以外の飛行機を見たのが初めてというわけではない。たまに自衛隊のヘリコプターや飛行機が飛んでいくのを見ることがある。日和にとって自衛隊は大きな災害が起きたときに助けに来てくれる人たちで、ニュースで救助活動を見るたびに感謝でいっぱいになる。それでも、旅客機とは全然違う色やシルエットを見るたびにちょっと身構える。説明がつかない恐怖を覚えるのだ。

沖縄では、米軍の飛行機が飛ぶのが日常だと聞く。輸送機ばかりか戦闘機も……外国の戦闘機を見たときに感じる恐さは、日和が自衛隊の飛行機に感じるものとは比べものにならないだろう。

昨日平和祈念公園を訪れたとき、ここは戦争の爪痕だ、過去からしっかり学んで、二度と繰り返さないようにしなければ、と思った。だが、沖縄の人たちにとって、戦争は過去なんかじゃなく、今なお続いているのかもしれない。こんなにものものしい飛行機が当たり前みたいな顔をして頭上を飛んでいくのに、過去にできるはずがないのではないか……。

思いのやり場に困ってスマホを握りしめる。三年前に熱海に旅をして以来、ひとり旅の気楽さや自由さを満喫してきた。だが、今は心底ひとりでいるのが辛い。誰かにこの思いを吐き出したい――そんな気持ちに押しつぶされそうだった。

そのとき、ぽーんという軽い音が鳴って、スマホの画面が明るくなった。縋(すが)るような気持ちでＳＮＳのアプリを開ける。メッセージの送り主は蓮斗だった。

『沖縄はどう？』

その言葉を見た瞬間、空気の重さが変わった。沈み込んでいた気持ちが、急浮上する。昨日から日和が旅に出ていることを覚えていて、わざわざメッセージを送ってくれた。酒談義でもなく、日和が持ちかけた相談に答えるためでもなく、ご機嫌伺いみたいなメッセージを送ってくれるなんて初めてだ。しかも、ひとりの辛さを痛感しているこのタイミングで……。

目を上げると、窓の外にもう飛行機の姿はない。飛行機はものすごく速いし、ただ移動していただけだろうから、いつまでも視界に留まっているわけがない。それでも日和は、まるで蓮斗のメッセージが飛行機を追い払ってくれたような気がした。

大急ぎで返信を打とうとしたが、なんと返していいかわからない。『どう？』に対する正しい答えはなんだろう？　と迷った挙げ句、心配させそうだと思いながらも真顔でこちらを見ているクマさんのスタンプを送った。

『え、どうしたの？　今日は美ら海水族館に行ったんだよね？　今ってバスの中じゃない？　まさか乗り遅れたとか……』

二十秒で届いた返信に、さらに顔がほころんだ。

おそらく今ならバスの中だろう、邪魔にはならないはず……と送ってきてくれたらしい。どのバスに乗るかなんて知らせてもいないのに、見当を付けてくれたのか、と嬉しくなる。性格悪いなあ……と反省しながら、今度はちゃんと言葉を送った。

『すみません！　バスにはちゃんと乗れました。ただちょっと見慣れないものを見ちゃって』

『見慣れないものって？』

『飛行機です。たぶんアメリカの。見てたらすごく不安というか、恐くなっちゃって……』

『そうか……』

短い返信が来た。おそらく対処に困ったのだろう。無理もない。日本屈指の水族館を堪能してご満悦かと思いきや、遥か頭上にある飛行機に怯えているのである。おそらく、このやりとりはここで終わりだろう。

だが、そんなあきらめと裏腹に、すぐにまた着信音が鳴った。しかも届いたのは予想外の謝罪だった。

『ごめん！　バスなんてすすめるんじゃなかった！』

バスをすすめたこととなんの関係が……？　と首を傾げつつ、同じように首を傾げるクマさんのスタンプを送る。しばらくして届いたのは、長いメッセージだった。

『沖縄を車で移動すると長距離運転になりやすいし、バスのほうが疲れなくていいと思ったんだ。もっといえば、自分で運転してるとよそ見はできないけど、バスなら見放題。でも、まさか軍用機に遭遇しちゃうなんて……。そのあたりは軍用機が飛んでることが多いことを忘れてた』

さらにもう一通届く。

『……っていうのは嘘だな。実は那覇と美ら海水族館の間でなら、一回ぐらい見るかなとは思ってた。でも、そこまで恐がるなんて思わなかったんだ。本当にごめん！　自分が運転してたらまじまじと空なんて見上げなかっただろうに……』

――そういう意味か……

ようやく納得がいった。

旅に出る前、蓮斗は、斎場御嶽も平和祈念公園も、行くならレンタカーはやめたほうがいい、と言っていた。『いろんなことを考えちゃうかもしれない』からとも言われた気がする。

確かに、昨日はいろいろなことを考えたし、蓮斗の思惑どおりだった。けれど、あの飛行機を見た日和の恐がりようは、蓮斗の予想を超えてしまったのだろう。

そのあと、汗を飛ばして謝るアザラシのスタンプが届いた。さらに、クマもウサギもペンギンも……総動員で謝りまくりだった。

『そんなに謝らなくて大丈夫です。普段、ぼーっとしてる人間が、そんなにいろいろ考えるなんて思いもしませんよね！』

軽く受け取られるようにあえて感嘆符を付ける。それでも蓮斗の申し訳なさ満載のメッセージは続く。

『いやいや。俺の考えが足りなかっただけ。そもそも人見知りが強い人って想像力がたくましいし、いろいろ考えすぎてそうなっちゃうんだってことを忘れてた』

『あーそれはあるかも。私も前は、ありそうもないことまで考えてびくびくしちゃってました』

『前は、って言えるようになったんだ』

『そこですか？』

くすりと笑ってメッセージを返す。蓮斗とやりとりしているうちに、気持ちがすっかり軽くなっていた。

『どっちにしてもありがとうございます。おかげで恐くなくなりました。あ、でも、恐いものをちゃんと恐がるって大事なことだと思いますけど』

『うん、正解。ごめんね、邪魔して。引き続きお楽しみください』

『ありがとうございます。ではまた！』

『じゃあね！　あ、泡盛なんて買ってこなくていいからね！』

そこで今度こそやりとりは終了。日和は、盛大に噴き出した。

おそらくこれは『お土産に泡盛を買ってきて』という意味だろう。散々謝っておきながらお土産を、しかも品を指定して要求するとは、なんてちゃっかり者なんだろう。けれど、それを渡すために会えるとしたら、泡盛ぐらいお安いものだ。おまけに、もしかしたら蓮斗もそうやって日和に会いたがってくれているのかもしれない。

重苦しかった気分が見事に『ウキウキ』に変わった。タイミングと言い内容と言い百点満点、改めて素敵な人だ、と確認し、日和はスマホで検索を始める。

お土産は泡盛に決まった。だが、日和は泡盛の種類なんて全然知らない。呑んだことすらないのだ。泡盛をたくさん揃えている店に行って、試してみるしかない。

——美味しい泡盛に出会えるといいなあ……って、どういうのが美味しい泡盛なのかもわからないんだけど……

焼酎（しょうちゅう）ですらまともに呑んだことがないのに、泡盛がわかるのだろうか。そんな不安と新しいお酒、さらに本格的な沖縄の郷土料理に出会う期待とともに店の検索を続ける。

しばらくスマホをいじったあと、見つけたのは国際通りの中程、ホテルから歩いて七分ぐらいのところにある居酒屋だった。『おひとり様向き』の文字はないけれど、カウンターもあるようだし、近頃はグループよりもひとりのほうが歓迎される風潮なので問題ないだろう。

その居酒屋では沖縄民謡も聞けるらしい。あまりにも賑やかすぎると気後れするけれど、片隅でそっと聞けるのであれば大歓迎だ。日和は泡盛同様、沖縄民謡にも詳しくない。知っているのは、両親が若いころに流行したという花の名前から始まるものだけだが、有名な曲なのでもしかしたら聞けるかもしれない。あの歌を聞きながら呑む泡盛……素敵な夜になるに違いない。

口コミ欄に上げられている写真にはミニコンサートが開かれている店内の様子がある。楽しそうだな、と眺めたあと、料理の写真も見る。ゴーヤーチャンプルーに海ぶどう、ラフテー、島豆腐……見ているだけでお腹が鳴りそうになった。

お酒と料理、そして沖縄民謡への期待を胸に、日和はスマホを鞄にしまう。時刻は午後六時三十分、あと数分で県庁北口のバス停に着く。楽しい夜が始まろうとしていた。

いったん荷物を置きにホテルに戻る。

もうすぐ七時、飲食店は混み合う時刻だが、ひとりぐらいなんとかなるだろう。

ホテルを出てから七分、日和は目指す居酒屋に到着した。

店先にはお姉さんがひとり所在なげに立っている。派手に呼び込みもできないのに、ただ立っているのは辛いだろうな、と思っていると、日和が立ち止まったのに気づいて近づいてきた。

「お食事ですか？　今ならすぐにご案内できますよ！」

「あ、はい……お願いします」

「はーい！　一名様ごあんなーい！」

お姉さんに引き連れられて店の中に入る。入ってすぐのところからカウンターが始まり、奥のほうにテーブル席が設けられている。テーブルの埋まり具合は六割といったところ、むしろカウンターのほうが空席が少ない。やはりグループで訪れる客が減っているのだろう。

案内された席はカウンターの中程、調理場と行き来するために設けられた入り口のわきだった。

運ばれたおしぼりで手を拭きながら、メニューを見る。インターネット情報に『沖縄近海で捕れた魚を使った海鮮料理や沖縄料理が楽しめる』とあったとおり、美味しそうな刺身や寿司の写真が並んでいる。魚介類だけではなく、豚肉や牛肉を使った料理もたくさんあり、目移りしてしまう。とりあえず、飲み物を注文して考えようと思ったけれど、その飲み物が選べない。泡盛を呑むべきだとわかっていても、知らない銘柄ばかりで決めようがないのだ。

——と、とりあえずビール、ビールなら間違いないよね！

『とりあえずビール』、略して『とりビー』というのは、もはや日本の文化のひとつかもしれないが、これに関して日和はあまり好意的ではない。むしろ、一杯目だろうが百杯目だろうが、好きなものを呑めばいいと思っている。だが、日和の性格上、周りがみんなしてビールを頼んでいるのに、自分だけ別のものを注文するなんて無理すぎる。『とりビー』族のおかげで、呑みたくもないビールを注文されることも多く、みんなが別々のものを頼んでくれたら……と恨めしかった。

だからこそ、好きなものを頼める『おひとり様』が嬉しかったし、一杯目から日本酒なんてことも多々あった。ここに来て、そんなに呑みたくもないビールを頼むというのは、不本意でしかなかった。しかも、泡盛を選べなくて、なんて情けなさ過ぎだった。

それでも、メニューにあった『オリオンビール』は沖縄でビールと言えばこれ、と言われるほどの代表銘柄だし、軽くてすいすい呑めると評判だ。呑みながら検討するには打ってつけ、と信じて頼むことにした。料理は島豆腐の厚揚げと海ぶどう、そしてラフテーにした。このあたりならビールでも泡盛でも合うだろう。

注文してから二分でビールが届いた。究極の『とりビー』だ、なんて苦笑しながら赤いロゴが入ったジョッキに口を付ける。一口呑んだ瞬間、『とりビー』が『とりビー』ではなくなった。思ったより渇いていた喉が、私が呑みたかったのはこれ！　と主張したのだ。

――うわあ、めちゃめちゃ美味しい！　ビールにしてよかったあ……

ぐびりぐびり……と三口続けて呑んだところで、料理が運ばれてきた。海ぶどうとラフテーはともかく、島豆腐の厚揚げまで一緒に届いたのは驚きだ。揚げ料理のところに書いてあったから、もう少し時間がかかると思っていたのだ。

もしかして揚げ置き？　と疑いながらジョッキを箸に持ち換える。ところが、食べてみた厚揚げは紛れもなく揚げ立て、あまりの熱さに口の中を火傷しそうになって慌ててビールを流し込む。

厚揚げの中には水分を残して柔らかく仕上げられたものもあるが、島豆腐の厚揚げは箸で持ち上げてもびくともしないたくましさだった。口の中で厚揚げと薬味の削り節と青葱が混ざり合う。豆の甘みと削り節から染み出す出汁が混じり合い、時折出会う青葱のしゃりっとした歯触りがなんとも嬉しかった。

そのあと海ぶどうも食べてみた。朱塗りの桶に入れられた海ぶどうに冷たさはない。なんでも海ぶどうは冷やすとどんどん溶けてしまうとのことで、保存する際も冷蔵庫に入れてはならないそうだ。

海ぶどうは前に母がスーパーで買ってきたのを食べたことがあるが、そのときのものとは比べものにならないほど枝がぴんと張っているし、粒も大きい。ほどよい塩気に甘酸っぱいタレがぴったり、プチプチの食感も楽しくて箸が止まらなくなる。

ラフテーはいわゆる『豚の角煮』であるが、これまで外で食べたものや母が作ってくれたものに比べると色が濃い。薄茶色と言うよりも黒に近い色合いだった。きっと黒糖をたっぷり使って煮込んであるのだろう。小鉢に入っているのは一切れだが、かなり大きいのでそのまま齧るわけにはいかない。割って食べようと箸を入れてみると、意外に手応えがあった。

箸で難なく割れるのが美味しい角煮だと思っていた。今まで食べたものはどれもずっと割れたし、口に入れるとすぐにほろほろになった。だが、目の前にあるラフテーはそれよりもずっと固い。厚揚げの『揚げ置き疑惑』はあっという間に晴れたというのに、またしても疑いながら食べてみた。

——あー……豚肉の美味しさが全部ちゃんと残ってる……

味はもちろん、運ばれてくるスピードまで合わせて『恐るべし、沖縄の居酒屋』という感じだった。

そうこうしているうちにジョッキは空に近づいた。

三つの料理を味わいつつ、メニューや店の中に貼られている泡盛の名前と説明を熟考した結果、日和は『残波（ざんぱ）』を頼んでみることにした。説明に『軽くて爽やか』とあるので、初めて呑む泡盛にちょうどいいだろう。

タイミングよく、店員さんが飲み物の注文を訊ねに来てくれた。若くて元気が良い。ほかのお客さんや店の人とのやりとりを見る限り、熟練の学生アルバイトといったところだろう。

「この『残波　ホワイト』というのをお願いします」

「はーい、『残波　ホワイト』ですね！　呑み方はどうされますか？」

「え……？」

「泡盛は初めてですか？」

「はい」

きょとんとしている日和に、店員さんは親切に説明してくれた。

「ストレートだと本来の味がよくわかっていいんですが、慣れてない人だとちょっときついかなーって感じなので、ロックがおすすめですね」

焼酎やウイスキーでもストレートやロックで呑んだことはない。できれば水か炭酸で割って欲しい。そんな日和の気持ちを読んだように、店員さんが言った。

「じゃあ、ロックでお持ちしますから、呑みにくければ言ってください。水割りかソーダ割りにしちゃいますから」

「じゃあ、それでお願いします」

「はーい、ライムかレモンを絞ります？」

「えーっと……ライムで」

「はーい！『ザンシロ』ロック、ライムで一丁！」

店員さんが元気よく注文を通した。

『ザンシロ』？　と一瞬首を傾げたが、すぐに『残波　ホワイト』だから『残白』か、納得する。

そのままドリンクコーナーへ行って、自分で作り出したのには笑ってしまったけれど、なんだか憎めないお兄さんだった。

ほどなく、ロックグラスに入った『ザンシロ』が運ばれてきた。グラスもお酒も氷も透明、そこに深い緑のライムの薄切りが浮かべてある。きれいだなーと思いながら、口を付けてみた。

とはいっても、ビールのようにゴクゴクなんてもってのほか、ちょっぴり含む……いやそれよりももっと少ない『一嘗め』という感じだった。

——意外と大丈夫みたい……

泡盛はもっと強烈だとばかり思っていた。アルコール臭が強くて、頭のてっぺんにがつんとくるような感じだと……

だからこそおっかなびっくり試してみたのだが、グラスから立ち上る香りはフルーティで、ちょっと日本酒の吟醸香に似ている。味も予想よりずっと穏やか、かつ爽やかで、何かで割らなくても十分呑めそうだった。

「いけそうっすか？」

別の席に飲み物を届けに行って戻ってきた店員さんが、心配そうに訊ねる。こくんと頷くと、ほっとしたようにカウンターの中に入っていった。

親切なお兄さんに感謝しつつ、残っていた料理と一緒にちびりちびりと泡盛を呑んでいると、いきなりベンベン……という音が聞こえてきた。三味線と似ているが、ここは沖縄なのでおそらく蛇の皮を張って作るという『三線』だろう。奥のほうにあるステージに、民族衣装を着た男の人が上がっている。どうやら沖縄民謡ライブが始まるらしい。

インターネットで、この店では沖縄民謡ライブがおこなわれると紹介されていたものキーだった。

の、開始時刻まではわからなかった。一日二回の開催らしいので、居合わせたのはラッキーだった。

「ハイサーイ！」

そんな挨拶(あいさつ)のあと、三線の演奏が始まった。インターネットにはライブ動画も上がっていて、バスの中でちらっと見たが、ステージ近くのテーブル席にいたお客さんがみんな立ち上がって輪になって踊っていた。日和が座っているカウンター席は、ステージから離れたところにあるので、引っ張り込まれることはないだろう、と安心していたが、二曲、三曲と演奏が進んでも、踊り出す人はいなかった。

そういえば、日和が見た動画は二年ほど前のものだった。今は狭い場所でみんなで踊るということ自体がなくなっているのだろう。

自分が参加させられるのは嫌だが、踊っている人たちはちょっと見たかった、なんて勝手なことを思っていると、聞き慣れたメロディーが流れてきた。

前奏の間に三線を抱えた男の人が嘆くように言う。

「はーい、お待たせー！　みんなが大好きなやつだよー。もうね、リクエストを取るとこればっかり！　三十年もこればっかり！　みんなはたまにしか聞かないだろうけど、こっちは毎日、二回も三回も！　さすがに飽きちゃったよ。まあ、やるけどね！」

この人ひとりで三十年間歌い続けてきたわけではないはずだ。それでも、飽きるほど歌い続けただけあって、声の伸びも三線の演奏も素晴らしく、もしやこれはオリジナル超えでは？　と思うほどだった。

　誰も騒がず、踊り出さず、演者さんを称えるのは拍手のみ。落ち着いてしみじみと聞けるのはありがたいが、沖縄という土地には似合わない気もする。またみんなで輪になって大騒ぎできる日が早く来るといいな……と思いながら、日和はライムの香りの泡盛を楽しんだ。

　料理を平らげ、グラスも空になった。もう少し呑むかどうか悩むところだが、お腹はほぼいっぱいだ。迷いながらメニューを見ると、いろいろな種類の寿司が並んでいる。魚介類はもちろん、牛肉を使ったにぎり寿司が目を引く。霜降り肉でマグロのトロのように見えるからさぞや美味しいことだろう。ちょうどいい感じに身体がふわふわしているし、このお寿司を食べてみたいので、お酒はもうやめておいたほうがいいだろう。

　さっきの店員さんが、日和がメニューを開いたのに気づいてやってきた。目配りのいいお兄さんだなあ、と改めて感心しながら牛肉のにぎり寿司を頼むと、ちょっと残念そうな声で言った。

「泡盛、お口に合いませんでしたか？」

「ぜんぜん。すごく美味しかったです。ほかにも呑んでみたいんですけど、もうお腹がいっぱいで……」

「ならよかったです。内地の女の人は、泡盛ってだけで敬遠しちゃうことも多いみたいですけど、また挑戦してみてくださいね」

「はい……あ……」

そこで言葉を切って、お兄さんを窺い見る。『ザンシロ』は日和にはとても美味しかったけれど、蓮斗や父には少し軽すぎるような気がする。この人ならお土産におすすめの銘柄を教えてくれるかもしれない。自分で試せない以上、訊くしかない、と腹をくって訊ねてみた。

「お土産に買って帰りたいんですけど、おすすめの銘柄とかありますか？」

「『ザンシロ』は誰にでも呑みやすくて人気ですけどねえ」

「わりとお酒に強い人なので、もうちょっとしっかりした感じでもいいかなって」

「あーそれなら、『まさひろ』の古酒とか『久米島の久米仙』ですかね。ボトルがシーサーになってるのもあってお土産にはけっこう人気らしいですよ」

「ボトルがシーサー……すごく沖縄っぽいですね」

「でしょう？　シーサーボトルは『久米仙』だけじゃなくてほかの銘柄もあるみたいですから、探してみるといいですよ」

「わかりました。ありがとうございます」

「どういたしまして。『炙りにぎり』一丁！」

言葉の前半と後半の、口調と音量の違いがすごかった。さすが熟練従業員と感心しながら待っていると、ほどなく握り寿司が届いた。

──なんでも早く出てくるのはいいよね。それにしても美味しそう……

石垣島の牛を使ったというにぎり寿司は意外にあっさりして肉の旨味が深い。牛肉は霜降りが一番、と言う人もいるだろうけれど、今の日和はビールのジョッキと泡盛、料理も三皿平らげたあとだ。あまり脂が多いと胸焼けしそうなだけに、一皿四貫という量も含めてちょうどよかった。

沖縄民謡ライブも聞けたし、代表的な沖縄料理もいくつか味わえた。ほろ酔いで、お腹はいっぱい。とはいえ甘い物は別腹、デザートが食べたい……と思ったが、実はほかに目星を付けた店がある。

ここはこれまで、ということで、日和は支払いを終えて外に出ることにした。

居酒屋を出てホテルのほうに戻る。お目当ての店はホテルのすぐそばにある。宮古島の塩を扱うお店で、ソフトクリームにいろいろな塩をかけて食べられる。昔はソフトクリームに塩なんてあり得ない組み合わせだったけれど、近頃はデザートに塩を加えて甘みを引き立たせるというやり方が大流行だ。日本人は大昔からスイカに塩をかけたり、お汁粉に塩昆布を添えたりして食べていたのだから、その発展形だと考えればおかしくはないのだろう。

とりあえずお店の中に入って一回りする。こんなに種類があるのねーと感心したあと、通りに面したソフトクリーム売り場でひとつ購入する。日和はもともとソフトクリームが大好きで、カリカリのコーンと柔らかいクリームの組み合わせをこよなく愛しているが、今日は特別ということでカップに入れてもらう。いろいろな塩を試したいなら、コーンよりもカップに入っているほうが食べやすいだろう。

　さらさらのパウダータイプ、塩の結晶を舌で感じられる小粒タイプ、シークヮーサーやハイビスカス風味のものもある。島スパイスというのもあったので、さすがに合わないだろう、なんて思いながら使ってみると、意外に気に入ってしまった。冷たさと甘さの中にまじる島唐辛子の刺激がなんとも言えない。小瓶なら嵩張らないし、重くもないということで、店の中に戻ってお土産に購入する。ついでにまじりもののない雪塩のパウダータイプも買う。説明書きに、細かくて肉や魚の下味を付けるのに最適、とあったので料理に重宝することだろう。

　明日の飛行機は、午後二時五十分発の便なので時間に余裕がある。あとのお土産は明日買えばいい、ということでホテルに戻り、沖縄旅行二日目が終了した。

　午前七時、日和は快適な目覚めを迎えた。
食べ過ぎないように気をつけて朝食を済ませ、ホテルを出る。チェックアウトは国際通りの少し先にある市場に行って、お土産を揃えてきてからにするつもりだ。リュックキャリーは普通のキャリーバッグよりも荷物が詰めづらいところが難点だが、ホテルの部屋でならしっかり荷造りできるだろう。

　ホテルから歩くこと十分で牧志（まきし）公設市場に着いた。とはいっても、牧志公設市場は現在建替工事中、ここは仮設市場である。

通路の両側に店が連なり、様々なものが並んでいる。雰囲気としては、今までに行った金沢や函館の市場に似ているが、賑やかさは圧倒的だ。屋内しかも仮設だけあって建物自体がそう大きくないせいか、沖縄の人が開放的だからか……とにかく、呼び声の大きさ、元気さと言ったらない。さらに呼び込み方が強烈、なんというか……問答無用という感じなのだ。

幸い日和は、先を歩いていた人たちのおかげで声をかけられずに済んだが、夫婦らしきふたり連れが断るのに四苦八苦していた。ここでは買った魚を二階に持っていって料理してもらうことができるので、この夫婦もここで朝食を食べるつもりで訪れたのだろう。

それはいいのだが、『ご飯はまだ？』という問いに旦那(だんな)さんが頷くやいなや、当たり前みたいな顔で魚を選び、押しつけようとしたのには驚いた。まだ買うとも、どれがほしいとも言っていない上に、奥さんはあからさまにいやな顔をしている。おそらくほかの店も見てから、と思っているのだろう。

これからどうなるのかな……と気にはなったが、いつまでも見ているわけにはいかないし、矛先をこちらに向けられても困る。大急ぎで通り過ぎたものの、あっちでもこっちでも似たような勧誘が繰り広げられている。とうとう日和は、これは私には無理だ……と建物を出ざるを得なくなってしまった。

――口コミに呼び込みが強引だって書いてあったけど、ここまでとは思わなかった……でもまあ、見たことがないものをたくさん見られて面白かった。豚の顔はかなり不気味だったけど……

魚は色からして見慣れないし、果物は『ザ・南国』という感じだった。沖縄は豚肉文化というだけあって、ありとあらゆる部位が売られていたし、ヤギも並んでいた。

滞在時間はおよそ十分、あれほど呼び込みがパワフルでなければ、もっと楽しめたのかもしれない。それでも南国の市場を見られてよかったと満足し、日和は牧志公設市場をあとにした。

――この小さいシーサーかわいい！　『サーターアンダーギーミックス』なんてあるんだ……卵を入れるだけなら私にもできそう。このおろし金のお化けみたいなのはなんに使うのかな……ああ、『ニンジンのしりしり』を作るのね、なるほど……。お土産には面白いかな？

市場から国際通りに戻る途中でお土産屋さんを見つけた。広いお店で沖縄土産が所狭しと並んでいる。前を通っても声はかけられなかったし、今も店員さんは奥でなにか作業をしている。これならゆっくりお土産が探せそう、と入ってみたら大正解で、面白いものが目白押しだった。

代表的なお菓子や塩、黒糖などはもちろん、沖縄の人たちが日常的に使っているような食べ物や道具も売られている。ニンジンは値段も安定しているし、栄養たっぷりだ。家で出されたことはないが、この道具を買っていけば、日和でも簡単に作れる。時には、旅先で味わったものを家で再現するという形のお土産もいいだろう。

ということで『サーターアンダーギーミックス』と大きなおろし金、生姜風味の黒糖、『コーレーグース－』と呼ばれる島唐辛子を泡盛でつけたものも買う。ついでに店頭に並んでいた親指ぐらいのシーサーの中から一組。同じようなシーサーでもひとつひとつ色合いも表情も異なる。決めるのが大変だったが、これぞと思うものを選び出してレジに持っていく。紙でしっかり包んで箱に入れてもらったから、バッグに詰めても壊れることはないはずだ。

紫芋のタルトもほしかったけれど、これはきっと空港で買える。かなり買い込んだし、荷物をふたつにすると移動が面倒ということで、いったん買い物を終了した。

ホテルに戻って荷造りをする。案の定、リュックは満タン、あそこでやめておいてよかった、と安堵しつつチェックアウトし、日和はモノレールの駅に向かった。

――行くべきか、行かざるべきかそれが問題だ……

沖縄旅行をするにあたって、訪れるかどうか最後まで迷った場所がある。それが首里城――琉球王朝の居城だった。

数年前なら迷うことなく訪れただろう。そう、あの火事で大半が焼け落ちる前なら……

……

二〇一九年十月、沖縄のシンボルと言われた首里城で火災が発生し、正殿、南殿、北殿が焼失した。首里城はこれまで何度も火災に遭っており、今回が五回目の惨事だったが、二〇一九年一月に三十年にわたる復元工事が完了し、二月に国王が暮らしていた『御内原(おうちばら)』が公開されたばかりだったこともあって、沖縄の人々の落胆は大きく、全国的にも大きく取り上げられたのだ。

もちろん日和もニュースで見た。第一報で息を呑み、燃え続ける首里城を見ながら、どうか早く消えて、と祈り続けた。だが、祈りは虚(むな)しく、長い歳月をかけて復元した美しい城の大半が失われてしまった。

あれから二年、沖縄は首里城の再建を目指して頑張っている。昨日呑んだ『オリオンビール』の会社も尽力していて、昨年まではお土産用の缶にも『首里城再建支援』の文字が刻まれていた。お土産に買って帰る予定だが、再建の道は険しいに違いない。

行ったことはないけれど首里城の姿はテレビやガイドブックで見て知っている。二年前まで確かにあった建物が失われてしまったという現実に向き合うのが辛い。ほかの形で協力し、無事再建が終わったあとに訪れたいという気持ちが強かったのである。

けれど、みんながそんなことを考えていたら、復元は一向に進まない。今の首里城に足を運ぶことが再建の一助になるなら、やはり行くべきだ。それが今日和にできる最大の協力だ。今を見ておいてこそ、復元が叶(かな)ったときの感慨が増すような気がした。

二千円札で有名な守礼門(しゅれいもん)をくぐり、世界遺産である園比屋武御嶽石門(そのひゃんうたきいしもん)を抜ける。その先にある歓会門(かんかいもん)を過ぎれば首里城の城郭内だった。

成り行きで城オタクみたいになっているけれど、もともと日和はさほど城に興味を持っていない。入場料を払うどころか、無料で公開されていてもわざわざ天守閣に上ることは稀(まれ)なのだ。そういう意味で日和は究極の庶民、お城は遠くから仰ぎ見るもの、だった。

だが今回に限っては別だ。最初から有料区域に入る気満々、モノレールのフリー乗車券を持っていれば割引されるとわかっていながら、提示せずに入った。しかも首里城を見たあとは那覇空港に直行するという本日の予定を考えれば、フリー乗車券そのものが必要ない。ホテルの近くの駅から首里城に向かい、そこから空港まで利用したとしてもフリー乗車券より安くすむ。

それでもあえてフリー乗車券を買ったのも、割引無しで有料区域に入ったのも、一円でも収入を上げて復元に役立ててほしいという気持ちからだ。

日和が復元後の首里城を見られるという保証はない。もしかしたらもう二度と沖縄に来る機会はないかもしれない。だが、復元してほしいという思いはきっと残る。ただそれだけだった。

――あんたに会いたいとは思ってなかったよ……

正殿の遺構を前に、日和の心境は複雑だった。

この遺構は正殿が無事であれば見られなかったはずのものだ。焼け落ちたからこそ日の目を見ている。焼失から復元されるまでに限られる貴重な経験と言って言えなくはないが、やはり建物の下で『縁の下の力持ち』を続けていてほしかった。正殿だってこんな身ぐるみ剥がされるような経験はしたくなかったに違いない。

だが、今しか見られないものには価値がある。期間限定に釣られて訪れる人が増えたとしたら、それはそれでいいことだ、と考えながら、物見台に向かう。

東のアザナと呼ばれる物見台は首里城の一番東にあり、城下の町並みや久高島が見渡せる。

ガイドブックによると、久高島は琉球神話の聖地、創世神アマミキヨが降り立ち、ここから国を作り始めたとされる島だそうだ。一昨日行った斎場御嶽も代々の琉球国王が久高島を訪れる際の立ち寄り地だったらしい。

神話が残る場所というのは強力なパワースポットとされることが多く、久高島も例外ではない。

『パワースポットオタク』の日和としては是非とも訪れたい場所のひとつだったが叶わず、せめて遠くからでも見られてよかった、と思うばかりだった。

東側の風景をしばらく眺めたあと、西側に移動したが、見れば見るほど本来あるべきものがない風景にいたたまれなくなってくる。

頑張れ首里城、頑張れ沖縄、と心の中で唱え、日和は東のアザナをあとにした。

――見学終了、っと。もう十二時半か……。お昼、どうしよう。この周りでどこか探してもいいんだけど、中途半端な時間だし、いっそ空港に行っちゃおうかな……

二時五十分発の便に乗るなら、遅くとも二時には空港……いや、お土産も買いたいから一時半には着きたい。移動時間を考えると、残された時間は三十分前後。昼食時でもあるし、お店を探して食事をするのは難しそう、ということで、日和は那覇空港に向かうことにした。

首里駅からモノレールに乗って三十分、日和は那覇空港駅に到着した。

ここで買ったお土産は、もうリュックキャリーに入らないし、機内に持ち込める荷物はひとつだけ、ということでショッピングバッグを買って入れることにする。

お土産コーナーでビール、ちんすこう、紅芋のタルトを購入、昨日居酒屋で教えてもらったシーサーボトルの泡盛も無事発見し、ショッピングバッグに入れる。

『オリオンビール』のロゴが入ったかっこいいバッグなので、父か母が欲しがるかもしれないなあ……なんて考えながらペットボトル入りのシークヮーサージュースも二本買う。昨日の夜に買って飲んでみたら、ものすごく美味しかったやつだ。シークヮーサージュースは東京でも売られているけれど、これと同じものは見たことがない。おそらく沖縄でしか買えないのだろう。

ジュースのあと、海ぶどうを見つけて小箱を購入、それでショッピングバッグはいっぱい、買い物は強制終了となった。カウンターに行って、リュックキャリーと一緒に預ける。

午後一時三十五分、日和は苦笑いを浮かべつつ、フードコートで呼び出しベルが鳴るのを待っていた。

苦笑いの理由は簡単だ。昼ご飯を食べるにあたって、そういえば『ジューシー』——炊き込みご飯を食べていない、折角だから食べてみようと探した結果、フードコートで見つけ、注文したあとで気づいた。なんとそこは、一日目の夜に食べたのと同じ店だったのだ。

場所が違うとは言っても、一度の旅行で同じ店に入ったことはない。食事の回数は限られているし、食べたいものはたくさんある。わざわざ同じ店に入るのはもったいないような気がするからだ。にもかかわらず、選んだ店が一日目の夜と同じでは、苦笑するのも無理はないだろう。

とはいえ、日和がジューシーを食べようと思ったのは、あの夜、あの店で他の人が食べているのを見たからだ。

薄茶色のご飯はお米がつやつやしていて、『沖縄そば』をスープ代わりに食べたらさぞや美味しかろうと思ったが、お腹がいっぱいで無理だった。今ならお腹もしっかり空いているから、『沖縄そば』と『ジューシー』のセットも完食できる。あの『ジューシー』を食べられるのだから、嘆くことではない、と思ったとき、呼び出しのベルが鳴った。

　セットのそばは、一昨日と同じく『沖縄そば』だ。せめて『ソーキそば』にすればよかったのかもしれないが、この店の『沖縄そば』は日和の好みにぴったりだ。食べて美味しいと思ったものをもう一度食べられるのは素直に嬉しい。

『沖縄そば』を一啜り、スープも一口。そのあといよいよという感じで、『ジューシー』に箸を付ける。出汁がきいた醤油味は思ったより薄味、それでもちゃんと豚肉の甘みを感じる。『沖縄そば』のスープとの相性は文句なしで、汁かけご飯にしてしまいたくなる。味がついたご飯にスープをかけるなんて、と思われるかもしれないが、日和の家では炊き込みご飯をお茶漬けにする。炊き込みご飯の味が染み出したお茶漬けに黄色くてほんのり甘い沢庵を添えると箸が止まらなくなる。それを思えば、『ジューシー』にスープをかけるのも『十分あり』、お店で食べているのでなければ試していたに違いない。

『ジューシー』の最後の一口を大事に食べ終わり、日和は満足の笑みを浮かべる。二度目、しかも一昨日食べたばかりでもとても美味しかった。うっかりでもなんでもここを選んでよかった、と思いつつ、フードコートから出てみると、女性の声でアナウンスが流れていた。

　どうやら、悪天候で到着が遅れた関係で日和が乗る便の出発も遅れるとのことだった。現在のところ三十分の遅れ、と聞いてフードコートに引き返し、『沖縄ぜんざい』を買う。

『沖縄ぜんざい』は沖縄グルメのひとつとして有名で、かき氷に甘く煮た金時豆と白玉を入れて作る。日和が知っているぜんざいのイメージとはかけ離れていて、食べてみたいと思ったもののなかなか機会に恵まれなかったが、遅延のおかげで食べられた。これで時間も潰せたし、結果オーライね、と思いながら冷たいぜんざいを楽しむ。大粒でほくほくの金時豆、もっちりした白玉、白蜜(しろみつ)がかかったかき氷の合わせ技は、沖縄最後の味として忘れられないものとなった。


出発は一時間遅れたものの、その後はなんの支障もなく、飛行機は無事に羽田空港に到着した。

預けた荷物を受け取って到着ゲートを出た日和は、そこで意外な人物に声をかけられた。

「やっぱりこの便だったんだ！」

「蓮斗さん！　どうしたんですか？」

「俺も出かけてて、さっき着いたところ」

「え……出かけるなんて言ってなかったじゃ……というか、昨日は旅行中だったんですか？」

「うん、二泊三日。急に思いついて調べてみたら、飛行機も宿も空いてたから。で、例によって車を借りて走り回って、休憩したときに、そういえば梶倉さんは沖縄だったよなーって思い出してさ」

思いつきで二泊三日の旅行を手配して出かけるなんて、さすがは旅の達人だ。だが、感心している日和にお構いなしに、蓮斗は説明を続けた。

「で、戻ってきて飛行機を降りたところでアナウンスがあって、遅れてた沖縄便が着いたって言うから、もしかしたら乗ってるかなーって」

「それで来てくださったんですか⁉」

「来たって言うか、同じゲート？　十分ぐらい待って出てこなかったら帰ろうかなと」

「そうだったんですか。あ、でもちょうどよかった、お土産があるんですよ！『久米仙』のシーサーボトル！」

「『久米仙』のシーサーボトル！　それは嬉しいね、っていうか、重かっただろう？」

「ええまあ、でもキャリーですし、電車に乗っちゃえば最寄り駅までは迎えにきてもらっちゃおうかなって」

「ってことは、空港まで迎えに来てもらうわけじゃないんだね」

「はい？」

「ちょうどよかった。俺は車で来てるから、家まで送るよ」

蓮斗が飛行機を使う場合、二泊三日ぐらいであれば、車で来ることのほうが多いらしい。唖然とする日和に、蓮斗は笑った。

「旅先であれこれ買い込むことも多いし、荷物のことを考えたら車のほうが楽なんだ」

「駐車場代ってけっこう高いんじゃないですか？」

「まあ……でも、俺の家って駅からちょっと離れてて、歩けない距離じゃないけどあんまり荷物が多かったり雨が降ってたりするとついついタクシーを使っちゃう。今日みたいに遅れが出ると余計に……。それを考えたら大差ないんだよ」

「そうなんですか……。じゃあ、お言葉に甘えて。あ……駐車場代は私が……」

「ラッキー！　と言いたいところだけど、それはなし。君が乗っても金額は変わらない」

「でもガソリン代が余計にかかります」

「それも大丈夫、通り道だから。それにしても、今日は大混乱だね」

　電光掲示板を見上げて、蓮斗はため息を吐く。確かに、到着便には『遅延』の文字が目立つ。日和の飛行機が遅れたのは強風の影響ということだったが、どうやら悪天候は沖縄のみならず九州、四国の発着便にも影響を与えているらしく、蓮斗が乗ってきた飛行機も二十分ほど遅れたそうだ。

「蓮斗さんはどこにお出かけだったんですか？」

「俺？　俺は四国。高松から入ってぐるっと回って帰ってきた」

「四国！　私、行ったことありません」

「今度行くといい。春、夏、秋、冬、一年中四国は旨い」

「旨いって……」

きれいだとか楽しいじゃないところが蓮斗らしいし、自分にも似ている。

いずれにしても、二泊三日で四国旅行というのはかなり魅力的な旅だ。うどん、ラーメン、鰹、みかん、すだちにさつまいも、高知の人は酒豪で有名だから美味しい日本酒もたくさんあるはずだ。『一年中四国は旨い』という蓮斗の言葉に間違いはなかった。

——次の旅は四国で決まりかな……

四国には美味しいものがたくさんあるだけではなく、山や川もきれいだと聞いた。日頃から母が、あんなきれいな川は見たことがない、もう一度行きたいと騒ぐ四万十川も四国だったはずだ。

自分でも、あまりにも蓮斗の影響を受けすぎだと思うけれど、同じものを見たい、同じ経験をしたいという気持ちが止められない。それこそが『好き』という想いだろう。旅を堪能したあと、思いがけなく蓮斗に会えた。おまけに次の旅の候補地も見つかった。

蓮斗と一緒に旅をすればさぞ楽しいだろうと思うし、いつかそんな日が来て欲しいと願わないと言ったら嘘になる。でも、それは日和だけの願望で、蓮斗がどう思っているかなんてわからない。たとえ、家まで送ってあげよう、と待っていてくれたとしても、それはただ彼が親切な人、もしくはあまりにも日和が頼りなくて面倒を見なければ、と思われているだけのことかもしれない。下手に想いを告げて、この関係を壊すのはもってのほかだ。

「じゃ、行こうか。それ、重そうだね。持とうか？」

いっぱいのショッピングバッグに目をやって蓮斗が訊ねる。

どこまでも親切、でもたぶんこれって私だけにってことじゃないよねえ……なんて、複雑な気持ちになりながら、日和は首を左右に振る。

「大丈夫です。見かけほど重くないので。でも車のところに着いたら、泡盛は引き取ってくださいね。あ、タルトと塩も。それでかなり軽くなります」

「そんなに買ってきてくれたの？　それは嬉しい……」

そこで蓮斗は自分のキャリーバッグを見下ろし、いきなり笑い出した。

「だめだ。それだけ引き取っても、こっちから渡す分で帳消しになる」

「え……？」

「日本酒とラーメンとうどんを買ってきた。君は絶対お土産をくれると思ったからね。あ、じゃこ天もあるよ」

四合瓶だからそれだけでもけっこう重い。全部入れたら今より重くなるかも、と蓮斗は大笑いしている。

「うわあ……宴会できそう……」

「ほんとだね。いっそ全部並べるってのはどう？　酒は日本酒と泡盛、つまみはじゃこ天。塩だっていいつまみになる。締めはラーメンとうどん、デザートにタルト。あーでも、この時間じゃ無理か」

時刻は六時半を過ぎている。旅から帰ったばかりだし、明日は仕事だ。宴会を始めるのは難しいに決まっている。それでも諦めきれない様子で蓮斗が言う。

「今度、やろうよ。浩介や麗佳も巻き込んでお土産宴会。場所はあいつらの家！」

「それって、私が行っても大丈夫ですか？」

「もちろん」

ようやく旅に出られるようになってきたから、お祝いをかねて大宴会だ、と蓮斗は嬉しそうに言う。実現するかどうかは怪しいけれど、ものすごく楽しそうなアイデアに違いない。

なんでそんなこと勝手に決めるんだよ！　と文句を言う浩介と、それはそれで……と頷く麗佳が目に浮かぶ。

麗佳は今も、ときおりひとりで出かけている。ただの買い物とかではなく、旅にも……。

結婚したのだから旅行も夫婦で行くのだろうと思っていたけれど、本人曰く『ときどきひとりにならないと息が詰まっちゃう』とのことだった。

夫婦仲の良し悪しではなく、麗佳はそういうところがあり、浩介も理解している。だからこそ、麗佳がひとりで出かけても平気だし、自分は自分でひとりの時間を楽しんでいるのだろう。

日和は家族といるときですら、ひとりになりたくなることがある。どんなに好きな相手でも、一緒にいて疲れることがないとは言いきれない。なにより、折角見つけたひとり旅の楽しみを失いたくない。そんな日和にとって、ひとりの時間と誰かと過ごす時間を上手に使い分けている麗佳と浩介は、理想的な関係だった。

テーブルの上に別々の旅先から持ち帰ったものが並ぶ。酒や食べ物だけではなく、話もご馳走のうちと旅先の出来事を披露する。あまりにもスムーズに「宴会をしよう」と言ったところを見ると、もしかしたらこの同級生三人組は、これまでもそんなお土産宴会を開いていたのかもしれない。想像するだけで楽しくなるが、それぞれが自立していなければできないことでもある。

――お手本にしたい人ばっかりだ。しかもその人たちはどんどん先に進んでいく。置いていかれないように頑張らないと！

周りに魅力的な人がたくさんいる幸せを嚙みしめながら、日和は駐車場へと歩き始める。

ほかの三人に比べたら、自分なんてまだまだ力不足に決まっている。それでも、当たり前みたいに宴会のメンバーに加えてもらえたことが、たまらなく嬉しかった。

本書は、二〇二一年十一月に小社より刊行
された単行本を文庫化したものです。
目次・扉デザイン／大原由衣
扉イラスト／鳶田ハジメ

ひとり旅日和　運開き！

秋川滝美

令和5年10月25日　初版発行

発行者●山下直久

発行●株式会社KADOKAWA
〒102-8177　東京都千代田区富士見2-13-3
電話　0570-002-301（ナビダイヤル）

角川文庫 23850

印刷所●株式会社暁印刷
製本所●本間製本株式会社

表紙画●和田三造

ISBN 978-4-04-113659-1　C0193

角川文庫発刊に際して

角川源義

第二次世界大戦の敗北は、軍事力の敗北であった以上に、私たちの若い文化力の敗退であった。私たちの文化が戦争に対して如何に無力であり、単なるあだ花に過ぎなかったかを、私たちは身を以て体験し痛感した。西洋近代文化の摂取にとって、明治以後八十年の歳月は決して短かすぎたとは言えない。にもかかわらず、近代文化の伝統を確立し、自由な批判と柔軟な良識に富む文化層として自らを形成することに私たちは失敗して来た。そしてこれは、各層への文化の普及滲透を任務とする出版人の責任でもあった。

一九四五年以来、私たちは再び振出しに戻り、第一歩から踏み出すことを余儀なくされた。これは大きな不幸ではあるが、反面、これまでの混沌・未熟・歪曲の中にあった我が国の文化に秩序と確たる基礎を齎らすためには絶好の機会でもある。角川書店は、このような祖国の文化的危機にあたり、微力をも顧みず再建の礎石たるべき抱負と決意とをもって出発したが、ここに創立以来の念願を果すべく角川文庫を発刊する。これまで刊行されたあらゆる全集叢書文庫類の長所と短所とを検討し、古今東西の不朽の典籍を、良心的編集のもとに、廉価に、そして書架にふさわしい美本として、多くのひとびとに提供しようとする。しかし私たちは徒らに百科全書的な知識のジレッタントを作ることを目的とせず、あくまで祖国の文化に秩序と再建への道を示し、この文庫を角川書店の栄ある事業として、今後永久に継続発展せしめ、学芸と教養との殿堂として大成せんことを期したい。多くの読書子の愛情ある忠言と支持とによって、この希望と抱負とを完遂せしめられんことを願う。

一九四九年五月三日

角川文庫ベストセラー

ひとり旅日和　秋川滝美

人見知りの日和は、仕事場でも怒られてばかり。社長から気晴らしに旅へ出ることを勧められる。最初は尻込みしていたが、先輩の後押しもあり、日帰りができる熱海へ。そこから旅の魅力にはまっていき……。

向日葵のある台所　秋川滝美

学芸員の麻有子は、東京の郊外で中学2年生の娘とともに暮らしていた。しかし、姉からの電話によって、その生活が崩されることに……。「家族」とは何なのか、改めて考えさせられる著者渾身の衝撃作！

おうちごはん修業中！　秋川滝美

営業一筋の和紗は仕事漬けの毎日。同期の村越と張り合い、柿本課長にひそかに片想いしながら、外食三昧の暮らしをしていると、34歳にしてメタボ予備軍に！　健康のために自炊を決意するけれど……。

小説乃湯
お風呂小説アンソロジー　有栖川有栖

古今東西、お風呂や温泉にまつわる傑作短編を集めました。一入浴につき一話分。お風呂のお供にぜひどうぞ。熱読しすぎて湯あたり注意！　お風呂小説のすばらしさについて熱く語る!?　編者特別あとがきつき。

みかんとひよどり　近藤史恵

シェフの亮二は鬱屈としていた。料理に自信はあるのに、店に客が来ないのだ。そんなある日、山で遭難しかけたところを、無愛想な猟師・大高に救われる。彼の腕を見込んだ亮二は、あることを思いつく……。

角川文庫ベストセラー